文治
© wénzhì books

更好的阅读

佩珀尔幻象

[日]伊坂幸太郎 著
李彦桦 译

中国友谊出版公司

登场人物

檀千乡　　　初中语文教师，三十五岁。
吉村老师　　檀老师的同事，数学教师。
里见大地　　初中生，檀老师所带班级的学生，与父亲及外婆三人一起生活。
布藤鞠子　　初中生，檀老师所带班级的学生，正在写小说。
友泽笑里　　初中生，布藤鞠子的朋友。
里见八贤　　里见大地的父亲，公务员。
马克育马　　电视节目主持人。

◆

俄罗斯蓝猫　猫狱会猎人之一，性格悲观。
美国短毛猫　猫狱会猎人之一，性格乐观。
罚森罚太郎　猫狱会成员之一，靠着视频分享网站及虚拟货币获得了庞大的财产。

◆

【交流会成员】

庭野　　　　三十多岁的男性，园艺师，交流会的领袖人物。

野口勇人　　二十多岁的男性，姐姐是庭野的未婚妻。

羽田野　　　六十多岁的男性，退休前是小学校长。

成海彪子　　二十多岁的女性，喜欢看功夫电影。

康雄、康江　六十多岁的夫妻，职业是医生与护士。

哲夫　　　　五十多岁的男性，退休前是工厂职员。

沙央莉　　　二十多岁的女性。

将五　　　　二十多岁的男性。

俄 罗 斯 蓝 猫

"你知道九十年代发生在非洲卢旺达的大屠杀事件吗？"俄罗斯蓝猫对眼前的男人说道，"有人说，在那一百天内死了八十万人，也有人说，死了上百万人。罪魁祸首，是鼓励大家'把邻居杀掉'的广播节目。刚开始的时候，听众只是嗤之以鼻，觉得'这家伙在说什么蠢话'；但类似的广播内容重复了好几次之后，事情就成真了。当然，酿成大屠杀背后的原因及理由相当复杂。但不管这理由多么复杂，煽动一般民众杀人的家伙都绝对不能原谅，对吧？"

听着俄罗斯蓝猫说话的人，我们姑且称他为"罪村"吧——虽然他原本有个相当平凡、常见的姓氏，但因为这家伙是个反派人物，为了避免给相同姓氏的人添麻烦，他原本的姓氏还是别公布比较好。

"这个煽动大屠杀的男人不仅是广播电台的创办人，还提供资金给民间的武装势力。你知道吗，前阵子才报道出新闻，说这男人在逃亡二十五年之后，终于落网了。"站在俄罗斯蓝猫旁边的美国短毛猫说道。

两人同时面对着罪村。

俄罗斯蓝猫跟美国短毛猫，当然都是假名。这是他们自己决定的代号，挑选自猫的品种。俄罗斯蓝猫有着蓝灰色的毛，给人一种冰冷感，性格一般被认为比较神经质，而且蓝色的英文 blue，还有"忧郁"的意思。取这个代号的男人，刚好有着做事太多顾忌、容易杞人忧天的性格。另一边，美国短毛猫通常性格大胆不羁、活泼开朗，而且美国短毛猫的英文 American Shorthair 如果念快一点，听起来有点像俄文中的 хорошо，也就是"太美好了"的感叹语。取这个代号的男人，则刚好是个积极、乐观的年轻人。

"抱歉，我不明白你们为什么要突然跑到我家，对我说这些。"罪村脸上的肌肉微微抽搐。他不明白是理所当然的事。任何人在自家的餐厅被两个陌生男人用包装绳捆绑在椅子上，还被迫听两人说以上这番话，都会一头雾水吧。

"请问你们这是干什么？抢劫吗？如果是要钱的话……"

"这不是抢劫。"俄罗斯蓝猫立刻加以否定，"可见得你没有好好听我们说话。"

"你们到底想怎样？"

"你听说过纳粹猎人吗？"美国短毛猫问道。

这个年轻人有着一头美丽的鬈发，宛如一只毛色优美的猫。

罪村摇了摇头。"猎人"这个字眼似乎带给他一丝恐惧。

"当年参与了纳粹大屠杀行动的人，照理来说都应该以战争罪受到审判，但事实上有些人却逃过了审判，或是没有被判处死刑。有一群人专门收集这些人的个人资料，想尽一切办法让他们付出代价，这群人被称作纳粹猎人。他们所做的事情，简单来说，就是找出漏网之鱼的下落，将这些人送上法庭。"

罪村的脸上露出了"那又怎么样"的表情："所以呢？"

"不管是纳粹大屠杀的参与者，还是卢旺达大屠杀的罪魁祸首，凡是剥夺他人生命或掠夺他人宝贵物品的人，都绝对不能也绝对不应该得到原谅。这些人哪怕逃到天涯海角，都应该被抓回来。一定有一群人会想尽各种办法找出他们的下落。我认为这是世间的真理。"

罪村脸上的肌肉再度抽搐。眼尖的俄罗斯蓝猫当然没有放过，问道："如何？是不是明白了些什么？"

"你一定知道……"美国短毛猫接着说，"五年前在 SNS[①]上，有一个名叫'猫咪杀手'的人物。猫咪杀手经常虐待不知从何处抓来的猫，而且还将虐待过程公开在网络上。为了取悦

[①] Social Networking Service（社交网络服务）的缩写，如 Facebook、Instagram、抖音等。——本书脚注如非特殊标注，均为译者注

观众，他不断上传照片和视频。

"偶尔有观众称赞他做得好，怂恿他继续这么做，因此他变本加厉，还曾把好几十只猫绑起来，吊在晒衣杆上……"美国短毛猫说到这里，俄罗斯蓝猫忽然伸出手，制止他再说下去。

每次美国短毛猫说到这些事，总会越说越激动，没有办法克制。毕竟每一个案例都足以让人义愤填膺，大概不会有人想要继续听下去吧。

"细节不必多说，反正你自己最清楚。"俄罗斯蓝猫看着罪村说道，"因为你不仅是猫咪杀手的观众，也是支持者。你们一群人还建立了一个组织，名叫'把猫咪送进地狱同好会'，简称'猫狱会'，对吧？"

当然，大部分观众的反应还是谴责猫咪杀手的恶行，并通报相关单位——这件事还曾因此闹上新闻。

"但是虐待动物在法律上的量刑并不重。不管是判违反《动物爱护管理法》，还是判器物毁损罪，凶手本人顶多只能判到五年徒刑，还会实行缓刑。至于其支持者——猫狱会成员，则根本无罪可罚。罪村，我说得没错吧？"

此时，罪村已然醒悟自己为什么会被绑在椅子上，急忙说道："等等，那已经是很久以前的事情了。"

俄罗斯蓝猫叹了一口气："你们每个人都只会说这句话。想想刚刚的例子吧，卢旺达大屠杀的罪魁祸首逃亡了二十五年，纳粹大屠杀的参与者躲藏时间当然更久。

"就算过了一百年,也不会就这么算了。"

"你们到底想怎么样?"

"我们不是警察,也不是律师,只是受雇于猫咪的饲主而已。你还记得当初你一边吃着零食,一边下达虐待猫咪的指示吗?雇用我们的人,就是那些猫主人之一。"

"啊……"罪村的表情稍微有了变化。那表情像是突然发现了人生的希望。

"'既然你们只是受到雇用,那么我愿意出更多的钱,拜托你们放过我吧……'罪村,你是不是打算这么说?"美国短毛猫笑着说道,"这也是每个人都会说的台词哟。上次那个爸爸也说了。"

"爸爸?"

"同样一件事的另一个对象,他也是猫狱会的成员。"

俄罗斯蓝猫等人闯进那一家,把"爸爸"绑了起来,那位"爸爸"交涉的说辞也是:"既然你们只是受雇用,我可以付你们更多的钱。两倍……不,三倍!只要你们放过我!"

"那时候我们没发现屋子里还有其他人,所以事情变得有些棘手。"美国短毛猫暗自反省,嘴里啰唆个不停。

如今眼前的罪村也跟上次那个"爸爸"一样,拼命问着:"多少钱?你们以多高的价格接下这个工作?"

俄罗斯蓝猫竖起右手的一根手指,并以左手手指比了个圆。

"十万?"罪村的视线飘向半空中,似乎正计算着自己的存款及资产。或许他认为勉强付个两倍应该没有问题。但俄罗斯蓝猫打碎了他的美梦："十亿。"

罪村似乎以为这只是一句玩笑话，笑着说道："别闹了。"俄罗斯蓝猫心想，这家伙还笑得出来，显然是还没有搞清楚状况。

"是真的。"美国短毛猫说道，"我们接下这个工作的价格是十亿日元。猫咪杀手虐待过非常多的猫，大多数饲主都悲愤难平，但是饲主能讨回公道的手段相当有限。法律帮不上什么忙，那些饲主也没有什么渠道能够查出猫狱会成员的身份。当然，有钱好办事。只要有足够的钱，要讨回公道就不是难事。可惜那些饲主并没有那么多钱，所以只能忍气吞声……直到有一天，有个饲主发达了。"

"发达了？"

"他中了彩票，得到了六亿日元的奖金。"美国短毛猫用手指比了个"六"的手势，"他用那笔钱买了更多的彩票，奖金翻到十亿。"

"真的假的？"

"一定是猫咪在暗中帮忙。"俄罗斯蓝猫说道。

美国短毛猫也笑着点了点头："于是这名饲主以这笔钱雇用了一些人，一些能够报复网红猫咪杀手和那些煽风点火的观众，而且愿意为了猫咪付出一切努力的猫狱会猎人——

"就是我们啦。请多多指教，我们就是猫狱会猎人。雇主说,不管花多少钱都无所谓。"

"网络上的留言,是有办法查出身份的。只要按照一定程序提出申请,就可以取得留言者的个人资料。当然前提是必须符合法律规定,而且必须有足够的耐心。获取个人资料的程序不仅烦琐,而且很花时间。如果网络上的留言记录消失了,处理起来就会有些棘手,不过也不是束手无策。"

"罪村,像你这样只是留言怂恿猫咪杀手继续虐待猫的,老实说,采取法律行动没有什么意义。即使找律师帮忙,提出相关的申请,最后可能还是不了了之。当然这指的是正当程序,只要改走后门……"

"还有后门可以走?"

"有了十亿,当然就会有后门。有钱能使鬼推磨,要找到愿意帮我们偷偷调查个人资料的人并不难。我们甚至可以找一些打从一开始就愿意协助我们的人,让调查个人资料变成他们的工作。"

"十亿就是这么好用。"俄罗斯蓝猫说道,"尽管如此,我们还是花了整整两年的时间。整理猫咪杀手的相关留言及SNS上的信息,找出所有涉嫌人物的身份,花了整整两年。其间,他们通过征信社,找出了每个人的详细个人资料,包含现住址、电话号码、家庭结构、职业,有些甚至还包含了脸部特写照片,把这些全部查得一清二楚,整理成清单。两年能做到这个程度,大概已经算很厉害了。接下来,我们的工作就是一一找出清单上的人。"

罪村的脸部肌肉已经抽搐到无以复加的地步:"你们两个到底想对我做什么?"

"其实也没什么。"俄罗斯蓝猫面无表情地说道。

"啊,蓝猫!好像要换投手了!"美国短毛猫忽然看着罪村家里的电视屏幕说道。

此时正在播放的是下午两点的职棒日间赛,东北金鹫对东京巨人的例行赛,身穿红色球衣的队伍正在进行防守。

"什么?"

"被逆转了。"

"不是赢了很多分吗?"

任何人在得知老虎已经列入濒临绝种的红皮书时,大概都会说出同样的惊讶之词吧——不是还有很多只吗?

"巨人队的那家伙又打出了本垒打。"

"天童吗?"俄罗斯蓝猫叹了一口气。二十五岁的巨人队四号击球员天童,自从大学毕业后,就加入了职业球队,却因为嘴巴太坏及总是能适时击出安打,被其他球队的球员当成了眼中钉。例如,他打出本垒打之后,可能会说"像吃稀饭一样简单",如果大家批评他这句话说得太过分,他反而会满不在乎地回应:"职棒本来就是一个讲求实力的世界,你们要是不爽,就在比赛上拿出成绩来。"这种口气跟说话态度,连东京巨人队的球迷也常常看不下去。偏偏他这一季的表现非常亮眼,有可能打破一年六十支本垒打的国内职棒纪录。

"而且是两次,一记两分,一记三分,就这样被逆转了。"

"该不会又要输了吧?"俄罗斯蓝猫露出沮丧的表情,仿佛东北金鹫已经输定了一般。

"还有反败为胜的机会。"美国短毛猫展现出他一贯的乐观心态。

俄罗斯蓝猫与美国短毛猫不管是性格、年龄层、血型还是从小生长环境皆大相径庭,唯独有着喜欢猫和喜欢棒球的共同点。虽然他们所选代号的猫咪品种名里有"俄罗斯"和"美国",但两人都是没什么机会出国旅行的日本人。两人都出生于东北地区,因此都是职棒球队东北金鹫的球迷,每次看棒球比赛也都会紧张兮兮。

"怎么偏偏是被天童打出本垒打……我绝对不听这家伙的MVP采访致辞,肯定狗嘴里吐不出象牙。"

"别担心,今天一定能赢。"连罪村也加入了对话。

俄罗斯蓝猫瞪眼说道:"你这家伙竟然说出这种话,看来你什么都不懂。只要有人说出这种话,就会马上输掉比赛。过去不知发生过多少次了,明明已经赢了六分,以为今天赢定了,开始感到安心之后,马上就被逆转了。只要有人说出'绝对能赢'之类的话,那场比赛就绝对赢不了。"

"你这家伙,竟然惹蓝猫生气了。等等,我们还没有告诉他,我们到底打算对他做什么。"美国短毛猫一边笑,一边看着

9

手机屏幕画面，说道，"罪村，你在五年前，曾经留言给猫咪杀手，留言的内容是：'杀虫子不会有人在意，虐待猫却会被骂得狗血淋头，这根本就是一种歧视。'"美国短毛猫接着说出了留言的时间记录。

"你们打算对我做什么？"

"当时猫咪杀手对猫咪做了什么，我们就对你做什么，这就叫作现世报。啊，可能还会追加一些利息，不用客气。"

"等……等一下……"罪村登时脸无血色。他大概是回想起了自己过去的留言内容，而且已经明白俄罗斯蓝猫他们并不是开玩笑。美国短毛猫一拿出尖尖的工具，罪村更是急得有如热锅上的蚂蚁。

"等等……我……我也是东北金鹫的球迷。"他以颤抖的声音说道。

俄罗斯蓝猫一听，露出了嗤之以鼻的表情。

"是真的！我还有五年前的大赛优胜纪念商品呢！"

美国短毛猫转头望向俄罗斯蓝猫，问道："纪念商品是什么来着？你还记得吗？"

"不记得。"

"是毛巾和纪念邮票！就放在那边的小矮柜里！我真的是东北金鹫的球迷！看在我们都是球迷的分上，你们就……"

俄罗斯蓝猫走向小矮柜，查看罪村所说的位置，确实翻出了许多张未剪裁的全版邮票，但是数量实在太多，一看就知道不是为了留作纪念,而是为了转卖营利。

"说到邮票……"美国短毛猫忽然兴高采烈地说道,"贴邮票的时候,不是要舔一下吗?这让我想起来了,罪村在看着猫咪杀手的可怕直播视频时,还留了这么两句话:'看那只猫拼命舔自己的伤口,真是笑死。最好伤口舔一舔就会痊愈。'"

"真是句名言,简直可以跟'民有、民治、民享'相提并论。"俄罗斯蓝猫板起了一张脸,看得出他正在压抑心中的怒火,"跟'朕即国家'① 比也不遑多让。"

"罪村,等会你可要好好舔……你的致命伤。"

檀 老 师

"挺有趣,但是让人发毛。"第五节的语文课刚结束,我正要走回教职员办公室,刚好在走廊上看见了学生布藤鞠子。于是我把笔记本还给她,同时说出了感想。

"是吗?"她板着扑克脸淡淡应了这么一句,让我的胃开始隐隐作痛。

当老师的特地向你搭话,你好歹也给点好脸色让老师看看。——我压抑下想要说出这句话的冲动。老师也是人,看见学生态度冷漠,一样会心情难过,甚至感到不安。

---

① "朕即国家"(L'état, c'est moi)是法国国王路易十四世的名言。

布藤鞠子是个十分安静的学生，虽然个性并不开朗活泼，但是相当聪明，而且富有责任感。不过她常常请病假，次数多到有些老师怀疑她是不是得了"上学恐惧症"，但是这些老师又找不到任何足以怀疑她得了上学恐惧症的理由，因此他们最后的结论是——"大概只是体弱多病吧"。关于这一点，布藤鞠子本人也坚持真的只是体弱多病。

"猫狱会猎人，还有什么猫的报仇，真让人心里发毛。"我故意对她使用像朋友一样的直白语气说话，其实是烦恼了很久之后的决定。到底该跟这个学生维持什么样的距离，一直是我心中的烦恼。

但她没有再接话，这让我有些如坐针毡。

过了一会，布藤鞠子才说道："报仇的不是猫，是饲主雇用的人。"

我不禁露出尴尬的表情。她那口气仿佛在质问我："你真的好好把故事看完了吗？"

上星期，布藤鞠子突然说她写了一篇小说，希望我读一读，而且是放学后突然把我叫住，将笔记本举到我面前。

"你自己写的小说？"

"忽然想要写写看。"

当时的我跟现在一样，不知道该说什么才好。我担心如果说出什么令她不满意的话，她可能又会不来学校了。所谓的体弱多病，搞不好是心理因素造成的。

"你愿意让我读你的小说?"

"我找不到其他人愿意读。"她冷冷地告诉我。

"好吧,毕竟我是语文老师。"我心想总得说句话,所以说了这句话,换来的是一记白眼。

"对了,小说里提到了职棒东北金鹫,让我有些开心。"

"是吗?"

我甚至看不出布藤鞠子到底希不希望我说感想。但我相信这样的交流对她是有帮助的。

"小说里写到俄罗斯蓝猫有着杞人忧天的悲观性格……现实中的俄罗斯蓝猫是那么神经质的猫吗?"

"我怎么知道?"

我怎么知道?——这句话让我觉得自己像个笨蛋。

"美国短毛猫是乐观、有朝气的猫吗?"

"只是一种感觉。"

此时布藤鞠子忽然嘴里呢喃了一句:"阿美修、哈啦修、马呲欧巴修。"①

我不由得苦笑着说道:"很有趣的谐音哎。"

我经常告诫自己要重视学生说的每一句话。

"是吗?"

---

① 这一句的原文为"Amesho、harasho、matsuo basho",意思分别是"美国短毛猫(American Shorthair)""太美好了(хорошо)""松尾芭蕉(日本著名俳句诗人)"。基本上三个词连在一起没有任何意义,只是谐音的双关语。为了维持其谐音的特性,故采音译。

"初三课本里会介绍松尾芭蕉的《奥之细道》哟。"

"噢。"布藤鞠子露出一副毫无兴趣的表情，不禁令我感到心寒。

"好，今天就上到这里，下课。"我一说出这句话，学生们全都露出如获大赦的表情，纷纷起身离开教室。明天是星期六，相信他们的心情应该很雀跃吧。

这些学生从清晨到傍晚都被囚禁在这间教室里，想起来实在对他们感到有些抱歉。

但我们当老师的也必须一整天待在这个地方，说起来跟他们是同病相怜。

我正在讲台上整理着东西，学生陆续从我的身旁经过。有些学生会对我说再见，有些则和好友一起急急忙忙赶往社团。初二的学生，看起来既像大人又像孩子。

蓦然间，我和坐在教室后侧靠窗位置的里见大地四目相交。他正在收拾书包。我举起一只手掌，做出准备切菜的动作，意思是：不好意思，等会到教职员办公室来一下。

等到大多数学生都离开后，我才走出教室，前往教职员办公室。我在自己的座位上坐下，取出小考试卷，拿起红笔，批改了起来。

"檀老师，有空吗？"

在我批得正顺手，逐渐掌握了节奏的时候，身旁忽然传来了说话声。

我转头一看，原来是负责带三年级的女老师吉村。她的年纪比我大五岁左右，已近不惑之年，风貌俨然有校长或教务主任的气势。她的口头禅是，自己明明是数学专业却被分派担任体育老师。

"怎……怎么了？"我不禁有些紧张。前几天她才说我漏发了资料，这次不晓得又要说我犯了什么错。

"檀老师，你能够预知未来？"吉村老师说道。

"嗯？"我一听，表情整个僵住了。而她似乎将这误会成了另外一种意思，赶紧说道："别用那种忧心忡忡的眼神看我，我不是超自然派的信徒。"

"呃……"

原来世界上有一种派别叫作"超自然派"？

"我想表达的是，多亏了檀老师上次的建议。"

"建议……？"

"上星期，我本来要跟以前认识的朋友一起去吃牡蛎料理，但你突然建议我'最好别吃那个'。"

我听到这里，才恍然大悟："噢，你说那件事吗？当时我建议你最好别吃牡蛎，只是因为最近常常发生牡蛎中毒事件，所以提醒你小心一点。后来你没吃吗？"

"我听你那么说，确实很怕中毒，跟朋友商量之后，就决定不吃了。"

"牡蛎料理很好吃呢。"

"我们后来改去一家新开的意大利餐厅。"

"真是抱歉,害你改变计划。"

"为什么道歉?那家牡蛎料理餐厅第二天就上新闻了,你不知道吗?真的有人中毒。"

"我没看新闻。这样的话,幸好你没吃牡蛎料理,真是太好了。"

我嘴上说得轻描淡写,其实心里着实松了一口气。我成功避免吉村老师吃牡蛎中毒,这也算是救人一命吧。像这样的"小确幸",能够稍微缓和日常生活中的无力感。

"我朋友问我:'你是不是能够预知未来,不然怎么会突然决定不吃牡蛎料理?'"

"你那朋友也是超自然派的信徒?"

"今晚我要去居酒屋,这次应该不会有问题吧?"

"以后每次吃饭,都要找我试毒?"

"这个表达有点难懂。"她似乎突然觉得跟我说话很没意思,于是转身离去了。

事实上,我曾经预见吉村老师因腹痛而痛苦不堪的未来景象。后来我听说她要去吃牡蛎料理,便猜到一定是牡蛎的关系。但我当然不会对她说出这些。一旦说出来,她一定会追问详情。

我拿起红笔,继续批改试卷。

批改到只剩几张的时候,忽然听见有人喊了一声:"檀老师，有学生找你。"我一抬头，便看见里见大地站在办公室门口。

"大地，老师接到消息，你今天带了手机到学校来。"我开门见山地说道。如何与学生沟通，可以说是一个永远的课题。如今我的年纪已三十有五，有十年以上的教学经验，但即使是现在，我依然经常说出事后让自己后悔的话，或是做出让自己懊恼不已的决定。如今我只知道一点，那就是绝对不要问学生："你知道我为什么把你叫来吗？"试想一下，如果比赛比到一半，裁判吹哨了，却问选手："你知道我为什么吹哨吗？"或是电脑程序出现错误信息，上头却写着："你知道为什么出现错误吗？"那是多么让人抓狂的事情！相信任何人遇到这种情况，都会在心里大骂：有话快说，谁要跟你玩猜谜游戏？

"到底是哪个家伙打小报告？"里见大地啧了一声。这个学生有着高挑的身材，听说他在排球社相当活跃，但是跟老师说话的态度很差。

"你用了'打小报告'这种说法，听起来像是那个同学做了什么坏事。但真正不应该做的事情，是把不能带到学校的东西带到了学校，不是吗？想象一下，假设发生了凶杀案，目击者向警察说出凶手的身份，凶手气得直跳脚，骂目击者怎么可以打小报告，请问谁是坏人？当然是凶手，不是吗？"

"你明明是语文老师，这个例子举得够烂的。"

"学校规定学生不能带手机，这你应该知道吧？"

17

"嗯。"

"你经常带手机来学校？"

"没有啊。"里见大地噘嘴说道，"老师，我只是不懂，为什么不能带手机？"

"这不是理所当然的事吗？"

"手机明明是很方便的东西，可以随时跟外婆发短信聊天。我外婆白天一个人在家，我怕她出什么意外。"

"嗯，这确实是两难。"

"为什么两难？"

"一来，不是所有学生都有手机；二来，如果让学生带手机来学校，怕有人会在上课偷玩。"

"我才不会做那种事。"

"老师知道，但其他人可能会。一旦没有严格执行校规，就会有人开始乱来，给其他人添麻烦。"

"身为老师，怎么可以怀疑学生？"

我暗自思索，里见大地说这句话，是认真的吗？他是真的感到不满，抑或只是想在口头上辩赢老师？

"就算有学生会惹麻烦，那又怎么样？为什么我们这些没有惹麻烦的学生却必须忍耐？"

"整个社会都是这么做的，并不是只有学校而已。我们去电影院看电影，开头也会播放禁止偷拍的倡导视频，不是吗？只是看个电影，银幕上却会出现'违法复制将遭到处罚'的警告标语。再怎么不耐烦，想要赶快开始看电影，也没办法快进。像这种时候，大家都会觉得不爽，对吧？"

"会吗？"

"这也是因为一小部分人做了违法的事情，才害九成以上的一般民众必须忍耐。而且通常做违法事情的家伙，根本不会在意那些倡导视频。"我说到这里，不禁想要问一句："这个例子还行吗？"但是，我当然没有这么问，我问的是："既然你平常不会带手机来学校，为什么今天带来了？"

毕竟他是初犯，只要不是有什么奇怪的理由，我打算就原谅他这一次。

但里见大地只是臭着一张脸，并不回答这个问题。

"或许你不想回答，但是像这样的情况，你一定要回答才行。"每当这种时候，我都感觉自己正在跟一个手上有人质的歹徒谈条件。如果惹怒了对方，交涉就此决裂，问题将没有办法获得解决。必须在不惹怒对方、不伤害对方自尊心的前提之下，与对方交涉。"既然是学生，就要守规矩，不能带手机来学校，这是学校的规定。如果要问老师自己的想法，老师其实觉得让学生带手机也没什么关系，毕竟要联络其他人，或是有什么紧急的事情要处理时，使用手机都是相当方便的。但就怕有人会在上课的时候使用手机。"

"不然这样好了，早上把手机交给老师保管，等到放学的时候，老师再把手机还给我们。这样问题不就解决了？"

"这也不太妥当。"我提出了不同的看法,"毕竟手机里有很多个人资料,并不是所有的老师都值得信任,把手机交给老师实在太危险了。"

"你自己也是老师,怎么说这种话?"里见大地笑着说道。

"平心而论,不论任何行业,一定都有好人和坏人。如果可以的话,最好在教室里装一个信号屏蔽装置,让所有人在上课期间都没有办法使用手机。"

"那要是真的遇到紧急状况,不就完蛋了?"

"这么说也对。"我同意了,"总而言之,你就当作帮老师一个忙,告诉老师,你为什么要带手机来学校。"

"帮你一个忙?"

"是啊,既然有学生不遵守规矩,身为老师,一定要调查动机,再思考解决对策。老师总不能在报告中写上你不愿意告知理由,对吧?所以如果你无论如何也不想说出真正的理由,至少请你帮个忙,编一个像样的理由吧。"

"老师的意思是,我可以说谎?"

"但是不能让老师听出你说谎。如果你不想说出真话,拜托你想一个合情合理,听起来像那么回事的理由。"

"什么啊。"里见大地笑了出来,原本紧绷的表情也稍微和缓了些,"说谎也要说得像真的一样,反而很困难吧。"

"加油,老师相信你做得到。"

"老师,你也知道,我没有妈妈,平常家里只有外婆在。今天早上出门的时候,外婆看起来不太舒服,我怕有什么万一,所以把手机带在身上,有什么事情才好联络。"

里见大地的母亲很早就过世了,他从小就与父亲和外婆一起生活。

"原来如此。"我用力点了点头,放下了心中的石头。这是个非常正当的理由。

"我说谎了。"

"嗯?"

"我只是猜想,只要这么说,老师应该会认为这是个非常正当的理由。我外婆虽然最近记忆力不太好,但是健康得很。我带手机的真正理由,是害怕战争。"

我愣了一下,还以为是自己听错了:"战争?"

为什么会害怕战争?

"不久前,美国不是……"里见大地说出了他的解释。

数天前有一则国际新闻,美国派人暗杀了中东某国的政治人物。里见大地说,这件事一直让他放心不下。

里见大地的这番话让我有些错愕。我以为会让他放心不下的事情只有比赛的输赢。

根据新闻报道,美国在深夜利用无人机杀害了那名政治人物。

"虽然新闻上说,那个人是暗中策划恐怖袭击的危险人物,但美国怎么可以随便杀害身在外国的外国人?"里见大地说道,"新闻上说,后来那个国家很生气,发射导弹轰炸了美军基地。"

双方你来我往地互相报复,确实让人不禁担心,不知何时会演变成真正的战争。而且有传闻指出,那个国家为了对抗美国,正在偷偷进行核试验。虽然我看到这个新闻时的第一个感想是,连我这个住在远东岛国的小小语文教师都能得知那个国家正在进行核武器的试验,那他们的"偷偷"也做得太名不副实了。

"昨天轰炸完,美国总统突然说要发表紧急声明。我非常想赶快知道那个声明的内容到底是什么。美国的晚上八点,我们这边应该还是早上吧。"

里见大地说他为了随时看新闻,才把手机带到学校来。

"就只是为了早一点知道美国总统的声明?"

"是啊,我真的很害怕战争。"

我想自己此刻一定是瞪大了眼睛吧。

"这算是很重要的理由吗?"我忍不住说道。

虽然他有可能只是跟我开玩笑,但至少在我听来,他不像是说谎。而且,即使是他的确说了谎,这至少也是个挺有新意的谎言。

"好吧。既然是这样,那也没办法,这次就不追究了。"我说道。

"咦?"里见大地反而吓了一跳。

"但你不能把这件事告诉其他同学。要是大家以后都以类似的理由把手机带到学校来,那可就糟了。"我不禁在心中想象,学生们有的说要看总统记者会,有的说关心首相决策的景象。至于报告,我决定写上刚刚那个外婆身体不舒服的理由。

"噢,好。"里见大地对我鞠了个躬,表情突然充满稚气。

"好了,你可以离开了。"我这句话一说出口,里见大地却突然皱起眉头。

我心里纳闷他怎么会露出这样的表情,正要仔细观察,他竟然打了个喷嚏。我急忙将脸转到一边,但已经太迟了。

"抱歉,老师,我有花粉症。"里见大地一脸歉意地从口袋中掏出面纸,擤起了鼻涕。

"哦,没关系。"我嘴上这么说,心里却相当懊恼。他以这么近的距离对着我打喷嚏,有很高的概率让我"感染"。

檀 老 师

果然不出我所料。其实这也不是因为我的直觉特别准,而是每个人在一定程度上都能够掌握和预测自己的体质。比如有人吃了太油的东西容易拉肚子,有人晒太阳会导致皮肤发痒,等等,我的情况也大同小异。

我已经有所觉悟,那个感觉大概又要来了。

在我回到住处公寓,正拿着筷子准备吃昨天煮的红烧肉时,症状开始发作。

　　时间是晚上八点多，我的脑袋突然变得一片空白，而且似乎因为所有血液都集中于大脑，我感觉头顶好热，什么也没办法思考。

　　接着我的眼前出现了数道闪光，仿佛有人不停开关闪光灯一样。原本我眼前所看见的公寓客厅的景象迅速退向后方，另一个影像突然插进来，填满了我前方的视野。

　　上一次我经历这样的体验，是大约一星期前，算起来已经有点久远了。

　　前方出现的新场景是椅子靠背，看得出来那是新干线的座位。

　　这次感染很可能是里见大地的喷嚏造成的，所以，这应该是他看见的场景。从这场景看起来，他应该正坐在新干线的座位上。

　　一排有三个座位，他旁边坐着另一个人。或许是跟家人一起出门旅行吧？我正这么想的时候，整个场景忽然剧烈地摇晃起来。车体变成了倾斜状态，不知从何处飞来了一个宝特瓶，乘客的行李从靠近车顶的置物架上滚了下来。

　　紧接着是一阵类似晕车的感觉，眼前突然变得一片漆黑。新干线的景象就这样消失了，简直像是被人关掉了开关一样。下一秒，我的眼前又恢复了原本的客厅场景。

　　我蹲在地上，整个人愣住了。

我试着回想刚刚看见的景象。新干线剧烈摇晃，接着严重倾斜，应该是遭遇了某种事故。难道里见大地搭乘的新干线会遭遇事故，例如列车脱轨之类的严重事故？

这可怕的预感，让我的背后蹿起一阵凉意。

这个周末，他会跟家人出去吗？

我摇摇晃晃地走向冰箱。学生的联络方式表就用磁铁吸附在冰箱门上。虽然现在这个时代对个人资料的保护变得比以前严格得多，但至少我还知道自己班上学生的电话号码。

我拿起了那张表，心里想着一定要赶快警告他才行。

警告什么？

明天搭新干线会很危险。虽然不知道原因，也不清楚细节，但很可能会发生事故，而且后果可能非常严重。

可能有生命危险。

算了吧，谁会相信这种鬼话？我的心里响起了这么一道声音。即使提出警告，也只是会被当成怪人吧。

不，如果置之不理，后果可能不堪设想。

像这样的预演，我已经看过很多次，次数多到我都懒得数了。但是像这样攸关当事人性命的，我还是第一次看到。

我回想起了自己的父亲。他曾经对我说过，当遇到这样的情况时，即使再想传达真相，有时候也束手无策。自己的努力，往往无法派上用场。

然而我还是不禁心想，或许这次能够想出办法。

我在房间里绕来绕去，绕到头都晕了，最后我拿起手机，上网搜寻JR东日本铁路公司的联络方式。虽然我找到了免付费电话，但此时已经是晚上，即使打了可能也没人接。此外，我也想过干脆直接报警。问题是，要对警察说什么呢？明天新干线可能会发生事故，请提高警觉？要是这么说，一定会被当作恶作剧吧。

当我回过神来时，发现自己已经按下了手机的通话键，拨打的号码是里见家的电话。

这个时间大地的父亲可能还没回家。上课日的晚上，外婆如果突然接到班主任打来的电话，一定会非常担心吧。幸好接电话的是大地本人，我这才松了一口气。

"老师，有什么事吗？"

"抱歉，老师要说的事情跟学校没什么关系。"我拼命思考着下一句要说什么，"老师接下来要说的话，可能会让你吓一跳。"

我的脑海中不禁浮现里见大地一脸惊恐的表情。说不定他正在担心我接下来将会进行爱的告白。

"老师，到底是什么事？"

"老师有个朋友在当算命师。"我随口捏造了个人物，"刚刚他告诉老师，老师的学生之一明天会遭遇新干线的事故。大地，你明天有没有计划要去哪里？"

我差点说出"你明天不是要搭新干线吗"，幸好临时改了口。

"咦？老师，我跟你说过吗？我跟外婆明天要去盛冈，她的老家在那里。"

"噢，是吗？我那朋友真厉害。"我的演技实在不太行。虽然现在可不是称赞朋友的好时机，但是我如果省略一切说明，直接大喊"立刻取消行程"，一定会引来怀疑。

"老师，你到底想要说什么？跟语文课有关的事情吗？"

"老师知道这很古怪，可能会让你感到害怕……呃，老师自己也觉得这实在是很莫名其妙。"明明一点也不热，我却满身大汗。但此时骑虎难下，我只能想尽一切办法说服他采纳我的建议。

算命师算出新干线将会发生事故。这听起来很像胡扯，而且似乎根本不会成真，但最好还是改搭另一班新干线吧。"那个算命师真的非常准，可以说是铁口直断。"所以，到底是哪个算命师啊？

里见大地笑着说道："老师，你是认真的吗？这我得跟外婆商量一下。"

我知道，以大地的立场，他只能这么回答我，所以我也没再提出进一步的要求。

我客客气气地为自己的失礼道了歉，挂断了电话。

全身不断冒出冷汗。心里不禁有些后悔，自己可能做了一件没有意义的事情。

这种感觉有点像向单恋的同学告白，结果惨遭拒绝。今天搞出了这种事，下星期我有什么脸去学校？我不禁想象，星期一校长可能就会接到消息，把我叫过去，满脸错愕地问我："你怎么会对学生做这种事？"

我心里有一股冲动，想要立刻再打一通电话给里见大地，大喊"忘掉我刚刚说的那些话"。但如果我真的这么做，大概只会让事态更加恶化吧。如果时光能够倒流就好了！我又像刚刚一样，在房间里绕起了圈子。

但是这股内心的纠葛，只维持到第二天的傍晚。我点开手机的新闻APP，一则大大地写着"新干线在福岛站前方意外发生脱轨"的新闻标题映入视线。我吃了一惊，赶紧点进去看内文，但因为太过紧张，完全无法理解文章的内容。

除报道的文章以外，还有一段从事故现场上空拍摄的现场直播视频。新干线列车撞破高架桥的护栏，向外冲了出去。这不是单纯的意外脱轨事件——若以人体来比喻，就像是用头顶撞破了身旁的墙壁，上半身挂在墙壁外侧——显然是一起相当严重的事故，令我一时之间完全无法思考。

有人伤亡吗？我满脑子只想着这个问题。这么严重的事故，不可能没有伤亡吧？从画面中可以看出，车体正在冒烟。

我不由得心跳加快，抓着手机的手指微微颤抖。

根据我昨天看到的那个场景来分析，里见大地所在的车厢应该也受创严重。我回想起他曾说过因为害怕战争，所以非常关心美国总统的记者会。那还只是昨天的事情。没想到，还没遇上战争，就先遇上了重大事故。

"不会吧……"当我回过神来时，我发现自己的呼吸变得相当急促。

蓦然间，手机响了起来。隔了相当长一段时间，我才察觉那是来电铃声。我心中大惊，赶紧按下通话键，将手机放在耳边。耳边传来里见大地的声音："老师！太可怕了！"

"太好了！"我以颤抖的声音说道。幸好里见大地还活着。

"太可怕了！老师！"

大地的语气相当激动。我吃了一惊，这才想到他可能正被困在新干线的车厢内，甚至可能被座位压住了。

"你还好吗？有没有受伤？"

"老师，我不是那个意思！我是说，那个算命师太可怕了！"

"算命师？"

"他真的说中了！新干线的事故！"

"大地，你……"

"我们后来改搭了早一班的新干线。"

"嗯？"我几乎不敢相信，他竟然采纳了我的建议。

"我把老师的话告诉我爸。我爸说，为保险起见，还是改搭别班好了。啊，不过我爸没有一起来。"

"那你现在是在……"

"盛冈的亲戚家。没想到真的会发生事故，真是吓死我了。那个算命师真够厉害的，太可怕了！"或许是由于情绪激动，

29

他叽里呱啦说个不停,"我外婆也说,真的很感谢老师。"

"啊……嗯,太好了。"我说道。心中除放下一块石头外,也有一股淡淡的罪恶感正逐渐扩散。果然如同当初看到的,发生了事故。虽然目前还不知道事故详情,但应该造成了相当严重的伤亡吧。既然事先已经知道,不是应该可以设法防止事故发生吗?这样的声音不断自后脑勺的方向传来,简直像是有人在我的身后诵经一样。

不,绝对不可能防止。我这么说服自己。即使我说破了嘴,也不会有人相信。只要伪装成"炸弹预告",或许就能改变未来,不是吗?心中的那道声音如此提出抗议。但我马上就想到了反驳的论点。我这个人还没有坚强到能够做这种事。一旦我发出炸弹预告,一来不见得能够确实避免事故的发生,二来连我自己都会遭到警察逮捕。

没有办法做到的事情,就是没有办法做到。我不断这么告诉自己。即使能够预知未来,还是有做不到的事情。

至少这一次,我成功拯救了里见大地跟他的外婆。

这样就够了。我已经尽力而为了。我这么告诉自己。

后来,电话另一头的人变成了里见大地的外婆。她向我寒暄,同时为新干线的事情向我道谢,我只能支支吾吾地回应。最终到底是怎么挂断了电话,我自己也记不清楚。

俄罗斯蓝猫

"蓝猫，千万别看新闻。"美国短毛猫一边开着车子一边说道，"看新闻对自己没有任何好处，完全没有。"

坐在副驾驶座上看着手机的俄罗斯蓝猫随口应了一声，接着说道："短毛猫，你知道吗，蜱虫是一种很可怕的动物。"

蜱虫平常生活在草丛里。人类如果被咬到，可能会出现感染症状，例如发烧、腹泻及腹痛等，严重者还可能死亡。新闻上是这么说的。

俄罗斯蓝猫忽然感觉自己的脚踝附近好像被什么东西扎了一下。该不会是被蜱虫咬了吧？俄罗斯蓝猫吓得想要惊声尖叫。

"这我早就知道了，新闻常常报道。"

"真是太可怕了……我们现在要去哪里？"

"××区，得穿过草丛。"

"不会吧？草丛里要是有蜱虫怎么办？"俄罗斯蓝猫继续读起了手机画面上的内容。相关新闻的字段里，出现了"食人菌"这个关键词。明明可以不用点，俄罗斯蓝猫却管不住自己的手指，点开了那个页面，映入眼帘的是"侵袭性A组链球菌感染""四肢坏死""致死率约三成"等词句。明明可以不用看，俄罗斯蓝猫却管不住自己的眼睛，看起了那些可怕的文章及照片。

完蛋了。

俄罗斯蓝猫绝望地瘫倒在椅背上。

脑中想象着这种细菌侵入自己皮肤伤口的画面。下场一定会像这些照片一样惨不忍睹吧。没错，自己一定也会变成这样。

"蓝猫，新闻上写的东西，不用太在意啦。"美国短毛猫一边将方向盘往左打，一边说道。

"真是初生牛犊不怕虎，十年前的我也像你现在一样。"

"十年前的蓝猫，一定跟现在一样悲观吧。"美国短毛猫说得斩钉截铁。

你又知道了？俄罗斯蓝猫在心里咕哝，正要反驳，蓦然间回想起了十年前的自己。

当时自己才二十五岁，那个时期某国家正在进行生物武器之类的毁灭性武器的开发实验，世界上有些国家严厉谴责，有些国家柔性劝说，有些国家暗中支持，整个国际局势乱成一团，战争一触即发。

当时的俄罗斯蓝猫还是个上班族，每次开车上班途中或是拜访客户时，只要听见晴朗无云的天空中传来飞机的声音，都会担心飞机上的人会散布某种生物武器，有时还会吓得嘴里碎碎念着"完蛋了""死定了"，甚至会想要紧闭眼睛。

"蓝猫，不管你担心或不担心，这个世界的未来都不会改变。"

"你根本什么也不懂，别说得好像你很懂似的，好吗？"

"不懂的人才最幸福。蓝猫，你不是还担心有的没的疾病吗？你说什么会引发过敏来着？"

"鼠螨和居家粉尘。那也就罢了，我还有青光眼和脂肪肝。"俄罗斯蓝猫说到这里，回想起数月前到眼科检查视野的诊断结果，心情不禁更加郁闷了。医生说视野缩小的问题虽然没有显著变化，但正在缓慢恶化中。

"我明明滴酒不沾，为什么肝脏的脂肪就是减不掉？你听过什么是NASH（非酒精性脂肪肝炎）吗？医生叫我多运动，但是运动真的有用吗？我真的很害怕，接下来会变成肝硬化，甚至是肝癌。"

"能做的预防措施，你都已经做了，不是吗？既然如此，再怎么烦恼也没有用，不如别想太多，毕竟人生苦短。"

"你可以不要说这么可怕的话吗？"

"可怕的话？哪一句？"

"人生苦短。"

"难不成你嫌人生太长？"

"我已经故意不想这件事了，别让我再想起来。"

"你故意不想的事情，是不是还有东北金鹫的十连败？"美国短毛猫以调侃的口气说道。

俄罗斯蓝猫重重叹了一口气，说道：

"你真的是东北金鹫的球迷吗？为什么你还可以保持冷静？"

"我当然是东北金鹫的球迷，我家里的啦啦队毛巾都不知有多少条。这只是心态的问题而已。即使十连败，也还是有机会获得冠军。而且，就算没获得冠军，也不会怎么样，又不是没拿到冠军就会被枪毙。"

俄罗斯蓝猫感觉自己正在跟一个风俗文化截然不同的异族人说话。

美国短毛猫踩下刹车，说道："我们到了。"

俄罗斯蓝猫望向车外。车子原本一直开在宽广的国道上，怎么才一会工夫，周围竟然全是树林。

"我看不到任何房子。"

"就在前面而已。但是这条路是死路，我们可能要用走的。"

道路狭窄到两辆车会车都有困难，美国短毛猫将车子停在路旁的一小块空地上。

俄罗斯蓝猫打开车门下车，与美国短毛猫并肩沿着狭窄的道路前进。旁边是一片小树林。俄罗斯蓝猫不时查看脚边，确认有无蜱虫。美国短毛猫以取笑的口气说道："昨天之前你根本不会在意这种事情，看来你真的中新闻的毒太深了。"

道路的尽头出现一座有着白色墙壁的独栋建筑。

"真气派的屋子。"建筑物的壮观程度令俄罗斯蓝猫有些震惊。停车格上停着两辆进口车。

"这是两代同堂的住宅？"俄罗斯蓝猫问道。如果是的话，除了目标人物，还得想办法控制目标人物的家人，这可有点麻烦。

"罚森罚太郎是独居。"美国短毛猫似乎把目标人物的所有个人资料全记在了脑海里，不假思索地说出以下这些信息。

罚森罚太郎是个年过半百的企业经营者。这个人原本是拍摄网络视频出身的，而且他制作的都是一些含有强烈歧视或性暗示的视频。这些视频虽然受到谴责，但也吸引了不少目光，收获了很高的播放量。虽然后来视频网站强化对视频发布的管理与限制，但罚森在受到限制之前，早已获得高知名度及丰厚的收入。后来，罚森还自行开发视频分享平台，吸引了大量同样助长歧视、满足观众猎奇心理的视频。他一直游走在社会批判和违法乱纪的灰色地带，引发了不少社会问题。然而罚森在收手不干的时候，几乎可说是全身而退，完全没有受到任何惩罚。接着，他转而投资虚拟货币，获利更是惊人，资产连翻了数倍。

"他不是住在东京都内的某座摩天大楼里吗？"俄罗斯蓝猫说道。以前曾经在电视节目上看过罚森公开他的住家。

"东京都内的住处只是掩人耳目而已，他大多时候都住在这里。"

"周围不是农田就是森林，却盖了这样一栋建筑，不会太招摇了吗？应该会吸引一些觊觎金钱的盗匪上门吧？"

"听说屋子里头有着非常完善的安保系统。还有，罚森从不在屋子里摆放任何能够轻易变现的值钱物品。股票、虚拟货币之类的东西，一般闯空门的盗贼也偷不走。"

俄罗斯蓝猫看着屋子的大门，猛然发现玄关的门边有一台监控摄像机正对着自己，赶紧举起双手捂住脸。

"蓝猫，你在做什么？"

"我怕被拍到。"

"不用担心监控摄像机的问题，只要把影像删除就行了。我都拜托好了。"

"拜托好了？拜托谁？短毛猫，这些细节你怎么都没有先告诉我？"

"要是告诉你，你一定又开始杞人忧天。例如，我跟你说我买通了家政保洁员，安排我们顺利侵入，你一定会担心'那个人能信任吗''会不会反过来被罚森买通''会不会泄露我们的秘密'，等等，最后再说上一句你的口头禅。"

"口头禅？我没有口头禅。"

"有。"美国短毛猫说完之后，装模作样地重重叹了口气，说了一句"完蛋了"，接着说道，"这就是你的口头禅。你一定是地球上最常说'完蛋了'的人，真不晓得你已经完蛋几次了。"

俄罗斯蓝猫想要反驳，但最后什么也没说。根据经验，除非自己保持沉默，否则跟美国短毛猫的争吵绝对不会有结束的时候。因此俄罗斯蓝猫决定话锋一转，改口说道："总之就是有个家政保洁员愿意帮助我们，对吧？"多半不是基于善意的帮助，而是收了贿赂吧。十亿日元的预算，在许多地方都能派上用场。

罚森罚太郎是猫咪杀手的煽动者，也是个不负责任的支持者。在猫咪杀手公开虐猫视频的时候，罚森早已从视频分享平台抽手，开始将大量资金投入虚拟货币等各种投资渠道。因此，他在这件事情里的立场只是单纯以观看视频为乐的观众。猫咪杀手遭到逮捕后，有相当高明的律师为他辩护。根据调查，那正是罚森罚太郎在背后提供的协助。

"一个拥有私人飞机的超级富豪，怎么会对虐待猫咪这种事情感兴趣？"俄罗斯蓝猫不禁问道。

"这跟有没有钱无关，有些人就是喜欢看别人受苦。别人越痛苦，他们越能得到快感，这也算是一种癖好吧。"美国短毛猫一脸若无其事地回答。

"有钱人其实也有很多好人呢。"俄罗斯蓝猫说道。电视新闻有时会报道一些富可敌国的年轻企业家，将利益得失暂时放在一边，致力于慈善事业或提供巨额捐款。

"是啊，但是像罚森这种人，不管有没有钱，大概都会是猫狱会成员吧。"

美国短毛猫推开屋子的院门，大跨步走进庭院。俄罗斯蓝猫也紧跟在后。

"听说罚森大多待在一楼的客厅，我们先去那里看看。"

俄罗斯蓝猫在玄关前追上了美国短毛猫，抢先伸手抓住门把，试着一转，门扉却纹丝不动。

"打不开。"俄罗斯蓝猫忍不住转头对美国短毛猫说道，"完蛋了。"

美国短毛猫露出一脸懒得说明的表情，打开旁边墙壁上的一块面板，里头有一块液晶屏幕。他弯曲食指，以关节的部分进行操控，似乎是不希望留下指纹。

"我知道开门的图形密码。"

"你怎么会知道？"

"家政保洁员家持①小姐跟我说的。"

美国短毛猫事先曾与家持小姐进行视频通话，讨论过细节，但俄罗斯蓝猫并不认识这名女性。

美国短毛猫于是开始说起这名女性的来历。家持小姐以前就很喜欢猫，常会照顾住家附近的流浪猫。五年前，她从新闻上得知猫咪杀手的虐猫事件，不仅气得怒发冲冠，难过得心如刀割，还对自己的无能为力懊恼到心灰意冷。这次美国短毛猫偶然找上她，请她帮忙，她简直感觉这是上天赐给她的使命。

"她得知过去一直帮猫咪的敌人打扫居家环境，感到非常后悔，认为自己做了对不起猫咪的行为。我看她一直唉声叹气，于是告诉她：'你就把自己当作卧底吧，你过去做的事情都是为了这一刻。'她听到我这句话，露出了一副看见救世主似的表情。"

"这女的几岁啊？"

---

① 日文中"家持"与"家事"（kaji）同音。

"三四十岁吧。除了帮人打扫家里,她还是外卖配送员,而且骑的是自行车。"

美国短毛猫转头望向俄罗斯蓝猫,露出一副年龄根本不重要的表情。

"骑自行车送外卖不是年轻人的专利吗?"

"这跟年龄无关,她就是喜欢骑自行车。蓝猫,照你这个逻辑,家政保洁员也只能是女性?"

"我可没这么说。"

美国短毛猫对俄罗斯蓝猫这句话充耳不闻,只淡淡地说"接下来就照平常的做法去做",同时从屁股口袋中掏出了流星索。这种道具有点像流行玩具碰碰球,结构相当简单,就是绳索两端各连着一颗高尔夫球大的球体。但是绳索具有伸缩性,可以甩向远方,只要用一端的沉重球体钩住猎物的腿部,就可以像牛仔套绳一样将猎物扯倒。

"我们走吧。"

俄罗斯蓝猫同样取出流星索,拿在手里甩了甩,球体发出咻咻声响。大多数的人一旦冷不丁被这玩意钩中,都会大为狼狈。虽然两人的腰包里还有其他武器,但都不像流星索这么灵巧方便。只要是能够以流星索解决的敌人,他们就不动用其他武器。

两人踏进了屋内,脚上当然还穿着鞋子。虽然心中涌起一丝弄脏他人家里地板的歉疚感,但一想到遭受虐待的猫咪,两人反而恨不得将地板弄得更脏一点。

俄罗斯蓝猫神经兮兮地左顾右盼，美国短毛猫则是在走廊内笔直地前进。这栋白色建筑不愧是豪宅中的豪宅，房间的数量多得令人咋舌。不过美国短毛猫的步伐丝毫没有迟疑，显然已经事先通过家持小姐确认了房屋格局。

"午安，我们是猫狱会猎人，受猫咪的委托前来拜访。"

美国短毛猫打开门，踏进客厅的同时，精神奕奕地如此喊道。自从开始做这个工作，这句话几乎成了美国短毛猫的固定台词。有时他心情好，还会和着节拍大喊"阿美修、哈啦修、马呲欧巴修"。这句话基本上就只是玩谐音哏，没有任何实质意义。

屋主看见有人闯入，通常会马上站起来，大喝一声"你们是谁"，但这次客厅里却是一片寂静。

客厅相当宽敞，放眼望去只能看见桌子、沙发、大尺寸电视机以及墙上的抽象画。

"蓝猫，看来我们被抢先了一步。"

美国短毛猫耸了耸肩，右手依然不停甩动流星索，呼呼有声。

被抢先一步？

俄罗斯蓝猫望向他的脚边。地板上倒着一名中年妇人。那显然不是罚森罚太郎，多半是家政保洁员家持小姐吧。两人靠近一看，妇人还有呼吸，但地上有一片血泊，妇人似乎受了伤。

"这是怎么搞的?"俄罗斯蓝猫硬生生把原本几乎要脱口而出的那句"完蛋了"吞回肚子里。

檀 老 师

"关于这种事,你爸爸有没有说过什么?"背后传来母亲的问话声。我跪在老家的和室房间里,面对着佛坛,双手合十膜拜后敲了钵。照片中的父亲看起来斯文又温柔,正如同他生前的形象。想当初,他突然被诊断出罹患胰腺癌,医生说他来日无多,我们还没做好心理准备,他就走了。

我在客厅的沙发上坐下,坐在对面的母亲拿起桌上的零食不停塞进嘴里。母亲的年纪比父亲小了六岁,但如今母亲已经追上了过世的父亲的年纪。

"千乡,都是你爸爸的错,给你添了这么大的麻烦。"

"这也不能怪爸爸。说起来,爸爸也是受害者。"我望着佛坛的方向说道。不,严格来说,根本没有谁是加害者,谁是受害者。母亲以前就有一个坏毛病,那就是不管遇上什么事情,都喜欢把错推到父亲头上。

"关于这种事,你爸爸有没有说过什么?"母亲又问了一次。

"这种事,指的是什么事?"我问道。母亲的问题向来很抽象,让人摸不着头脑。

回想起来,从我小时候起,母亲就喜欢把责任推给父亲,一天到晚不是问"你爸爸怎么说",就是说"去问你爸爸"。

"你爸爸有没有说过,要是看见了重大案件或事故的预演时,该怎么处理?"

"预演"是父亲发明的说法。父亲认为那就像是提早看了一段"连当事人都没看过的视频",所以将其形容成"预演"可说是相当贴切。

父亲告诉我关于预演的事,是在六年前,父亲过世的前一天。当时他躺在安宁医院的单人房里,身边只有我一个人。晚上,他突然把我叫去,还请院方特别安排单独与我见面。我心里自然是一头雾水。他忽然对我说道:

"千乡,我有一件事要告诉你,是关于我们的体质的事。这件事,我当年也是听你的祖父说的。"

"体质?"

"你祖父告诉我的时候,我才二十岁。他对我说,我们有时候会看见'他人的未来',而且在三十岁到四十岁,症状最为严重。"

父亲听祖父这么说的时候,刚开始还以为祖父想要谈的是青春痘、更年期综合征之类会在特定年龄层出现的症状。我刚听父亲这么说的时候也是这么认为的。

"他人的未来?爸爸,你在说什么啊?"当时我的表情想必相当错愕吧。预知未来是科幻电影、小说或漫画里经常出现的情节,但父亲是个实事求是的人,即使在欣赏科幻作品的时候,也特别重视作品的真实性，经常说出"这么不合理的设定，真是让人兴致全失"之类的感想。相较之下，我欣赏科幻作品的偏好却是越天马行空越好，因此我跟父亲对同一部作品的感想往往大相径庭。正因为父亲有着这样的性格，当他说出"会看见他人的未来"这种话时，我一时之间真的不知道该作何反应，甚至怀疑是医院使用的药物对他的神志造成了影响。

"千乡，你很幸运。"

"嗯？"

"当年你祖父告诉我这件事的时候，几乎没有传达任何细节。他只说'有时明明没有睡着，却会做梦，而那个梦是现实中发生之事的前兆'。"

"没有睡着，却会做梦？意思是看见幻觉吗？"我带着随口敷衍的心情问道。但是下一秒，我忽然想到了一件事。

父亲点了点头。从他看我的神情可知，他已明白我想到了那件事。

"不久前，你不是说过吗，每天一到晚上，就会头晕目眩，还到医院做了检查。"

"呃……嗯。"检查的结果显示，我的脑部及双眼没有任何异常，医生说大概只是身心操劳或睡眠不足造成的。那时候我刚到初中教书几年，确实每天过着身心操劳、睡眠不足的日子，因此我完全可以接受医生的推测。

"同样的情况，后来还是常常发生，对吧？到了晚上，常会突然看见一些莫名其妙的景象。"

"是不是这样，我也不敢肯定。"我给了一个模糊的答案，因为我不愿意直接承认父亲说得没错，事实上我的症状确实如此，经常会看见一些类似幻觉的奇妙影像。不过我告诉自己，毕竟初中教师的工作就是这么劳心劳力，何况可能只是视觉神经出了一点错乱，反正没有对工作和生活造成太大的影响，就不要太在意了。

"那其实是另外一个人的未来场景。"父亲这么告诉我，"你看见了别人的未来。"

我一时不知该如何回应，只好说："爸爸，你一定是太累了，毕竟住院这么久。"

"不，我说的都是千真万确的事情。你还记得前几年暴发的传染病吗？"

"当然记得。"我说道。当我还在读大学的时候，全世界暴发了一次大规模的传染病，刚开始我以为疫情马上就会得到控制，没想到整个世界就这么瘫痪了将近三年。因为当时每个人都戴着口罩，如今我几乎想不起来大学同学的长相。

"当时的病毒是经由飞沫传染的，对吧？病毒进入我们的口鼻中，在黏膜上繁殖。根据我的推测，我们也是类似的情况。"

"类似的情况？什么跟什么类似？"

"假设某个人的飞沫朝你飞来，进入了你的嘴里，附着在喉咙某个部位的黏膜上，这么一来……"

"我就会生病？"

"不，我们的情况不太一样。你就会看见那个人的未来。这是我在经过各种测试后才得出的结论。虽然这并非一种疾病，但是，一旦感染他人的飞沫，我们就会看见那个人未来的一幕。时间有长有短，短的时候大概只有十秒，长的时候约有三分钟。还有的时候，看起来像是以三倍的速度播放原本十分钟的事情。那场景有点像是浮现在脑海里，又有点像是实际进入了视野之中。"

"未来的一幕？那是什么意思？"

"就是那个人在未来将会看见的某段画面。而且根据我的验证，大概就是第二天。"

"爸爸，你还好吗？"我真正想问的是"你的脑袋还好吗"。父亲的外表依然是一副崇尚理智、讲求实事求是的神态。如果在这样的情况下，脑袋却少了一根螺丝，未免太可怕了。

"爸爸对你感到很抱歉，将这种麻烦的体质遗传给了你。但是爸爸也不是自愿拥有这种麻烦的体质的。"

我很想劝父亲别再说傻话，好好躺下来休息，但我实在说不出口。虽然父亲的这番话实在是荒诞无稽，但我没有办法说服自己不在意。

父亲接着说道："在看见画面之前，眼前通常会出现一些闪光，仿佛有人在眼前开启闪光灯一样，忽然闪一下，过一会又闪一下。"

"这太荒唐了。"我努力说服自己甩掉想要相信的念头，但父亲所描述的闪光现象，我也确实经历过了。

"刚开始，我也觉得这很荒唐。即使到了今天，我自己依然有点怀疑。但是更让我好奇的一点是，除我们以外，应该还有其他人拥有相同的体质吧？说不定跟花粉症或过敏一样，很多人都有类似问题。"

"妈妈知道这件事吗？"

父亲笑了起来，那神情仿佛突然年轻了好几岁。

"我早就告诉她了，差不多在刚结婚的时候吧。"

"妈妈有什么反应？"我嘴里这么问，其实大致可以想象出来。母亲的反应大概类似得知附近超市大拍卖，说不定嘴里还会大喊一声："哇，真的假的？"

"'哇，那可真是不得了。'她只说了这么一句。"

母亲总是大而化之，很少有什么事情能够让她担忧。"烦恼也无济于事，只能走一步算一步了。""尽人事，听天命。""天气不会因为你的心情而改变。"这些都是她的座右铭。

"这个能力……呃，或者说是体质……有没有办法用来得到一些好处，例如用来买彩票，或是买股票什么的？"

父亲听到我这么说，陷入了沉默。如今回想起来，他当时或许很无奈，想告诉我"不仅没办法得到好处，而且还会造成一堆麻烦"，只是最后没有说出口。

"有一次，我看见了彩票的中奖号码。第二天刚好是彩票开奖日，我看见的场景是获奖者对着那个号码大声欢呼。后来我赶紧也买了那个号码的彩票，果然中奖了。"

"真的假的？"

"中了两万日元。"

"呃，有点少。"

父亲没有应话，只是笑了起来，眼角挤出了皱纹。

"能够知道看见的是谁的未来吗？"

"大致上可以推测。就像感染某种疾病一样，只要从潜伏期往回推算，就可以猜出大概是被谁传染了。当然如果是在高峰时段的电车里被传染，就没有办法得知传染的人是谁了。不过根据看见的画面，往往也能推测当事人的身份。"

"有没有可能被同一个人传染很多次？"

"这是个好问题。"父亲说这句话似乎并非讽刺，而是打从心底感到开心，"这毕竟跟感冒不一样，似乎没办法产生免疫力，所以有可能重复感染。不过我跟你母亲在一起生活，也没有每天都看见她的未来。可见应该是有时候会感染，有时候不会。当然也有可能是感染过一次之后，短时间内不会再度感染。"

我感觉好像还有很多问题应该问清楚，脑袋里却一个具体的问题也想不出来。我不禁有些焦急。

"简单来说，就像是预演吧。"

"咦？"我心想，父亲又在说奇怪的话了。

"我只是……我们只是稍微看见了当事人第二天的经历的预演而已。"

"呃……"

"还有一点,预演画面或许是当事人第二天印象最深刻的场景。不过这只是我自己的猜测而已。"

"印象最深刻?"

"就是对当事人而言,那一天最精彩的片段。当然什么事也没发生的平凡场景也不少,但是相较之下,还是有许多跌倒或是手指被门夹到之类的小意外。电影预告不是会播放特别精彩的部分吗?这也是一样的意思。"

"哦……"

"当年你祖父告诉我这件事,是在我刚成人的时候;第一次看到预演,则是在我二十五岁左右。刚开始只是偶尔看见,后来频率越来越高,差不多到三四十岁的时候达到巅峰。虽然还不到每天都看见的程度,但大约两天就会看见一次,一星期看见四次左右吧。"

"这么多?"当时我虽然这么说,但如今回想起来,那时候的我也确实到了每星期看见两三次幻觉的程度。

"我一直烦恼着该不该把这件事告诉你。打从你出生,我就开始烦恼这件事。"

"怎么到今天才突然决定要说了?"

"或许是因为我突然想要看一看儿子惊讶的表情吧。"

我愣了一下，立刻表达心中的不满：

"为了取悦自己，不惜让儿子不知所措？"

"这是我最后一次任性了。"

"什么最后一次，不要说这么可怕的话。"我说道，事实上那时候的父亲看起来稍微恢复了一些活力，"爸爸，你该不会想要告诉我，你看见了自己的未来吧？"

"我们不会看见自己的未来。自己的口水不会把疾病传染给自己，对吧？我们的情况也一样，不过……"

"不过什么？"

"有时透过别人的预演，也能知道自己的状况。"

"什么意思？"

"举例来说明好了，我看见了你的明天，而且是正在和我见面的场景。我就可以由此推测，我们明天一定会见面。"

"原来如此。"这种程度的预知，似乎没有办法运用在任何事情上，我不禁感到有些沮丧。

父亲又是一阵沉默。他原本已经眯起了眼睛，接着却又突然猛眨双眼，简直像是心中有着"还有话没有说完"的使命感。

"我要给你一个建议。"父亲说道。什么想要看见儿子惊讶的表情，或许只是他的借口。他的最终目的，或许是要告诉我这个建议。"没有办法做到的事情，就是没有办法做到。"

"嗯？什么意思？"

"你要学会遗忘。"

"爸爸，你终于开始语无伦次了？"

父亲并没有理会我的调侃，接着说道："就像我刚刚说的，预演的内容大多没什么大不了。毕竟只是某个人第二天所看见的场景，即使是精彩片段，通常也没什么了不起的，顶多是跌倒受伤、被上司责骂，或是情人提出分手而已。然而在当事人的眼里，那也可能是相当重要的事情，对吧？"

"或许吧。"

"遇到这样的情况，我们可能会想要把看见的内容告诉当事人。"

"例如你明天会跌倒？"

"如果是跟自己很熟的亲人朋友，当然可以给对方建议。就像你母亲，已经不知道被我救了多少次。一下子弄丢自行车的钥匙，一下子弄丢钱包。"

"妈妈简直是粗心大意的代名词。"

"但是在实际的生活中，很多时候我们并不知道自己看见的是谁的预演。即使知道'一定是被当时遇上的那个人传染了'，我们也很可能不会再跟那个人遇上，当然也不知道对方的联络方式。绝大部分的预演都是这样的情况。即使得知对方会遭遇不幸，往往也没有办法警告对方，当然更别说帮助对方了。"

"噢，原来如此。"我随口说道。当时我没有细想，心里只觉得"嗯，确实如此啊"。

"这其实挺让人难受的。"父亲痛苦得五官扭曲，却还是勉强挤出笑容,"这不能算是罪恶感,只能算是一种长期累积的无力感吧。明明一再提醒自己别在意,内心还是会一再受到打击……"

那时候我才知道,父亲经常到精神科接受治疗和开药。"所以最好趁着还年轻的时候,找到合适的医院和医生。"父亲如此建议。

"会造成那么大的负担?"

"不是我要吓你……如果单从每一次的经历看,都是一些小事,毕竟不是什么世纪重大事件。但是'明明知道却无法阻止'的事实却会持续对大脑造成负担,不知不觉间,使我变得心情郁闷,晚上也不得安睡。因此,我只能给你这个建议……不管你看到了什么,尽量别在意。"

我这才明白了问题的严重性,于是点点头,问道:"既然是飞沫传染,有没有可能靠戴口罩来避免?"

"戴口罩当然有一定的效果。"父亲一脸遗憾地说道,"但只要露出一点缝隙,就有可能感染,何况吃饭、工作的时候必须把口罩拿下来。除飞沫以外,喝同一瓶饮料也会感染,难以完全预防。而且,既然你的身份是老师,总不能完全不让学生看见你的表情。毕竟这不是疾病,不太可能一直戴口罩来防范。"

"这么说也有道理。"即使平常戴着口罩,跟同事聚餐喝酒的时候还是有可能被传染。

"除非你无论如何也不想看见某人的预演,那你最好戴着口

51

罩。平常基本上还是要抱着一定会看见的心情，尽量告诉自己别在意，否则精神一定会吃不消，这才是最重要的。"

"我明白了，我一定会尽量把这件事情忘记。"

"没错，就是这样。"父亲笑着点了点头。

"我得整理一下思绪……或许应该说，我对您的话还是半信半疑。我需要好好想一想。我先回去了。"

我说完这些话之后站了起来。

"明天要上课？"

"明天是星期日，我会在家里休息。"

"下星期学校会很忙吗？"

"试卷都已经发回去，也讲解完了。下星期我会再找时间来。"虽然母亲每天都在医院照顾父亲，但我也告诉自己尽量抽空来看他。何况关于预演的事情，我还有一些细节想要问个清楚。

"真抱歉，给你添麻烦了，明天见。"父亲挥手说道。

"我明天不会来啦。"我苦笑着走出了病房。没想到那是我与父亲的最后一次见面。

过了一阵子，我才猜想到，父亲那天应该已经知道自己第二天会过世了。他多半是看见了母亲的预演吧。如今的我，已完全能想象当时的状况。母亲可能打了个喷嚏，或是和父亲喝了同一杯饮料，让父亲感染了。父亲看见第二天母亲哭泣的场景，因此推测自己会在一两天内过世。

为什么在那样的情况下,父亲还能保持冷静?这让我不禁对父亲既佩服、尊敬,又心怀感谢。多亏了他,我对死亡已不再那么恐惧。

"爸爸叫我不要太在意。他说能够看见未来,对精神是相当大的负担。"

如今的我,已累积了不少目睹预演的经验,因此完全能够体会当时父亲想要表达的意思。每当看见令人难过的预演时,即使一再告诉自己"别想那么多""别放在心上",终究还是会耿耿于怀,导致心情闷闷不乐。

"虽然妈妈也不是很懂,但这似乎有一些煎熬之处吧。"

"是啊,非常煎熬。"我差点忍不住这么说,最终却没有说出口。因为当我要说出这句话的时候,蓦然有种盒盖松了的感觉。在我的脑袋里——不,或许该说是心里——有一个我无论如何都不想打开的盒子。我察觉那盒子的盒盖松了,于是赶紧转移自己的注意力。

"爸爸并没有跟我说,遇上新干线事故这种大事时该如何处理。"为了保持冷静,我故意说得轻描淡写,"我还有好多问题想要问爸爸,可惜他已经不在了。当初他实在应该留下一本Q&A问答集。"

"是啊。"母亲难得露出了寂寞的表情,"不如由你来写吧?"

"嗯?"

"Q&A 问答集呀。看是要写奥特 Q[①]，还是奥特曼 A[②]。先写下来，将来才好传给你儿子看。"

经母亲这么一提，我才惊觉自己将来可能会有孩子。当孩子长大成人后，我也必须把这个体质的事情告诉自己的孩子。

"如果不是儿子，而是女儿，也会遗传吗？"

"我怎么会知道？"母亲一边将零食塞进嘴里，一边说得好像这不在她的业务范围内一样，"总而言之，你救了那个学生，这不就够了吗？"

"是啊。"我点了点头，却感到胃部异常沉重。那场东北新干线的脱轨事故直到现在依然没有查明原因。调查人员似乎没有发现机械运作上有任何问题，因此怀疑事故可能是强风之类的天气因素、动物出现在轨道上、人为疏失或蓄意破坏所致。虽然没有人在这场意外中死亡，但受伤人数似乎相当多。

我救了里见大地和他外婆，却没有办法拯救其他受害者。

想到这里，我立刻将这个想法抛出脑外。这正是父亲所担忧之事。决不能太过在意。做不到的事情就是做不到。看来今天睡前最好吃颗精神安定剂。

"或许这么说听起来很无情，但妈妈认为有些事情是无法

[①] 1966 年播出的一部以怪兽为主角的日本科学幻想特摄剧。——编者注
[②] 1972 年播出的日本特摄剧，为奥特曼系列的第五部作品。通常译作《艾斯奥特曼》(*Ultraman Ace*)，此处为与前文"奥特 Q"对应"Q&A"，故直译为"奥特曼 A"。——编者注

阻止的。"母亲一边吃着零食，一边说得满不在乎。这句话也让我的心情轻松了不少。"接下来你要怎么办？继续编算命师的故事吗？"

"算命师？"

"你不是跟那个学生说，有个算命师算到了新干线会发生意外吗？你明天到学校，那个学生一定会问你算命师叫什么名字，在哪里帮人算命。那个学生姓里见，是吗？他搞不好还会到处向人吹嘘这件事情呢：'檀老师好厉害，他认识一个超凡的算命师，算到了新干线的事故。'"

妈妈这番话说得一针见血。年轻人之间会通过社交软件迅速传递信息，这一点从以前到现在都不曾改变。在我十多岁的时候，就已经是这样了。例如在网络上发现什么好笑的视频或是有趣的新闻，年轻人通常会马上告诉朋友。即使只是同学说的一句无聊话，也会很快传遍整个班级。

多亏了班主任认识的算命师，自己才免于遭遇那场全国皆知的重大事故……这么耸动的话题，学生一定会毫不犹豫地告诉所有人。

我可以想象，明天一到学校就会被学生包围。"老师，你好厉害""老师，你太强了""老师，你是怎么做到的""老师，能不能帮忙介绍那个算命师"……学生一定会像这样七嘴八舌地对我说个不停。我不禁开始烦恼，是不是应该先帮那个不存在的算命师想个全名。

檀 老 师

　　星期一的早晨，我怀着忐忑不安的心情到了学校，完全没听到任何学生对我说"好厉害""太强了"之类的话。亏我还幻想自己会变成学生之间的风云人物，实际上却完全不是这样，这让我不禁为自己丰富的想象力感到丢脸。至于那算命师的全名，当然也被我抛到了九霄云外。

　　事情没有闹大，着实让我松了一口气。但是另一方面，我也感到有些失望。因为这意味着对里见大地来说，这不是什么值得告诉他人的大事。思及此，我都觉得自己真难伺候。

　　我环顾整个教室，恰好与里见大地四目相交。只见他的眼珠子微微转动，似乎有什么话要说。

　　下课之后，我正走向教职员办公室，里见大地从对面走来。他忽然停下脚步，对我说道："我爸爸叫我别把那件事情说出去。"

　　"哦？"

　　"但那个算命师真的很厉害，让我捡回了一条命，他真是我的救命恩人。"里见大地虽然压低了声音，双眸却闪烁着兴奋的神采。

　　"呃，嗯……老师，能不能告诉我，那个算命师叫什么名字？"

　　"老师不记得了。"

"嗯？"

"呃，也不是不记得，而是不能说。"

"我的意思不是要老师介绍给我认识……对了，爸爸说想跟老师见个面。"

"爸爸？你爸爸？"

"他说想要向老师道谢。"

"不用道什么谢啦，我心领了。"我打从心底如此说道。可以的话，尽可能别再与这件事扯上关系。

"如果我爸爸突然跑来学校，应该会给老师添麻烦吧？简直像是学生家长跑到学校理论一样。所以我爸爸希望找个放学后的晚上，和老师见个面。"

"大地，你没听见我刚刚说的话吗？"我有些紧张，不由得提高了音量，"你爸爸的好意我心领了。"

"我爸爸很顽固，一旦决定的事情就不会更改了。"

"他前天不是还改了新干线的班次？"

"他很难得才会做出那样的决定。或许是因为他自己不去盛冈，所以觉得无所谓吧。"

"但是老师和学生家长在校外私下聚餐，似乎也不太好。"

"学校规定了不能这么做吗？"

或许我应该直截了当地告诉他"规定了"，但因为我也不是很清楚，所以说不出口。

"总而言之，请帮我拒绝你爸爸。"

"为什么？其实我也没有一定要让老师和我爸爸见面，但我需要一个理由来说服我爸爸。老师，就像你上星期对我说的那样，请你说个听起来像煞有介事的谎。"

"我可从来没有要求你撒谎。"我虽然嘴上这么说，但心里多少能体会大地的尴尬立场，"见面也不是不行，但如果你爸爸强迫我说出关于算命师的事，那可有点麻烦。"

"老师的意思是说，只要我爸爸不把算命师的事情说出去，老师就愿意和他见面？"

"倒也不是那个意思。"

"这可真有点麻烦。"

里见大地皱起眉头说道。我看着他那副表情，心里感到盒盖又松了。某种沉重的东西不断从盒里溢出，既像气体，又像液体。那可能是一种记忆，一种罪恶感，或是一种带有负面能量的脑内物质。

一定要赶快把盒盖盖好才行。虽然我急着想把自己的意识引导到其他地方，但显然已经太迟了。

对从前教过的学生的罪恶感开始大量向外喷发。

在我任教的第二年，我所带的一年级班上有个男学生，在学校里总是臭着一张脸，很少与人交谈，似乎也没有什么好朋友。由于他经常说出带有恶意的言论，所以三番五次被我叫来训话。虽然他总是说会反省，但看上去有口无心，只是敷衍了事，让我感到恼怒。

他曾经带着冷笑说我是"没用的老师"。由于我才任教第二年，这句话刚好说到了我的痛处，令我气愤不已。直到现在，我依然清楚记得当时自己有多么怒不可遏。就连一些资历比我深的老师也经常抱怨"那小子根本是心理变态"。当然，那名学生并没有被医生诊断为心理变态，老师们只是想为"自己无法与那名学生互相理解"找一个合理的解释。

我只在那名学生一年级的时候担任过他那个班的班主任，自第二年起，便只负责他们班的语文课。但是我对那名学生的印象一直没有改变。

那名学生就这么毕了业，数年之后，我听到他犯下伤害罪的传闻。初中毕业后，他虽然升入高中，但不久就退学了。据说，他在退学后开始干一些不正当的工作。那次的伤害案件好像是超车行为引发纠纷，他与受害者发生了口角冲突，竟然朝对方大打出手，因而遭到逮捕。这件事虽然闹上了新闻，但毕竟不是什么足以让电视新闻每天报道的大案子，我也是经由从前的同事辗转告知，才得知这件事的。

"幸好他已经毕业了。"那个前同事以不屑的口吻说道。我猜他也不是真心这么认为，只是一个有点过分的玩笑而已。听他这么说，我心里多少有些认同。如果他是在我担任班主任期间闯祸的，那么光是处理后续的问题，恐怕就会让我忙得焦头烂额。

"看来这小子毕业后依然是个心理变态。"前同事这句话相当不得体，实在不应该出自教师之口，但我并没有加以指责，反而松了口气。只要我能告诉自己"这个学生不管怎么教，都不可能过正经的生活"，我就不必自责。

然而大约一个月后，我对这件事的看法完全改变了。那一天，我在通勤的电车里偶然遇到一名曾经教过的女学生。一聊之下，她对那起事件的看法是"好可怜"。

刚开始，我以为她说的是遭殴打的受害者很可怜，后来询问详情，才知道她所说的"好可怜"是指那名辍学少年。

"听说他爸爸经常对他施暴。不仅打他，还常常殴打他妈妈。他哥哥半身不遂，也是他爸爸长期凌虐造成的。打从他读初中起，就已经是这样了。我要是他，恐怕早就发疯了吧。"

我忍不住想追问详情，又担心被女学生瞧不起，害怕她问："你当过他的班主任，竟然连这些事也不知道？"因此不敢问出口，只能拼命从内心深处挖掘从前去那辍学少年家家访时的记忆。当时他家是怎样的状况？他的母亲是什么状态？我完全想不起来。既然想不起来，这就意味着当时的我并没有发现任何异状。有些家长会对老师说出家里的实情，甚至把问题推给学校，但也有一些家长会设法掩盖一切问题，什么也不让老师知道。

我一想到那辍学少年从前读初中的时候，必须一边忍受父亲的暴力，一边照顾半身不遂的哥哥，就感觉到天旋地转，脑袋一阵眩晕。虽然他在学校始终是一副百无聊赖的样子，但说不定学校才是他唯一能够喘口气的地方。一时间，我感觉心好痛，仿佛胸口压了一块重石。

后来那名女学生下电车的时候，我甚至忘了对她说再见。可见得当时我受到了多大的冲击。

过去我一直认为那名少年是个态度不佳，脑袋里不知在想些什么，没有办法适应社会的学生。直到听了女学生所说的话，我才恍然大悟，原来"态度不佳，脑袋里不知在想些什么"都只是我的主观臆断。

即使当年我察觉到他的家庭状况不寻常，又能怎么样？我没有自信能够帮上他任何忙。但就算如此，我还是对自己既失望又厌恶，因为我完全没有察觉，也不曾试着去探查他背后的问题。

后来有一次，我下定决心前往他家找他。可纵使见到他，又能怎么样？我自己也说不出个所以然来。我想向他道歉，然而我知道，就算向他道歉，也只会造成他的困扰。后来我没有见到他，因为他们已经搬家了。直到现在，我依然不知道自己是运气好还是运气差。

"但也不是每个出生在问题家庭的孩子都会打架闹事，还是有很多孩子在认真地过生活的。"

当时的女友在听了我诉苦之后这么告诉我。我认为她说得很有道理，也知道她想用这个方式来安慰我，但我实在没办法以"还是有很多孩子在认真地过生活"为理由，批评当年那个学生。在恶劣的环境里依然能够过正经生活的孩子当然很了不起，这是毋庸置疑的事情。但那也只是他们很了不起，并不意味着其他孩子都是虚掷人生。

不知道是这句话的关系，还是原本就感情不睦，不久之后我就与女友分手了。接下来有一段日子，我每天过着死气沉沉的生活。就这么过了几年，又有另一件事情成了我精神上的沉重负担。

那就是我得知了自己的预演体质。

我担任那名学生的班主任时才二十岁出头，还不曾听父亲说过预演的事。但是事后回想起来，那时的我可能已经有目睹预演的经验了。

虽然我是二十五岁以后看见预演的频率才增加的，但是类似的经验或许早在二十岁出头便已发生。我抱着这样的怀疑细细回想，总觉得似乎曾经目睹过一名涨红了脸的中年男子情绪激动地朝我挥拳的场景。虽然我的记忆并不十分清晰，但我总觉得自己看过。没错，我一定看过，那正是隐藏在那名学生家庭中的真相。

我明明已经靠着预演得知了那名学生的家庭问题，为何却什么事也没做？不知不觉间，我如此谴责自己。

就像父亲所说的，目睹他人的未来，为自己带来的是一次又一次的无能为力，以及一次又一次小小的罪恶感的累积。这起事件让我第一次感到深深的沮丧，因为自己的特异体质，难得可以运用在理解学生的心情上。

后来我接受了几次心理治疗。我还是一直无法忘怀那学生的事，但我学会了在心中想象，将对他的罪恶感放进盒子里，然后盖上盒盖。这样的做法似乎起到了效果，后来我即使想到那学生的事，也很少会陷入心神不宁的状态。但盒盖偶尔还是会因一些偶然的契机而松脱，从盒子里头溢出可怕的黑色物质，侵蚀我的理智和心灵。

"大地，你爸爸很严格吗？"我问道。我再也不希望因为学生瞒着不说而没有察觉学生的家庭问题。眼前的这名学生，或许也正忍受着蛮横粗暴的对待，只是我不知道而已。

我的脑海中浮现了当年那名承受着家暴的学生的面孔。接着，我不禁想象里见大地的父亲责备他的画面。他父亲可能会一边推着他，一边骂道："只是和老师说说话而已，老师怎么可能不答应？一定是你拜托的方式有问题。"

里见大地的表情变得极为僵硬，面部微微抽搐。接着他面色凝重地点了点头，说道："所以，如果可以的话，希望老师和我爸爸见一面。"

我心想，果然如此。这让我实在没办法狠下心来拒绝。

"总而言之，你先跟你爸爸说，老师得先确认一下学校的规定。"

虽然这只是不负责任的拖延战术，但里见大地听了之后表情顿时变得开朗，这也让我稍微松了口气。

回到办公室之后，我坐在电脑前，完成了指纹认证，进入学生数据库系统。这个系统可以查到学生监护人的姓名、地址、电话号码及职业。我记得里见大地的父亲是公务员。我想知道他父亲具体是什么类型的公务员，但是系统画面上除"公务员"三个字以外，再没有更进一步的信息了。

"檀老师，听说布藤的父亲住院了，是吗？"

我回过头来，发现吉村老师就站在我身边。

"嗯？真的吗？"

"你不知道？"吉村老师故意露出一副"你明明是班主任，怎么不知道这件事"的表情，"我们班的友泽笑里跟布藤住在同一栋公寓里，是她说鞠子的父亲住院了。"

"是受伤了吗？如果是交通意外的话，我应该会听说才对。"

"布藤鞠子没跟你提过？"

"她好像不太信任我。"这只是个自嘲的玩笑，吉村老师却应了一句"我想也是"令我大为沮丧。

"我开玩笑的，我先走了。"她笑着转身。

"啊，吉村老师，你去年不是里见大地的班主任吗？"我赶紧将她叫住。

"嗯？啊，里见大地？对，去年我是他的班主任。今年他在你们班，对吧？他发生什么事了吗？"吉村老师是个很性急的人，还没等我开口，她就已经像连珠炮般说了一大串。"大地是个很认真的孩子，应该不会闯祸才对。"她抢着说道。

"他确实是个认真的孩子……"我一边说，一边思考着怎么讲才不会遭到怀疑,却想不出个妥善的方案,最后只好老实问道,"他的父亲是什么样的人?我记得好像是公务员,是在市政府里工作吗?"

"他爸爸来过学校一次,我只记得长得很帅。"

"长得很帅?"仔细想想,里见大地确实也长得五官端正,"做的是什么工作?"

其实我真正想问的是他爸爸看起来会不会对家人施暴,但是当然不能直截了当问出这种问题。

"我也不记得了,不过我好像拿过他的名片。当时他针对家长会委员的决定方式来学校提出了建议。他说我们学校的家长会在制度上存在一些问题,并没有考虑到家长的心理压力,还有改善的空间。"

"光听这几句话,就让人觉得有点可怕。"听起来是个对家人的掌控欲很强的人。

"我记得他的名字很有特色……类似十返舍一九①什么的。"

"东海道中膝栗毛②什么的?"那是十返舍一九写的书,"名片写得下这么长的名字吗?"

吉村老师笑得肩膀不住晃动。我看时机成熟,试着问道:"他父亲是个对教育很有热忱的人吗?"

---

① 日本江户时期的作家。
② 十返舍一九创作的滑稽文学作品。

"对教育有没有热忱，我也不知道，不过大地的成绩还不错。"

"你跟他父亲见面的时候，感觉他是个怎样的人？看起来是很严格的父亲吗？"

"檀老师，你怎么会问这么多问题？发生什么了吗？是不是大地的家庭出了什么状况？"

吉村老师将脸凑过来问。那态度似乎并非基于教师的使命感，而是单纯的好奇心。

"倒也没有。我只是猜想，或许他父亲是个对教育很热心的人。"

"是吗？对了，说个完全不相关的话，大地很受欢迎呢。"

我愣了一下，不禁心想，还真的是完全不相关。

"他很受欢迎吗？"我问道。

"是啊，他很有女生缘，也很受男生信赖。像友泽笑里，上次提到大地的时候，表情开心得跟什么似的。我想大地应该有很多粉丝吧。"

"是吗？"有什么根据？消息是哪里来的？我不禁想要如此追问，但是蓦然间，我想到布藤鞠子或许暗恋着里见大地。

因为我想起布藤鞠子在她的小说中所描写的俄罗斯蓝猫这个人物。俄罗斯蓝猫是个非常悲观的角色，害怕各种疾病及核战。而现实中的里见大地，前阵子也因为担心美国总统的记者会可能会引发战争，所以把手机带到了学校，那也算是一种悲观吧。或许正是因为布藤鞠子暗恋里见大地，察觉了他杞人忧天的性格，才把这样的性格套用在了小说中的俄罗斯蓝猫身上。

当然，我没有办法确认布藤鞠子的创作灵感来源。于是我接着问道："对了，如果我跟学生家长在校外见面，会不会有问题？"

"你要跟学生家长在校外见面？"

"要是请学生家长到学校来，应该会让校长和教务主任很紧张吧？"

"嗯，家长来学校，可能会让校长他们坐立不安。不如你干脆假装是在外头偶然遇到的如何？"

"什么意思？"

"例如挑一家咖啡厅、居酒屋什么的。如果你喜欢的话，猫咖也可以。在那种地方偶然遇见大地的父亲也不是什么奇怪的事情。既然刚好遇上了，坐下来聊一聊，谈一谈家庭的事，大概不会有什么问题吧。"

"但我实在不想把事情搞得那么复杂。"

"如果是这样的话，那就只能祈祷了。"

"祈祷什么？"

"祈祷今天真的偶遇上大地的父亲。"

檀 老 师

下个星期四，我偶然遇到里见大地的父亲，内心有种实现心愿的感动。

那天我离开了学校后，在定食餐厅吃了晚餐。我在离开餐厅后走在阴暗的人行道上，与一个男人擦肩而过。那个男人忽然快步走了回来，对着我说道："抱歉，我不知道有没有认错人，请问你是檀老师吗？"接着男人还说出了我任教的初中的校名。

一开始，我还没意识到那个可疑男子是谁。但是下一秒，我便猜出了男人的身份，因为他的相貌与里见大地颇为相似。

"你是大地的父亲吗？"

男人一听，登时扬起了嘴角。他有着瘦削的身材，身上穿着西装，年纪看起来四十出头。

"大家都说儿子跟我长得很像。能够在这里遇上檀老师，真是太幸运了。如果你不介意的话……我们找一间咖啡厅，稍微聊一聊如何？"大地的父亲这么问我。

他说得相当客气，让我不好意思拒绝。事实上，我刚好也对里见大地的家庭情况感到有些忧心，因此这对我来说是求之不得的事情。

"上次的事情，真的非常感谢老师。"

我们挑了店内最深处的桌子。各自点完饮料后，他突然对我深深鞠躬。

"请别这么客气，我没帮上什么忙。"我赶紧说道。

"如果没有老师的建议，我儿子与他外婆……啊，内人已经去世了，但我还是跟丈母娘住在一起……总之，多亏了老师您，他们才没有遭遇事故。"

"听说那起脱轨事故造成不少人受伤？"

"目前已知有十五人受伤。以那么大的事故而言，只有十五人受伤几乎可说是奇迹了。"

对方能够毫不迟疑地说出数字，不禁令我有些惊讶。他或许是看见我神情有异，旋即解释道："出于工作的关系，我可以获得那场事故的信息。"接着他掏出名片，一边朝我递来，一边说道："抱歉，竟然忘了。"

原本我只知道他是里见大地的父亲，如今终于对这个人有了进一步的了解。名片上写着"内阁府"三个字，后面写着我从来没听过的部门名称，再后面写着官衔"课长辅佐[1]"。当初得知大地的父亲是公务员的时候，我本来猜想他若不是教师，便是在市政府或县政府工作，要不然就是警界人士。如今见了他的头衔，不禁有些错愕。

"原来是泷泽马琴[2]。"我这么说，是因为名片上所印的名

---

[1] 日本公务员的一级官职，高于"系长"，低于"室长"。——编者注
[2] 又叫曲亭马琴，日本江户时代著名小说家。泷泽是他的本姓。——编者注

字是"里见八贤①"。

《里见八犬传》的作者不是十返舍一九，而是泷泽马琴。

"你的工作与新干线脱轨事故有关吗？"如果是警察相关的工作，还可以理解，为什么内阁府职员会与新干线脱轨事故有关？

里见八贤目不转睛地看着我说："是，那场脱轨事故还有许多疑点没有厘清。"

"毕竟才刚发生没多久。"

里见八贤默不作声，只是注视着我，那神情仿佛在观察着石蕊试纸的颜色变化。

"真是一场令人难过的事故。"我感觉自己的口气像在说作文题目。

他又默默地看了我一会，才开口说道："虽然我儿子跟我说有困难，但我实在很想向那位算命师道谢……我的意思是当面道谢。"

"不用了。"我用力挥手说道，"虽然我对大地说得像煞有介事，但那个算命师只是偶然说中而已。"

"偶然说中新干线意外脱轨？而且还偶然说中大地和他外婆会搭乘那一班新干线？"

里见八贤的五官端正俊美，外表看起来比实际年龄年轻得

---

① 日文中"里见八贤"与"里见八犬"同音，而泷泽马琴是《里见八犬传》的作者。

多，性格爽朗且文质彬彬，却有着异常犀利的目光，再加上那种说话方式，让人感觉正在接受一场可怕的面试。我不禁想象他在家庭里靠暴力让大地屈服的画面。

"算命这种事，本来靠的就是穿凿附会。诺查丹玛斯的大预言不也是这么回事吗？"我一边这么说，一边绷紧了神经。

记忆的盒盖又松脱了。当年那个学生的脸孔出现在脑海里，对我说着"没用的老师"。将这种情况归为"君子报仇，十年不晚"或许并不恰当，但我一心想为里见大地做当初没有为那个学生做到的事情。

"抱歉，我也有问题想问你。"我对里见八贤说道。

"请说。"

我当然不可能直截了当地问他"你是否会虐待你的家人"。到底该问什么样的问题才能确认眼前这个人是否涉及家庭暴力？我拼命思考着这个问题。虽然没有事先准备确实让我手足无措，但我即使有时间准备，恐怕也不知道该怎么问才好。

"我觉得大地好像有什么烦恼，而且跟家庭有关。"

"烦恼？"

"你是他父亲，是否知道他是为了什么事情而烦恼？"我只能以这样的方式来暗示大地的父亲。我无法肯定对方是否听懂了我的暗示，但我目不转睛地观察着他的神情，绝不漏掉任何细微的态度变化。

"我工作太忙，没什么时间陪伴大地，大部分时候都是年迈的外婆负责照顾他……我也不晓得他烦恼些什么事。"

里见八贤在说话的过程中，依然一直盯着我瞧。他的表情看起来不像在说谎，却也不像是说真话。

"大地不肯告诉我详情，但他的学校生活看起来没有什么问题，因此我猜测问题可能出现在家里。"大地的父亲听我这么说，视线变得比刚刚更加锐利，令我感觉胃部隐隐作痛。

"学校真的确实掌握着每一名学生的状况吗？"

"嗯？"

"啊，不好意思，这么说或许有些失礼，我只是有点怀疑，大地的烦恼真的跟学校无关吗？"

我的脑海里又浮现了当年那个被我视为心理变态而置之不理的学生。我忍不住想要低头道歉，承认我对学生其实一无所知。

他拿起杯子，喝了一口水，转了转脖子，说了一句"先不谈这个"。以一句"先不谈这个"就要结束关于儿子烦恼的话题？这样的决定不禁令我有些愕然。

"我想请教的是关于算命师的事。"他接着说道。

"我说过了，那是我朋友……"

"根本没有这个人，对吧？"

霎时间，我感觉仿佛被人在背上拍了一掌。

"什么意思？"

"当一个人描述事情时，如果先说了一句'这是发生在我朋友身上的事'，通常只有两种目的：第一，是让谣言更具说服力；第二，则是不想被知道自己才是当事人。"

"第三，是想要说一个鬼故事。"我说道。通常想要说鬼故事的时候，都会声称这是发生在朋友身上的事。"等等，你的意思是我根本不认识什么算命师，我说的那些都是谣言？"

"不，你确实说中了新干线的脱轨意外，那不是谣言。"

"所以是第二种目的？你认为我就是那个算命师？"

我忍不住想要低头道歉，承认自己就是"幕后黑手"。

里见八贤没有应话，只是轻轻点头，接着又说道："而且我不认为你是靠占卜得知新干线会脱轨的。"

我根本不会什么占卜。我只是靠着父亲遗传给我的体质，看见了里见大地的预演。我忍不住想要对他坦承真相。这时，里见八贤的手机似乎有来电。他站起身，说了一句："抱歉，我接个电话。"接着他便一边操作手机，一边走出了咖啡厅。

这个人在家里会是个暴君吗？我独自坐在座位上，在心中反复思索着这一点。里见八贤有着犀利的目光，确实像个严格的父亲。如果说他以高压的手段控制家人的行动，我不会感到意外。然而我也听说，平常越是低声下气的人，对待自己身边的人越会表现出粗暴的一面。有些人是所谓的人不可貌相，有些人却是表里如一。各种不同的推测盘绕在我的脑海里。到底怎么做才能找出真相？

我看着里见八贤一走出店外，立刻将手机放在耳边，讲起了电话。或许是工作上的电话吧。回想起来，里见八贤只有在一开始说出"请问你是檀老师吗"的时候，脸上挂着笑容。

我试着在心中想象他厉声斥责里见大地，甚至是拳打脚踢的画面。

蓦然间，我灵机一闪。

与其靠自己想象，为什么不亲眼看一看？

我将手伸向自己的那杯冰咖啡，抽出杯里的吸管，同时朝站在店门外的里见八贤瞥了一眼。此刻没有时间让我犹豫不决。我拿起里见八贤桌前的那杯水，将吸管伸进去，喝了一口。除喷嚏和咳嗽以外，通过食物、饮料也有感染的可能。当然，如果是一般病毒，经由食道进入体内很可能会被胃酸杀死，但引发预演的病毒情况却不尽相同，因此有一试的价值。

我突然想起从前在电视节目上看过，搞笑艺人偷舔女性的餐具，兴奋地大喊"间接接吻"。当然，为了节目效果，搞笑艺人故意表现得十分夸张，但撇开这个部分不谈，我现在做的事其实本质也是相同的。这让我感觉既丢脸又有点恶心，我只能在心里说服自己"这是必要的行为"。

几乎就在我把杯子放回原位的同时，里见八贤回来了。

我垂下了头，以免被他看出心中的尴尬。

"抱歉。"里见八贤惜字如金地道了歉，重新坐了下来，"我有工作要处理，必须先离开。老师，你可以再坐一会，不必急着走。"

他指着我面前剩了一半以上的冰咖啡，取出他的手机，点开付费APP："各付各的，可以吗？"于是我也拿出了我的手机。

"下次我们再好好聊一聊。"里见八贤说道。

"好，下次再聊。"虽然我不知道下次还能聊什么，却只能这么回应。毕竟这是一种社交辞令。

里见八贤走向门口，我朝着他的背影瞥了一眼，低头望着自己的手掌。当我再度抬头时，他竟然在这短短的时间里又回到我的面前，让我吓得差点跳起来。

"啊，抱歉，有件事我忘了说。"

我感觉心脏扑通乱跳，只能勉强应了一声。

"根据调查，造成那场脱轨事故的原因，可能是有人在铁轨上动了手脚。"

"哦？"

"你知道这件事吗？"

我摇了摇头。有人在铁轨上动了手脚？换句话说，那是一场犯罪事件，根本不是什么事故？

如果是犯罪事件的话，我不会遭到怀疑吗？脑中浮现这个想法的瞬间，我感觉到一阵寒意蹿上了背脊。今天里见八贤跟我相遇，或许根本不是什么偶然。当我想通这一点时，里见八贤早已不知去向。

我不禁心里发毛，担心自己该不会惹上麻烦了吧。

回到家后，我洗了个澡。就在我刚穿上内裤的时候，预演开始了。

一如往常，眼前先是闪过了两道光，接着便出现里见八贤的未来场景。

看完预演，我感觉心跳加剧，坐立不安，不知道怎么办才好。这天晚上，我几乎完全没有办法合眼。

檀老师

第二天是星期五。我在晚上鼓起勇气，采取了行动。我所住的公寓附近有一座临时停车场，其实直到去年，那里还是一座独栋建筑，但或许因为屋主过世，后来建筑物被拆除，改建成临时停车场。如今那座停车场里停放着一辆黑色的小型面包车。我走向那辆车，用手指在副驾驶座的车窗上轻敲。里见八贤就坐在车里。他看见我，惊讶得瞪大了双眼，但那诧异的表情一闪即逝。

"檀老师，怎么了？"里见八贤打开车窗，显然有些手足无措。我不断在心中告诉自己，如今我处在优势的地位，借此让自己的声音及双脚不再颤抖。由于昨晚睡不着觉，整个晚上我将接下来的场景推演了无数次，推敲对方会说什么话，以及思考自己要说什么话来应对。

"怎么了？这应该是我要问的话吧？你把车子停在临时停车场，人却坐在车子里，这不是很奇怪吗？"

我朝着手中的手机瞥了一眼。不用急,还有充分的时间。

"我能上车吗?我有几句话想要告诉你。"

还没等对方回应,我已经坐上了副驾驶座。

昨天我所看见的预演,正是从车子里窥视我的住处公寓的画面。这样的行为,显然是在对我进行跟踪监视。但我不过是一个平凡的初中老师,为什么要监视我?这让我感到极度不安。

难道他们真的认为新干线的脱轨事故与我有关?

我想起了里见八贤的名片上所写的单位名称,是内阁府情报调查室。我在网络上搜寻关于情报调查室的信息,得知这个单位就像是日本的 CIA[①],专门负责调查和分析日本国内的恐怖袭击事件,隶属于内阁府。

恐怖袭击事件?

我已经被当成恐怖分子?

"檀老师,你在做什么?"里见八贤问道。我对着他摊开手掌,示意自己并没有携带任何武器。

"我没有太多时间解释,所以只能长话短说。"我虽然一再说服自己保持冷静,说话的速度还是变快,"里见先生,你是不是认为我与新干线脱轨事故有关?"

里见八贤也拿着手机。根据昨晚的预演,我知道他本来正在看职棒的夜间比赛。

---

① 即美国中央情报局(Central Intelligence Agency)。——编者注

"但是那起脱轨事故真的与我毫无关系。既然如此，我为什么能够事先知道将会发生脱轨事故？这才是重点，对吧？接下来我要说的话，或许你不会相信。"我一边说，一边皱起了眉头。这种感觉真是讨厌，有点像阐述毫无科学根据的学说，又有点像强迫推销一件我自己也知道充满瑕疵的商品。不，这两种比喻都不太贴切。我的脑袋乱成了一团，不断冒出各种不同的声音。

千万不要说，说了只会被当成怪人。不，说了才能让对方相信自己的清白。到底该说，还是不应该说？

"我不会相信？你指的是什么事？"里见八贤的眼神再度变得锐利，让我起了退缩之意。但我知道此时已经是骑虎难下了。

"我有预知未来的能力。具体做法我晚点再跟你说。总而言之，我能够看见第二天的短暂画面。"

"檀老师，呃……"

"等等……"我焦急地打断他的话，以稍微强硬的语气问，"还没打出去吧？"

"打出去？什么打出去？"

"本垒打。"我指着里见八贤的手机说，"昨天我看见了你在这里看到的场景。"

"呃，檀老师……"

"所以我知道你刚刚正在用手机看棒球转播，也知道马上就要打出本垒打了。"

在昨天的预演里，我看见了经过压缩的数分钟的画面。东北金鹫队的投手投出的球被击出本垒打，里见懊恼地啧了一声。

我一定要在实际发生前说出来，不然就没有办法当成证据了。因此我接着说道："打出本垒打的是东京巨人队的天童……"

就在这一瞬间，里见八贤的手机传出了解说员的呼声："打出去了！"我赶紧又说道："右边观众席，勉强飞过了墙。"

里见八贤再度转头望向我，眼神中带着一丝恐惧。

他提出一边开车一边谈的建议，但我拒绝了。因为我不晓得他会把我载到哪里去。我要求他不要发动引擎，就在停车场里谈，而且要把窗户打开。

"你担心我会把你载到奇怪的地方？"

"只是为保险起见。而且在这里也能谈，没有必要到其他地方去。"

"你到底要跟我谈什么？"

"请给我一点时间。接下来我要说的话，你可能不会相信。即使是我自己，如果听见有人对我说出这种话，可能也会建议那个人去看精神科医生。但接下来我要说的都是千真万确的事情，所以只能坦白告诉你。总而言之，我能够借由飞沫传染，看见预演，也就是看见他人的未来。"

"预演？"

"当年我父亲用了这样的说法，所以我也延续使用了。今晚是我第一次向父母以外的人说出这件事。"

到底该从哪里开始说起？我甚至没有时间思考这个问题。虽然说得颠三倒四，我还是尽可能完整说明了父亲在过世前一天对我说的话、飞沫感染的体质以及我对里见家的状况感到忧心的事。

里见八贤听完我的说明，半晌没有开口说话。此时他早已关掉了手机上的棒球转播画面，车内鸦雀无声。

我本来还担心自己说到一半，他就会斥骂"你在说什么蠢话"，不让我继续说下去。幸好这样的状况并没有发生，或许是刚刚的本垒打发挥了效果吧。

我战战兢兢地问了一句："你有什么感想？"那种心情仿佛表演结束后，等待着评审委员开口说话。

"你担心我对大地施暴？"

我听他这么质问，心里当然有些发慌："呃，也不是……"

"大地跟你这么说的？"

"不……呃……是……"事实上我已经忘记里见大地是怎么说的了。

"所以你打算用你刚刚所说的预演来得到我施暴的证据？"

我点了点头。这部分的确是事实。

"却没想到你看见的不是我施暴的场面，而是现在这个场景？"

"没错……正确来说，是刚刚的场景——天童打出本垒打之前。"

"你得知自己遭到监视，所以跑到这里来见我？不是因为你发现我们已经锁定你是恐怖分子？"里见八贤说话的口吻虽然客气，但一字一句都极为尖锐，让人不禁怀疑他出于工作的关系，对恐怖分子恨之入骨。

"不是，我刚刚说过了，我是因为前几天看见了新干线脱轨的场景，所以放心不下。"我很清楚他正在试探我的虚实，但我只能彻底秉持"实话实说"的态度，这是我唯一的武器。"后来我看见了刚刚的场景，得知自己好像遭到了怀疑，心里很害怕……那真的是恐怖袭击吗？不是事故？你们发现炸弹了？恐怖袭击事件之类的在日本应该相当少见吧？"

"没那回事。"里见八贤再度说得尖锐，眼神也变得极为严峻，简直像在瞪着我。他的双眸反射着车外的街灯光芒，绽放出妖异的神采："你知道五年前发生的钻石咖啡厅事件吗？还有去年的美术馆事件。"

"噢，我想起来了。"这两起都是发生在日本国内的人质胁持事件。那阵子电视和网络节目每天都转播歹徒与警察对峙的画面。当时我也相当关心案情发展，每天都追着新闻看。不过短短几年的时间，我竟然忘得一干二净。果然人是一种一直到死都不会吸取教训的动物。

"我记得那两起案子都有炸弹爆炸，是吗？"

歹徒好像是把炸药绑在了人质的身上。

"钻石咖啡厅事件确实是这样没错。但是美术馆那起事件，歹徒在引爆炸药前，就已经用铁锤把所有人质都杀死了。"里见八贤说到这里，五官扭曲变形。

"对，我想起来了。"当年只要一想到自暴自弃的歹徒以铁锤逐一杀死所有人质的画面，我就害怕得头皮发麻，那感觉一直烙印在我心中，"说起来，实在很讽刺。"

"讽刺？"里见八贤问道。

"因为前面发生过钻石咖啡厅事件，警察在处理类似的案件上变得谨慎小心，没想到弄巧成拙，反而害死了所有人质。"

里见八贤听我这么说，竟露出痛楚的表情，仿佛腹部遭人殴了一拳："差不多就在那个时期，上头决定强化我所在的反恐单位。"

"这么说来，今后国内还是有发生恐怖袭击事件的危险？"

檀老师

"其实美术馆那起事件，受害者中有警界人士的家属，只是一般社会大众并不知道这一点。"

"真的吗？"

"是的，某警界人士的女儿和孙子共三人，刚好在那个美术馆里。"

尚未结婚的我当然无法体会失去女儿和孙子是什么样的感

受,但是光从"掌上明珠""含饴弄孙"这些成语便不难想象,在恐怖袭击事件中失去女儿和孙子的打击必定大到难以衡量的程度。

"新闻好像没有报道这件事?"

"警方在某种程度上封锁了消息。虽然称不上什么最高机密,但毕竟上头不愿让社会大众认为警察对抗恐怖分子是为了报私仇。"

"那位失去女儿和孙子的警界人士,官衔很高吗?"

里见八贤以手指在空中画了一个三角形,指着接近顶点的位置,说道:"差不多在金字塔的这里。"

"看来是个高高在上的大人物。"我说道。他听了微微一笑。

"不仅地位高人一等,连品德也高人一等。家人遇害后,他表现得相当低调,而且把所有心力都投注在防范恐怖袭击上。他最大的心愿,是不让自己所遭遇的可怕悲剧再度发生。当然你也可以说他在工作中夹带私情,但我相信他能够全心全意对抗恐怖袭击,正是因为把私情变成了使命感。"

我不禁心想,不管基于什么动机,一个人愿意为防止恐怖袭击事件付出全部心血,无论如何都是值得赞扬的事情。

"这次的新干线脱轨事故,现场也有炸药?"我问出了心中的疑惑。

"没有。"里见八贤的表情再度变得凝重,"铁轨上并没有发现任何爆炸物。只不过部分铁轨有龟裂的现象,目前还不确定是单纯老旧劣化，还是人为蓄意破坏。昨天我们见面的时候，我刻意向你强调铁轨被人动了手脚，其实只是想套你的话而已。目前看来，这起事故是恐怖袭击的可能性并不高。"

"既然如此，为什么要监视我？"

"竟然有人能够事先知道新干线会发生意外脱轨，你觉得我在得知这件事之后，会坐视不管吗？我监视你，就是为了确认你的一举一动是否有可疑之处。不过这只是我的个人行为，并非官方的正式调查行动。"

"我跟新干线脱轨事故真的毫无瓜葛。如果你不相信，可以随便调查。至于我为什么能够事先知道会发生意外，我刚刚已经解释过了。"

"你要我相信你是事先看到了发生意外的画面？"

"我不是用刚刚的本垒打证明给你看了吗？"

"嗯……"里见八贤微微皱起眉头。

"能不能再证明一次？"

"再试一次预演？"

"没错，试着预知我的未来。"

"这没有办法马上做到。"我说道。

里见八贤一听，登时露出了"果然是骗人的把戏"的表情，我赶紧解释道："短时间内，没有办法重复看见同一个人的预演。不仅我父亲当初是这么说的，我自己的经验也是如此。就像疾病一样，感染了一次后，有一段时间会处于免疫状态。想要再次感染，得间隔一星期左右。"

"好，一星期之后，我们再次见面，请你再试一次。"里见八贤旋即说道。

"即使不这么做，你应该也能知道我跟那起新干线脱轨事故毫无关系。"或者应该说，这是我心中的期望，"你尽可以调查我的底细。"

刚开始，里见八贤的脸上依然带着怀疑的表情。但过了半晌，他忽然说道："能够预知未来，是一件多么棒的事情。"他的口气相当真诚，并非调侃或讥讽，令我忍不住直盯着他瞧。"任何案子都能防患于未然，悲伤的事情也可以事先避免。"他接着说道。

"嗯，或许吧。"事实上预演这个能力并没有那么好用。以这次的新干线脱轨事故为例，虽然我拯救了里见大地，却无法拯救其他受害者，根本算不上防患于未然。

我很想告诉他，预知未来实在称不上多棒的事情，而且这个能力还有一个副作用，那就是会造成心理上相当沉重的负担。

"檀老师，你读过尼采的作品吗？"过了一会，里见八贤突然问出这句话，让我愣了一下。

"尼采？你是说那个尼采？"因为错愕，我的口气简直像是在说自己的老朋友。

"是的……"里见八贤有些腼腆地眯起了双眼，"你是语文老师，我想你应该读过不少文学作品。"

"以前念书的时候读过。"我说道。说起尼采，我首先想到的是读大学时期有一次回老家，在书架上发现了一本尼采的《查拉图斯特拉如是说》。我取出那本书的时候，刚好被父亲看见。

"尼采这名字取得真是高明。"父亲笑着说道，"什么尼采，什么查拉图斯特拉，这些名字都太帅气了，而且书里还不断出现'超人''永恒轮回'之类的名词，难怪每个人都会感兴趣。"

一旁的母亲听了，也跟着说道："初中男生应该会特别喜欢吧？'尼采'跟'超人'听起来像是可以合体成巨大的机器人。"

我不确定初中男生会不会喜欢合体机器人，但尼采要是地下有知，听到自己被形容成合体机器人，应该会相当难过吧。父亲苦笑着说道："我认识的人中，好多人都读过尼采。"

"我认识的人中，一个人也没读过。"母亲又跟着说道。

"从前有一阵子相当流行尼采，电影跟小说动不动就引用尼采的名言或思想。"

我回想起父亲说过的那些话，一股怀念之情涌上心头。

"'永恒轮回'这个观念，我觉得挺有趣的。"里见八贤说道，"上次参加聚会时，聊到了这个话题。"

我心想，会聊到这个话题，应该是读书会吧，例如一堆人聚在一起，分享《查拉图斯特拉如是说》的读后感想。

"我第一次听到'永恒轮回'时，完全不懂那是什么意思，后来得知是每个人都会重复相同的人生，才明白那是多么可怕的概念。"

不论任何人,都会无限重复相同的人生。换句话说,遭遇危难或困境的人再怎么努力克服,未来还是会不断重复遇上相同状况。这会给人一种无处遁形的绝望感,产生反正不论怎么努力也没有用的自暴自弃心态。因此这个概念又被称作虚无主义的终极概念。

"啊……我还记得一句话。"

准确来说不是记得,而是想了起来。当年父亲在聊到尼采时,喜滋滋地竖起手指,说了这句话。

——原来这就是活着的意义……好,再来一次!

"你在说什么鬼话?"母亲诧异地问道。

"你连这句话也没听过?这句话可是荣获了当年的流行语大奖[①]。"父亲先开了这么一句玩笑话后,接着说道,"这就是尼采想要表达的意思。"

"你别随便破哏啦!"母亲气呼呼地说道。我听了不禁有些哭笑不得。

我把这段往事告诉里见八贤,他的表情和缓了许多。

"如果能够以'好,再来一次!'的态度来看待不断重复的人生,那确实很了不起。"

"没错。"我深感赞同。但尼采原本的意思到底是什么,我

[①] 日本出版社自由国民社自1984年起,每年都会票选出当年度的最佳新造语及流行语。

已经记不得了。

临别之际，里见八贤对我鞠了个躬，说道："檀老师，大地就麻烦你多费心了。"

本来我以为那只是每个学生家长都会对老师说的话，没有什么深意，没想到他接着又说道："我初中的时候，也受了老师很大的帮助。"

"是吗……"我不知说什么才好，心里想着，那一定是个相当值得信赖的老师，跟我完全不同吧。

俄罗斯蓝猫

"家持小姐还有呼吸。"美国短毛猫说道。他走向倒在罚森罚太郎住处客厅地板上的那名女性，将脸凑了过去："所以你可别说'完蛋了'。船到桥头自然直，我们绝对有办法搞定这件事。"

你到底是凭哪点依据，说得这么斩钉截铁的啊？为什么可以如此神经大条，轻易说出"绝对"这种字眼？过去专家说过"绝对会怎么样"的事情，成真的又占多大比例呢？你知道，很多事情在二十年前是常识，换作如今这个年代已经不管用了吗？

号称"绝对安全"的设施，遭遇天灾通常都会不堪一击。号称"铁饭碗"的一流企业，最后都会开始裁员。

天底下根本没有船到桥头自然直这回事。多的是船还没有到桥头就已经沉了。我的青光眼造成视野缩退就是最好的例子，并不是船到桥头，它就自己好了。即使点眼药水，也只能抑制恶化而已。

俄罗斯蓝猫嘴里嘀咕个不停，举步走向美国短毛猫。

美国短毛猫扶起了地板上那名年龄不详的妇人。她就是家持吧。俄罗斯蓝猫原本以为家持将头发染成了红色，仔细一看才发现染红头发的是鲜血，更是吓得头晕目眩。

"我被推了一把，撞伤了头……"妇人开口说道。一丝鲜血自她的头上流下，滑过了左侧眼皮。

"喂，你别随便移动她。"俄罗斯蓝猫说道。原本遇到这种情况，应该立刻叫救护车，但一想到自己也是侵入者，他便不敢轻举妄动。

"伤势好像不严重。"

"真的假的？明明流了那么多血。"

"啊……"家持呻吟了一会，睁开眼睛看见美国短毛猫，登时露出松了一口气的表情，"你们是帮助猫咪的人？"

"没错！哈啦修、阿美修、马呲欧巴修！"

"罚森在哪里？"俄罗斯蓝猫问道。

"突然有两个身穿黑衣的陌生男人闯了进来……"

"身穿黑衣？什么样的黑衣？"

"我也搞不太清楚。罚森原本坐在客厅里休息，那两人突然闯进来，把他带走了。他们似乎没料到我也在屋子里……"

家持接着描述，她走进客厅时，两个男人吓了一大跳。其中一个长得虎背熊腰的男人用力推了她一把，她整个人向后跌出去，翻滚了几圈后，头撞上大理石桌子的桌角，导致鲜血直流。

"当时大约几点？"美国短毛猫问道。

"喂，我们还是先叫救护车吧。"

"不用。"

"什么不用！"

"反正生死有命。"

俄罗斯蓝猫几乎不敢相信自己的耳朵。这已经不是乐观民族与悲观民族的文化差异那种程度的问题了。遇到这种情况竟然不叫救护车，还算是人吗？俄罗斯蓝猫感觉一股怒气涌上心头，正要发作，却听见家持也跟着说道："真的不用了，我只是有点头晕而已。"

"有点头晕就是有问题，不能掉以轻心。"俄罗斯蓝猫转头对美国短毛猫说道，"快！我们打电话叫救护车！"

"啊，我自己打就行了。"家持似乎是个极度善良的人，她缓缓起身，取出了手机，"我要打了，请你们快离开吧。"

"家持小姐，你知道家里的监控摄像机影像储存装置放在哪里吗？"

"喂！快一点！"

俄罗斯蓝猫急得像热锅上的蚂蚁，家持反而显得相当沉着冷静。不过那或许是因为她的神志已有些模糊了。

"在整体厨房下面那个柜子里。"她伸出手指说道。

美国短毛猫迅速走到开放式厨房空间的另一侧，弯下了腰。数秒钟后，他大喊一声"有了"，拿起一个黑色的盒子。那盒子约莫一本字典的大小，看起来应该是一个硬盘驱动器。

"如果有人问起这个，就说是那两个歹徒拿走了。"

"我知道，请你们快离开吧。"

"没问题，这边就交给你了。"美国短毛猫说得轻描淡写，接着快步走向门口。俄罗斯蓝猫总觉得这样好像有些不负责任，但在这种节骨眼上，也只能照做了。

"美国短毛猫，这到底是怎么回事？"两人跳上车子，发动了引擎，车子才刚开始震动，俄罗斯蓝猫就忍不住问道。

"最简单的推论是，除我们以外，还有其他人对罚森罚太郎怀恨在心。"

美国短毛猫迅速转动方向盘，让车子往后退，接着将方向盘转回来，换了挡，踩下油门。

"你的意思是，除我们以外，还有其他的猫狱会猎人？中了彩票的饲主不止一个？如果是这样的话，他们跟我们应该算是站在同一阵线吧？"

"这就很难说了。毕竟罚森这个人可能到处跟人结下梁子。"

车子上了国道，速度顿时加快不少。

俄罗斯蓝猫愣愣地看着不断向后飞逝的窗外景色，不安地说道："家持不会有事吧？她真的有办法自己叫救护车吗？"但愿真如美国短毛猫所说，家持头上的伤势并不严重。

"应该吧。"

"我有点放心不下，我们还是回去看看吧。"

"蓝猫，我们没时间做那种事，你别杞人忧天了。"

"为什么你的想法可以这么乐观？我看还是快掉头吧。要是她还没有叫救护车就昏倒，那就糟了。"

就在这时，简直像是算好了时间一样，一辆救护车恰好从对向车道驶来，不停发出警笛声。

那辆救护车应该就是要赶往罚森罚太郎的宅邸吧。俄罗斯蓝猫在心中如此想着，一边祈祷救护人员能够赶快抵达现场，一边却想象起可怕的画面。当救护人员发现家持时，她可能已经断气了。而且她可能在临死前，用手指蘸了自己的鲜血，在客厅的木地板上画下了俄罗斯蓝猫与美国短毛猫的肖像画。想到后来，俄罗斯蓝猫忍不住在心中大喊"啊啊，完蛋了"。

"救护车来得真是时候，应该是要去救家持吧。"美国短毛猫一边开车一边说道。

"是啊。"

车内一时鸦雀无声。半晌后，美国短毛猫又说道："这时机未免太巧了。"

"什么意思？"

"我们刚刚不是正在谈救护车的事吗？你刚说要回去看看状况，救护车就来了。这时间可真是配合得天衣无缝，应该是故意安排好的吧。"

"安排？什么安排？"

"桥段的安排。"美国短毛猫说得像煞有介事。

俄罗斯蓝猫愕然问："你说什么啊？"

"蓝猫，你有没有想过，自己的每一个行动其实都是受到他人控制的？我经常有这种感觉。虽然一举一动都是我自己的决定，但我总觉得这些行动全都是被决定好的事情。那种感觉就像一直被人从天上俯瞰着。"

"你的意思是举头三尺有神明，还是举头三尺有监控摄像机？"俄罗斯蓝猫皱起眉头，接着又咕哝了一句，"好可怕的监视社会。"

"我经常觉得自己只是某个人笔下的小说中的登场人物之一。蓝猫，你有过这种感觉吗？"

"从来不曾。"俄罗斯蓝猫想也不想地回答，"怎么可能会有那种古怪的想法？"

"噢，是吗？"美国短毛猫的语气竟带了一丝同情。

"总而言之，你认为自己的一切都是由别人决定的？"

"没错，就是有个写小说的人——虽然我不知道这个作者是职业作家，还是初中生为了打发时间而在笔记本上乱写。总而言之，这是一篇小说，而且有人正在阅读。"说到这里，美国短毛猫视线忽然向上移,仿佛那作者就在头顶。

"所以呢?你想表达什么?"

"全部都是注定的。我的未来,以及你的未来,都是注定的事情。"

"包括你现在这句话?"

"没错,这可能是早已设计好的台词。"

"连'自己可能是小说中的登场人物'这种话,也是配置好的台词?写小说的人让登场人物说这种话,不是找自己麻烦?"

"这就很微妙了。"美国短毛猫露出一脸兴致索然的表情,"蓝猫,回想一下你读小说时的状况吧。譬如,你随便翻开一页,里头的主角正面临重大危机,例如被人拿枪指着,或是快要被车撞到,当然也有可能是你最喜欢的——有人即将按下发射核弹的按钮。"

"谁跟你说我喜欢核弹了?"

"在这个时候……不,应该说是在这一页,主角一定会相当紧张,急得手忙脚乱,想尽办法化解危机,对吧?但是对读者来说,只要翻到下一页,就可以知道结果了。如果从这个角度来看,主角根本没有必要那么紧张,反正一切都是注定的事情。不管努力做出什么样的举动,只要翻个几页,还是会得到相同的结果。"

"讲得这么复杂,总而言之,就是要让我相信命运?"

"有点类似吧。"

"美国短毛猫，原来你的乐观及船到桥头自然直的想法都来自这样的观念啊。反正是小说里的人物，有救就是有救，没救就是没救。"

"一本小说不管反复看几次，剧情都不会改变。"美国短毛猫凝视着车子前方的挡风玻璃，半晌后说道，"我们先确认一下刚刚的监控摄像机影像档案吧。"

"好吧。"俄罗斯蓝猫在如此回答的同时，蓦然想到自己这句话也可能不是出于自愿，而是受到了某个人的操控。光是如此想象，便感到毛骨悚然。但接着俄罗斯蓝猫又想到，那个人当然也知道自己此刻"毛骨悚然"的感觉，心中一股焦躁感油然而生。

檀 老 师

这天放学后，我正要回教职员办公室，偶然间看见了布藤鞠子的背影。我压抑下嫌麻烦的心情，喊了她一声。她转过头来，有气无力地回应道："噢，老师……"

我这么努力地搭话，你也稍微拿出点精神嘛。我想要这么向她抱怨，但是当然没有说出口。漠视大人的关怀，可以说是孩子的特权。

"后面的故事，我已经看完了。"这指的当然是那篇写在笔记本里的小说。她前几天交给我，因为篇幅不长，我马上就读完了。

"谢谢你拨冗过目。"她的说话口气简直像个大人。

"挺有意思的。"这是我打从心底的感想。虽然是个荒诞不经的幻想故事,但两个猫狱会猎人的惊悚冒险故事读起来颇为过瘾。

"过奖了。"

我怕话题就此结束会有些尴尬,赶紧接着说道:"对了,我可以说一个提议吗?"

"什么提议?"

"当然是关于小说内容的提议。这篇冒险故事的主角,是个性悲观的蓝猫以及天性乐观的短毛猫。他们两个应该都是个中高手吧?"

"个中高手?"

"意思是,他们擅长找出坏人,给予惩罚。不过老师认为,虽然他们都是采取突袭的方式,但不见得每个对手都能够轻易被摆平吧?如果他们的功夫没有两把刷子,应该没办法顺利打倒所有敌人才对。"

"嗯,或许有两把刷子吧。"她的语气简直像在谈论别人的作品。

"既然如此,老师认为应该给个机会让他们展现高强功夫,让读者知道。"

"例如打斗场面吗?"

"都可以,比起单纯的形容词句,当然还是带有动作的场面更能让读者身临其境。"

"老师,你说得好像自己是大作家一样。"布藤鞠子以冰冷的视线凝视着我,"不用你说,我刚好写了打斗场面。"

"哦?"

她从书包里取出了几张打印纸:"手写实在太累了,而且笔记本在老师手里的时候,我没办法写后面的剧情,所以决定改成电脑打字了。"

"啊,原来如此。"我看她越写越认真,心里反而有一点毛毛的。

"接下来的剧情,是要对付一个女性的猫狱会成员。"

"猫狱会成员也有女性?"

布藤鞠子又抬头朝我望来,说道:"女人也是有能力虐待猫的。"

我听了不禁苦笑。这说法好像哪里怪怪的。

"但我不确定这是否就是老师想看的场面,请读读看。"

我感觉自己又被交付了一项作业。

"老师,关于那个怀疑自己是小说登场人物的角色,你有什么感想?"她接着问。

"怀疑自己是小说登场人物的小说登场人物?"听起来像后设认知[1]的概念,"你想写这样的小说?其实已经有一些小说家

---

[1] Metacognition,又叫元认知,即对思考的思考。——编者注

挑战过这样的作品了。"我接着举了几个作品，供她参考。她虽然没有抄下来，但低声复诵了几次，显然有想要记住的意思。

布藤鞠子离去之后，我低头看了一眼手上的打印纸，不禁叹了一口气。这时，里见大地刚好从我的面前走过，我又基于班主任的使命感及义务感，向他搭话。

当然，我知道这些都是为了我自己。无论如何，我不想重蹈从前的覆辙。

就算学生对我倾诉烦恼或在家中的煎熬与艰辛，我也不见得有能力帮助他们解决问题，这点我自然心知肚明。即便如此，我希望自己至少是一个能够真心关怀学生的教师。

"什么事？"

里见大地露出一脸不耐烦的表情。我一看他那副表情，就忍不住想要打退堂鼓，但我在心里告诉自己，日常生活中的对话是相当重要的，更何况我有句话想要向他问个清楚。

"上次你不是说，你爸爸对家人相当严格吗？"我问道。

出于这个缘故，我更加担心他在家里可能会遭受虐待。

里见大地露出一脸强忍笑意的表情，说道："抱歉，那只是随便说说而已。因为老师似乎有这样的误解。我心想，不管老师说什么，我只要都说是，这样或许就能让老师愿意见我爸爸。"

当然也有可能是那个暴君父亲命令大地："告诉老师，上次那句话只是随便说说。"但大地在说出这句话的时候，表情十足是个恶作剧的少年，实在不像是说谎。

"我爸爸虽然工作很忙，平时很少在家里，但他是个好人。"

"噢，是吗？"我差点脱口说出"原来他是个好人"。

"他常说很担心我的事，担心到晚上睡不着觉。但只要是放假的日子，他几乎都在睡觉。"

"听起来你们过着相当平和的生活啊。"

"啊，不过……"里见大地忽然欲言又止。

这下我又开始感到不安了。或许里见大地的家庭果然有一些问题。"怎么了？"我的声音也不禁变得紧张。

"呃，没什么。"

"你就行行好，说出来吧。"我忍不住央求他，但他就是不肯说，我也拿他没辙。

俄罗斯蓝猫

俄罗斯蓝猫正朝着对手说明自己的来意。

这里是恶德恶美——改成这样的名字，当然也是为了避免给同名同姓的人添麻烦——所住的公寓。这栋公寓的一楼大门有自动上锁系统，但俄罗斯蓝猫与美国短毛猫收买了公寓管理员，轻轻松松进入公寓。接着，两人按下恶德恶美的房间门铃，当恶德恶美一脸狐疑地开门探头出来时，两人趁势闯入房内，限制了她的行动。"午安，我们是猫狱会猎人，受猫咪的委托前来拜访。哈啦修、阿美修、马呲欧巴修。"

两人强迫恶德恶美坐在客厅地板上，从卢旺达的大屠杀讲到猫咪杀手，让她回想起自己从前的罪行。

说起来可能不是什么值得大惊小怪的事情，蓝猫他们过去惩罚的猫狱会成员中约有一半早已忘了自己曾经说过煽动虐猫行为的话，直到两人告知才想起。倘若他们是因为知道自己铸下大错，为了减轻罪恶感而想要将那段记忆从心中抹除，或许还不算是穷凶极恶。然而实际状况恰恰相反，在他们看来，那根本只是一件微不足道的事，因此并没有记住的必要。

对他们来说，那就跟前天的天气一样，不记得也是理所当然的。

"我知道自己错了，我会好好反省的。"

由于恶德恶美体格娇小瘦弱，蓝猫他们两人并没有绑住她的手脚。她跪在自家的地板上，对着两人号啕大哭。

"我小时候曾经被猫抓伤，伤口严重化脓，还因此住进了医院。因为有这种不好的经验，才会对猫抱持反感的态度。"

她一边哽咽，一边断断续续地说出了类似这样的内容。

"我一定是脑袋糊涂了，才会怂恿猫咪杀手做那种事。"

俄罗斯蓝猫转头望向美国短毛猫，只见他露出笑容，以轻佻的态度说了一句"原来如此"。

"什么原来如此？"

"的确有这样的人。仔细想想，年轻人只是一时冲动，不是什么十恶不赦的罪人,对吧?"美国短毛猫看着恶德恶美,以宛如和朋友说话一般的口气说道。接着他转头望向俄罗斯蓝猫,耸了耸肩:"能够深深忏悔,我反而觉得是件挺伟大的事情。"

"即使如此也不能就这么放了她。"俄罗斯蓝猫跟着耸了耸肩。

"请你们高抬贵手,饶了我吧。"恶德恶美仰头摆出宛如祈雨一般的姿势。

三十三岁,单身,任职于外资企业。俄罗斯蓝猫在脑海里再次确认恶德恶美的个人资料。未婚,曾与多名男性交往,品行称不上端正。在俄罗斯蓝猫的眼里,眼前这个女人正是自己最不愿意深交的女性类型。但是那张皇失措的模样,确实颇让人同情。

"要从宽量刑吗?"美国短毛猫以商量的口吻,看着俄罗斯蓝猫问道,"毕竟我们不能在这里花太多时间,那个人还在车子里等着。"

美国短毛猫只说"那个人",并没有说出人名,当然是因为不希望被恶德恶美听见。

俄罗斯蓝猫明白他的言下之意,此时越早回到车上越好。

还是干脆饶了这个女人一次?就在俄罗斯蓝猫的脑海浮现这个想法的时候,一抹疑虑蓦然闪过心头:"这个女人的卑顺态度真的值得信任吗?"

俄罗斯蓝猫回想起刚刚自己乔装成送货员闯进屋子时的状

况。起初恶德恶美在对讲机内表现出颇为不安的反应,过了好一会才开了门。俄罗斯蓝猫立刻将鞋尖塞进门板缝隙内,让她无法将门关上,接着,靠蛮力将她推进屋内。

仔细回想起来,从按对讲机到开门,恶德恶美花的时间是不是太长了?

而且门口玄关处有一双尺寸颇大的运动鞋,显然那不是恶德恶美的鞋子。

这房间里还有其他人?

不无可能。

俄罗斯蓝猫迅速起身,转头望向身后。这房间里能躲人的地方,大概就只有衣柜了。

几乎就在同一时间,一名壮汉从衣柜里冲了出来。那壮汉有着宽大的肩膀及厚实的胸膛,体格有如美式足球选手。

看吧,差一点就中招了。俄罗斯蓝猫一边在心中感慨,一边迅速转身,闪过了壮汉的撞击。

接着俄罗斯蓝猫从口袋里掏出流星索,将一端朝着男人抛了出去。绳索缠绕在男人的脚踝处,俄罗斯蓝猫还没有拉扯绳索,那男人已自己扑通倒下。

美国短毛猫的反应也相当敏捷。他奔向那有如美式足球选手的壮汉,将流星索捆绑在男人的双手手腕上。

"你别气馁,毕竟我们是专家。"俄罗斯蓝猫压制住男人,对着他的后脑勺说道。

这不是讽刺,而是肺腑之言。

"真是不好意思。"美国短毛猫对着一脸茫然的恶德恶美说道,"这个男人是你最后的绝招吗?很可惜,我们家蓝猫是个永远保持神经兮兮的人,他不知道什么叫作松懈。"

俄罗斯蓝猫一边抱怨美国短毛猫不该胡言乱语,一边感慨自己的字典里确实没有"松懈"这两个字。然而接着,俄罗斯蓝猫又不禁担心,"不懂得松懈"是否也是一种人格缺陷?

转眼间,男人已被绑住了手脚,倒在女人的身边,嘴上还被贴了胶布。

两人的动作可说是一气呵成,简直像是专门捆绑大型家电的专业人士,任何人看了大概都会大呼畅快。通过这个插曲,读者应该能明白这两人相当擅长近身格斗技。如果你还不明白,我希望你能记住,俄罗斯蓝猫及美国短毛猫的格斗技能力远远超出他们给人留下的印象。

"小时候被猫咪抓,伤口化脓什么的,应该都是谎言吧?"俄罗斯蓝猫冷冷地说。

"咦?真的吗?"美国短毛猫先是大为吃惊,接着呵呵笑了起来。这个男人最厉害的地方就是,发生天大的事情,他都能够乐在其中。这让俄罗斯蓝猫感到既羡慕又恼怒。

"曾经因为伤口化脓而住院,顶多只会害怕和远离猫咪吧,怎么可能产生那种残酷的念头?何况,即使真的曾经因猫咪而住院,也并不代表可以对猫咪做那种事。就好比在路上跌倒了，也不能因此而憎恨柏油路，拿钻地机把地上的柏油全部破坏掉。"

"这比喻好像有点奇怪。"美国短毛猫笑着说道。

"那个……他是局外人，跟这件事情没有关系。"恶德恶美的神情比刚刚更加不安。

俄罗斯蓝猫转头望向美国短毛猫。那眼神并不是询问"接下来该怎么做"，而是询问"接下来由谁负责说明"。

"你们当初以欺负猫咪为乐，玩得不亦乐乎，那些猫咪并没有做任何坏事，却遭到了那般对待。恶德小姐，你还记得吗，你在猫咪杀手的直播中说了一句'很棒'的话。当时有一个人询问'你们为什么要做这种事'，你的回答是这样的……"

——当然是因为好玩。谁让那些猫被抓住了呢？

"当时你说了这样的话，对吧？为了取得当时的留言记录，饲主可是花了不少钱呢。总而言之，你现在应该好好回想你当年的这句名言。"

"谁让这个男人被抓住了呢？"俄罗斯蓝猫面不改色地指着地上的男人说道。男人的嘴被封住了，只能不断以眼神求饶。

"为什么……"

"当然是因为好玩。"

"你们到底想对我们做什么？"

"不用担心，想想你们曾经对猫咪做了什么事吧。你们当初怎么做，我们现在就怎么做。"

檀老师

我正在教职员休息室吃着午餐便当，身材修长的友泽笑里忽然朝我走了过来。

她原本是到办公室来找吉村老师的，两人说了一会话。临去之际，她忽然来到我的身边，问道："老师，鞠子还好吗？"

"'还好吗'是什么意思？"为什么这么问？

"因为她看起来没什么精神。嗯，不过上初中之后，她差不多就是这样了。我还记得小学的时候，我们经常到处游玩，一起去看棒球赛之类的。"

"噢？"

"我跟鞠子都是东北金鹫的球迷。"

"原来是这个缘故。"我说。难怪那两位猫狱会猎人是东北金鹫的球迷。"布藤的父亲真的住院了吗？生了什么病？"我接着问道。

"鞠子的妈妈没有联络老师吗？"

"完全没有。"我差点脱口说出，因为自己不受到信任。"有什么事令你感到担心吗？"

友泽笑里的表情变得有些凝重，令我心中的不安急剧升高。我不禁暗自期待她能丢下一句"没什么"后转身离开。但她的反应却是欲言又止，犹豫了半晌后说道："其实刚好在那个时期，鞠子发来了一些让人担忧的短信……"

"那个时期指的是什么时期？"

"我得知鞠子的爸爸住院的不久前。"

"你收到了什么样的短信？"

"'好可怕好可怕''怎么办''谁能救救我'之类的。"

"哦？"这听起来相当严重，或许已经不是我有能力解决的问题了。我偷偷叹了口气，内心暗自期望不要被友泽笑里发现。

"那些短信是在白天发到我的手机的。当时我在学校上课，但鞠子那天没有来学校。"

"布藤常常请病假，你知道真实情况吗？"

"真实情况？老师想问的是，鞠子是不是装病？"

"我没有这么怀疑。"

"据我所知并不是装病。鞠子患有很严重的过敏症，身体很痒的时候就没有办法上学。"

"原来如此，抱歉打断了你的话。你收到了布藤发的短信，后来呢？"

"我放学回家后才看见鞠子发的短信。刚开始，我怀疑她只是在恶作剧，或是有人用她的手机发短信给我，所以我回了，询问了她的状况。"

"结果呢？"

"她竟然回我'没什么事'。"友泽笑里的语气显出些许不满，似乎无法接受这样的回答，"她跟我说，她只是一时心情紧张，才发了那样的内容。"

我不禁心想,"谁能救救我"这条短信应该是关键吧。我脑海里浮现了以下这样的场景:父亲对女儿做出了某种粗暴的举动,女儿非常害怕,因此发了"救救我"的短信给朋友。但女儿马上就想到,此时是上学日的白天,朋友在学校上课。女儿明白自己只能独立解决问题,于是决定挺身对抗父亲。要怎么做?例如,她可能奋力一推,将父亲推了出去,父亲可能仰天摔倒,头部撞上大理石桌子的桌角,因为伤势严重而住进医院。

以上的想象,其实是把我过去看过的电影和连续剧的桥段串联在一起了。虽然这样的想象有些草率,稍显流于刻板印象,却也不是毫无可能。

友泽笑里心里或许早已想象过相同的情景,她看着我说道:"老师,草率断定是很危险的事哟。"

檀 老 师

班级活动一结束,学生立刻争先恐后地奔出教室。明天是星期六,而且星期一是法定假日,这种三连休的解放感自然远大于普通周末。

我看里见大地收书包的动作相当缓慢,于是朝他走过去,问:"怎么了?"

"噢,老师……"里见大地说道。我看着他的脸,脑海里浮现出他的父亲里见八贤的面容。这对父子虽然脸部轮廓和大部分的五官都不相同，眼眸却如出一辙。"怎么了？为什么问我'怎么了'？"他问道。

"我看你好像一副闷闷不乐的样子。"

"没有啊，跟平常都一样。"里见大地笑着说道。其实我在上课的时候就已注意到，他一直看着窗外发呆。

"你又担心发生战争了？"我问道。

"才没有。"里见大地似乎是不想让我担心，故意挤出了笑容。

"我没有任何烦恼与担忧的事情，请老师别随便帮我设定烦恼。"他这么说完后，接着又喃喃说道，"如果非说我有什么烦恼，大概就是我爸爸他……"里见大地的口气，简直像是自己刚刚才发现这个烦恼似的。

"对了，我跟你爸爸约好了明天见面。"我说道。上次我找上跟踪监视我的里见八贤，同他约好了一星期后再试一次预演。

"咦？真的假的？"

"我们不是谈你的事，是聊其他的话题。"我给了个含糊的答案。

"是尼采，对吧？"

我愣了一下，不知该如何回答。"是尼采，对吧？"这句话似乎成了年轻人之间的招呼用语。

"爸爸跟我说的。他说尼采的书很难懂，因此要请教檀老师。"

"是啊。"我顺着他的话说道,"我们要举办尼采《查拉图斯特拉如是说》的读书会。"

"尼采的书这么难懂?"

"感觉内容好像很耸动,却看不懂到底讲些什么。"

自从上次和里见八贤见面后,我又从书架上取下《查拉图斯特拉如是说》读了起来。跟学生时代相比,虽然感觉能够读懂的部分变多了一些,但实际上并不是真的读懂,只是以自己的想法加以解释而已。这让我不禁心想,难怪尼采的思想会被纳粹利用。因为有着相当大的解释空间,所以很容易照着自己的意志加以扭曲,或是用来当作自圆其说的佐证。最讽刺的一点是,尼采生前其实很讨厌反犹太主义。

"读了之后会让人不想回家吗?"

我愣愣地看着里见大地,不明白他这么问是什么意思。

"我的意思是,这本书会不会让人产生想要追求自由、不想被家庭束缚的想法。因为我爸爸从前天起就没有回家,也没有联络。"

"哦?"我一时愣住了。难道思考"永恒轮回"的问题,会让人想要离家出走?

"会不会是工作上要出差或调查什么事情,一时没有办法回家?"

"从前爸爸出差,通常每天会发一次短信给我,但他这次完全没有发信息,所以我有点担心。倒是我外婆,似乎完全没有放在心上。对了，前阵子爸爸在家的时候，也是经常发呆，不知道在想些什么。"

前阵子里见大地想要告诉我的，或许就是这件事吧。

"发生新干线脱轨事故之后就这样了吗？"我问道。

"不，还要更早，已经有一两个月了。"里见回答，"所以我才会有些放心不下。"

"有没有试过打电话到爸爸上班的地方？"

"爸爸既然跟老师约好了要见面，应该快回来了吧。"里见大地笑着说道。或许是跟我聊了几句之后，他感到安心不少，只见他转过身，走向楼梯口。

结果，我与里见八贤的见面约定并没有实现。

原本他告诉我会在见面的前一天敲定见面的时间及地点，但他完全没有与我联络。取而代之的是，我接到了一通陌生号码的来电。因为有可能是学生或家长经由某些渠道得知了我的电话号码，并基于某种紧急的理由打电话给我，所以虽然是手机通讯录里没有存过的号码，我还是非接听不可。

"请问是段田先生吗？"电话另一头传来的是女人的声音。

我正要回答"你打错了"并挂断电话，对方却先说了一句："我想要询问里见八贤的下落。"

我赶紧问道："请问发生什么事了吗？"

对方虽然叫错了我的姓氏，但"段田"与"檀"的发音相近，这点引起我的怀疑。

"真是非常抱歉，突然打电话叨扰。敝姓成海。"电话中的女人说道，"我联络不上里见，因此想询问段田先生是否知道些什么。"

"咦？为什么问我？"

对方沉默了片刻，不知道是因为吃惊，还是思考着该如何回答。

"最后一次见面的时候，里见说如果他发生什么意外状况，就联络段田先生。"

我一头雾水，同时脑海里浮现里见大地那副不安的表情。

檀老师

"抱歉在你百忙之中把你约出来。关于里见的事情，我们有些放心不下。"

坐在我眼前的女人朗声说道。她自称成海彪子，脸上化着相当自然的淡妆，给人一种清爽的感觉。她的旁边还坐了一个男人，自称野口勇人。男人的身高并不高，但有着看起来矫健利落的体格，理着短发，既像是个学业优秀的优等生，又像是个十项全能的运动好手。男人的脸上毫无笑容，眼神相当锐利且神经质。我突然想到，从前曾经教过一个情绪很容易激动的学生，这男人的气质正与那学生有几分相似。

"请问你们跟里见是什么关系？"我问道。女人在电话中只说他们跟里见是"参加同一个交流会活动的朋友",却没有明确说出到底是什么交流会活动。"是不同行业的人聚集在一起交流相同兴趣的交流会活动吗?"我问。

"里见没有告诉你吗?"野口勇人以试探般的口吻问道,"段田先生,请问你跟里见是什么关系?"

我犹豫了一下,不晓得该不该说出真话。因为我的姓氏并不是"段田"。为什么里见八贤要把我的电话号码告诉他们,还对他们说"如果发生什么意外状况,就联络段田"?里见为我编造了一个假的姓氏,是否带有什么深意?我是否应该对这两个人提高警觉?因为这些疑虑,我并没有告诉他们自己其实不姓"段田",也没有对他们说我真正的职业。我告诉他们,我是某制造厂的员工,今天刚好没带名片。对于我与里见的关系,我的说辞是"里见是我朋友的朋友,我跟他只见过几次面,算不上很熟"。

成海彪子与野口勇人对视了一眼,似乎在以眼神商量由谁开口说话。

此时我忽然想起当初与里见八贤聊到《查拉图斯特拉如是说》时,他曾经提过"上次参加的活动"。我心想,或许这两个人就是那个读书会的成员吧。

"我们这个交流会活动,简单来说是个受害者家属交流会。"

完全出乎意料的话语让我的脑袋一片空白。

"受害者家属?什么意思?"我问道。

"你知道钻石咖啡厅事件吗?"

"嗯?"我愣了一下,接着赶紧说道,"我知道。"

上次里见八贤也曾提到这起事件。当时我说"恐怖袭击事件之类的在日本应该相当少见",里见反驳"没那回事",并且举了"钻石咖啡厅事件"作为佐证。

那是一起五年前发生在东京都内的事件。

五名手持猎枪的男子闯进了位于世田谷区的西式创意料理咖啡厅——钻石咖啡厅,以客人、员工和厨师为人质,与警方对峙。

"当时的客人共有十组,合计二十四人,加上在店里工作的员工和厨师五人,总共有二十九人在这起事件中身亡。"成海彪子说道,"我跟野口都在这起事件中失去了家人。"

原来如此,"受害者家属"是这个意思。

"里见的状况跟你们一样?"

"不,里见的状况有些不同。"

"不同?"

"他失去的是恩师。"

"恩师?"我只能不断重复对方的话,这让我心里感到有些抱歉。

"听说里见的父母在他很小的时候就过世了,他是由亲戚带大的。"野口勇人的口气简直像在解说明天的天气。这是里见的个人隐私,他却说得丝毫没有迟疑。"后来好像发生了不少事情，他的初中老师很照顾他，所以他很敬仰那个老师。"

我不禁有些感动，这世界上也有值得尊敬的初中老师。

"里见的恩师在那起事件中过世了。严格来说，他不算家属，但恩师对他来说跟亲人没有两样吧。"

野口勇人条件反射般地哼了一声，说道："我可是失去了父母和姐姐，所有家人都被夺走了。"

言下之意，似乎失去血脉相连的至亲与失去没有血缘关系的老师，完全是两码事。

我一时间不知说什么才好。突如其来的可怕事件，夺走了他们的宝贵家人。我虽然能够想象他们的愤怒和所受的打击，却永远无法体会他们的心情。

"在那起事件里，那些歹徒是否提出了要求？"

"大致说来，只是一群自暴自弃、通过犯罪找乐子的人。"成海彪子皱起眉头说道，"警方推测他们其实没有明确的目的，只是一群厌世的年轻人，想要自我了断却又做不到……"

"或许是不敢，又或许是不想，总之他们最后决定拖一群无辜的人陪葬。"

"他们的枪跟炸药是怎么来的？"

"其中一名歹徒自己制造的。他从住家附近的工厂偷出了硫酸及硝酸，用来制造炸药。至于枪，则是用3D打印机制作出来的。这一点还在社会上引发了话题讨论。"野口勇人越说越生气，"在我看来，他们多半是因为制造出了那些东西，才想要使用看看的吧。犯案顺序与一般犯罪恰恰相反。他们并不是基于某种目的制造出了那些武器，而是先有了武器，才决定大干一票的。虽然他们提出了赎金的要求，但五个人要求的都是大约一亿日元的虚拟货币。他们根本没有想过拿到钱后要怎么逃走，完全是豁出性命的做法。"

成海彪子朝野口勇人瞥了一眼，说道："野口的姐姐有个姓庭野的男朋友，两人本来已经论及婚嫁了。我们这个交流会，就是由庭野和野口担任召集人组建而成的。目前的会长是庭野。"

"庭野的职业是园艺师，以前常来我家帮忙修剪庭院的草木。我们都说他一定是因为每天待在庭院里，所以才会姓庭野。我的父母是很啰唆的人，每年都会跟修剪庭院草木的园艺师发生争执。"野口勇人皱着眉头说道。虽然他在钻石咖啡厅事件里失去了双亲，但从他说话的语气听起来，或许在双亲生前，他一直对双亲怀有不满。"但是庭野跟其他园艺师不一样，他非常认真，修剪草木的速度非常快。而且除拥有花花草草的知识以外，其他方面的知识也很渊博。我的父母很喜欢他，常说希望他住进我家，成为我家的专属园艺师。当然，实际上他并没有住进来，但是不知从何时起，他开始和我姐交往，而且很快就到了谈婚论嫁的程度。你看过《富贵逼人来》[1]这部电影吗？彼

---

[1] 原名 *Being There*，是一部上映于 1979 年的喜剧电影。

得·塞勒斯①在里头饰演一个名叫钱斯的园艺师。"

我摇了摇头。

"在这部电影里，钱斯在自我介绍时自称为'园艺师（gardener）'，却被人误以为他的姓氏是'加德纳'②。后来又发生了各种误会与插曲，例如他谈论季节，却被误以为是在探讨美国的经济，等等。在历经了种种因缘巧合后，钱斯变成了总统的顾问。从前我曾经跟家人一起看过这部电影，当时我姐说庭野很像电影里的钱斯，不仅长得很像，连气质也很像。"

"跟成龙也很像。"成海彪子忽然插嘴，似乎这句话她非说不可。

我实在想不出彼得·塞勒斯的长相与成龙有何共同点，但也不想追究这件事。

从野口勇人的这番描述可以听出，他生长在一个非常富裕的家庭里。光从"专属园艺师"这个概念，便不难想象他家的庭院有多么广大。

"在那之前，我姐周围全是一些有钱没头脑的男人，突然出现了有头脑却没钱的庭野，我姐跟我父母应该都觉得很新鲜吧。当时我姐在钻石咖啡厅里工作，负责把菜品从厨房送到客人面前。她常说店里的菜品非常美味。我父母说，既然如此，那当

---

① 彼得·塞勒斯（Peter Sellers，1925—1980），英国著名男演员。
② 在英语中，"gardener"（园艺师）一词是常见姓氏。

然要去吃吃看。于是那一天，他们就去了，结果竟然发生那种事，只能说运气真的很差。我完全搞不清楚那一天到底发生了什么事，直到现在依然搞不清楚。"野口勇人的语气相当平淡，而且脸上没有丝毫表情。"细节我就不提了。总之，除了我跟庭野，所有的家人都死了。那时候庭野还没有跟我姐结婚，所以严格来讲也不算家人。但不知道为什么，发生了那件事后，庭野还是经常来我家，甚至可以说是一天到晚来串门。按他自己的说法，他是因为担心我，所以隔三岔五就来看看我的状况。他怕我变成不工作也不出门的啃老族、茧居族①。那时候的我仗着自己家里有钱，每天像行尸走肉一样，过着浑浑噩噩的日子。"野口勇人描述当时的堕落生活，丝毫不引以为耻，"庭野多半是担心我会死在自己的房间里，要不然就是干下什么天大的事情吧。老实说，他根本就是想多了。我家还有宠物要养，我可是把宠物照顾得很好呢。"

"大概庭野也没有办法独自一个人承受现实吧。"成海彪子这句话似乎并不是对我说的，而是对野口勇人说的，"恋人突然以那种方式离开人世，庭野或许是想要借由关心野口，来维持心中的理性。"

野口面无表情地看了成海彪子一眼，说道："有一天，我跟

---

① 啃老族即"NEET（Not in Education, Employment or Training）"，指既不升学、不工作，也不接受培训的人群。茧居族指长期在家不外出，过着自我封闭的生活的人群。

庭野一起去看职棒比赛，遇上了成海，三个人聊了起来。他们说干脆邀请所有受害者家属创办一个交流会，于是交流会就这么诞生了。"

我不禁心想，他们三个人在职棒的比赛会场上怎么遇上的？难道完全是偶然吗？还是有什么契机？

"那起事件的受害者大多是东京人，虽然家属分散在各地，但我们就近邀请居住在东京的家属，就聚集了不少人，还曾经在野口家的庭院里举办烤肉派对。"

到底要多大的庭院，才能让这么多人聚在一起举办烤肉派对？

"那场烤肉派对发挥了意想不到的效果。虽然大家并没有提及那起悲剧事件，但光是一群拥有相同境遇的人聚在一起，感觉心情就轻松了不少。"成海彪子说道。

"里见也参加了那场烤肉派对？"

"像我们刚刚所说，严格来说，里见不算是受害者家属。我们这个交流会中有一位叫康雄的医生，里见是他的病人。在康雄的介绍下，里见才开始参加我们的交流会活动。"

"我一直觉得那家伙很可疑。"野口勇人不屑地说道。

"但是实际见了面后，我们都相信他不是个坏人，不是吗？"

"请问……这次你们为什么突然联络我？"

成海彪子又与野口勇人面面相觑。

"因为我们突然联络不上里见，不知道他的下落，很担心他是不是遇上了什么事情。"

不只是眼前这两人担心，我的学生也很担心他。然而我谎报了自己的工作，此刻当然不能说出这一点。

"他没有回家？"我问道。

里见大地是在昨天说他父亲没有回家的。说不定今天已经回家了。

"昨晚我们询问过里见的家人，得知他一直没有回家……"

成海彪子转头朝野口勇人说了一句"对吧"，野口勇人点了点头，接着耸肩说道："我们发短信给他，他也完全不回。这让我想起里见曾经说过一些奇怪的话。"

"奇怪的话？"

"例如，他会半开玩笑地说，他常接到莫名其妙的电话，或是遭到骚扰之类的，但我一直不是很在意。"野口勇人的双眸没有流露一丝情感。

"最近这一星期，我们完全联络不上里见，野口就忽然想到了段田先生。"

我愣了一下，才想起段田就是我。

"我最后一次跟里见见面的时候，他对我说……"

我心中忽然有股不好的预感。他该不会指着我的鼻子，说"你就是凶手"吧？

"他说'如果有什么事，就联络段田'，接着他还把你的手机号码抄下来给我。当时我并没有多想，还以为他是担心我没有工作，要我'如果想找工作的话，就打这个电话号码'呢。直到昨天我才想到，里见可能已经预先猜到了自己会失踪。于是我找了庭野商量这件事……"

"他们两人说好，要向你打听消息。庭野本来今天是要来的，但因为突然有了没有办法排开的园艺工作，所以最后由我代为前来。"成海彪子说道。

"总之就是这么回事……段田先生，请问你到底知不知道里见先生的下落？"

我不禁有些手足无措，心情就像突然被刑警冤枉是杀人凶手，想要全盘否定，又担心否定的方式显得不自然，连一举一动都变得极为别扭。

"我全然不知道里见与那起事件的关系，我跟他并没有那么熟。"我解释道。

事实上，我到现在还是搞不懂，为什么里见八贤要把我的电话号码告诉他们。"我这么说，请你们不要见怪。就连钻石咖啡厅事件，我也是听了你们的描述才想起有这起事件。"我给了个完全牛头不对马嘴的解释。

我考虑着要不要干脆说出实话，告诉他们我根本不姓"段田"。但我还没说出口，就听见野口勇人重重叹了口气，说道："这世界就是这么无情，那起事件竟然已经被忘得一干二净。"

我只能缩起肩膀，露出一脸歉意的表情。

"对了，你知道那起事件的歹徒最后为什么会选择引爆炸药自杀吗？压垮骆驼的最后一根稻草其实是电视节目主持人的一句话。"野口勇人说道。

坐在旁边的成海彪子噘起了嘴，说道："不必提这件事吧？"

"电视节目主持人？"我听到这句话，蓦然感到记忆深处的沼泽中似乎有一条鱼正在轻触着鱼钩上的钓饵。当时全国大大小小的电视节目、网站和周刊杂志都在大肆报道这起事件。其中似乎有一篇报道批评了某电视节目，我已经隐约可以看见记忆中那篇报道的标题。"呃，那个主持人是谁来着？"

"马克育马。"

对了，正是马克育马。他原本是个言辞辛辣的电影评论家，拥有不错的口才，而且长相有如老电影男主角，有一股莫名的气势，因此经常受邀上电视节目，后来甚至担任好几个电视节目的主持人。一开始，他还会谈一些关于电影的知识，但是到了后来，他俨然成了专门主持电视节目的艺人，已经完全感受不到他对电影的热情了。

"如果我没记错的话，那好像是一个现场转播的节目？"记忆逐渐浮上我的心头。

"那个蠢货，满脑子只想着在电视上出风头，完全没有设身处地思考遭受炸药威胁的人质、与警方对峙三天后已精疲力竭且神经紧绷的歹徒，以及警方的攻坚计划。"

野口勇人接着开始描述当时的状况。

那是一个白天的现场转播节目。马克育马看着钻石咖啡厅的现场转播画面，忽然大喊一声："啊！我好像看到有警察从后门走进去了！"根据马克育马的说法，摄影机似乎拍到有人影从画面边缘闪过。刚开始的时候，现场的记者假装没有听见马克育马的这句话。毕竟店内的歹徒有可能也在看着这个节目，不能让他们通过节目得知店外的状况，这是任何人都设想得到的顾虑。没想到马克育马接着又大喊："咦？你没听见我说的话吗？我刚刚看见警察冲进去了！不要再摸鱼了，快跟上去确认状况！"记者无计可施，只好应了一句："抱歉，我立刻追上去。"接着，记者便移动到店后，继续播报现场的状况。

实际上警方到底有没有采取行动，如今已无从求证。然而歹徒看了节目后，必定会认为警察违背了"不搞小动作"的约定，再加上睡眠不足与疲劳的连番轰炸，歹徒被彻底夺走了冷静判断的能力。或许正因如此，那些歹徒才会决定引爆人质身上的炸药，跟人质同归于尽。

事件发生之后，马克育马自然受到了严厉谴责。

"那男的刚开始还矢口否认，说不记得自己说过那种话。拿到节目影像证据后，他又说自己说的话跟事件的结果并没有直接关联。最让人吃惊的一点是，那男的在节目中从头到尾都不曾道歉。他虽然脸上带着几分歉意，却坚持不肯谢罪，也不肯承认自己的错误。唯一的道歉之词，是他说的一句'造成大家的混乱，或许算是我的错吧'。他说这句话的时候，脸上还带着微微的冷笑。"

无法承认错误的人，在这世界上无处不在。从我任教开始我便发现，许多上司、同事，甚至是家长都有这种问题。学生犯了错不肯道歉，只是因为害羞和尴尬。但是大人犯了错不肯道歉，主要在于这些大人认为"一旦道歉就会被要求负起责任"以及一种"认错就输了"的心态。即使是在与输赢无关的问题上，许多大人最在意的依然是输赢。

"这种情况不会被追究罪责吗？"我忍不住问道，"马克育马的不当发言导致歹徒引爆炸药，这应该也是一种犯罪吧？"

成海彪子吃了一惊，转头望向野口勇人。野口的表情变得十分僵硬，一张脸涨得通红，双唇开开合合，半响后才无奈地说道："我本来也这么认为，但法律太冷漠了，根本没有办法伸张正义。"

"因为没有办法确认因果关系。"成海彪子虽然语气平淡，但同样显得相当不以为然。

"你知道那家伙后来还说了什么话吗？他说：'炸药一炸就死了，总好过受折磨。'"野口勇人咬牙切齿地说道。

"他说了这种话？"我一时感到头晕目眩。这未免太过分了。

"这是八卦杂志上写的，据说他在酒馆里喝酒的时候说了这句话。"成海彪子解释道。

"他说了，他一定说了。"野口勇人说道。

"倒也不必真心这么认为。"

接着，我们三人又谈回了里见八贤的行踪。关于里见八贤为什么失联，两人问我是否知道一些蛛丝马迹。

"里见为什么联络野口，要野口联络段田？"

简直像在说绕口令。

事实上除了这点，我心中还有其他疑点。

为什么里见要使用"段田"这个假名来称呼我？为什么他要把我的电话号码告诉野口勇人？

捏造假名，或许是为了保护我。从中我可以感受到里见不希望连累我的意图。但如果是这样的话，他根本没有必要把我的事情告知野口勇人。

他为什么要这么做？

偶然间，我瞥见了放置在房间角落的卡拉OK机。野口勇人似乎察觉了我的视线正在飘移，问道："段田，你经常和里见约在这里见面，是吗？"

"嗯？"

"这是里见说的。当初他把你的电话号码告诉我，是把电话号码写在了这家KTV的优惠券上。他说你们总是约在这里见面。"

当初两人约我在这家KTV见面，我以为是因为在这里交谈不用担心被人听见，双方可以放心说话。

我正要回答自己不曾来过这家店，又赶紧将这句话吞了回去。

这未免太奇怪了。

为什么里见八贤要说这样的话？他真的说了这样的话吗？

蓦然间，我心中萌生了一股担心自己遭到陷害的恐惧。但是另一方面，我又怀疑这可能是里见想要传达给我的信息。

檀老师，一切就拜托你了。

我的脑袋里浮现出里见八贤对我说这句话的画面。我越来越觉得一定是这样没错。

难道……他是期待着我的预演？

KTV内的飞沫散播情况，远比一般人所想象的更加严重，而且我有过亲身经历。从前还是学生的时候，每次到KTV参加联谊聚会，当天晚上我必定会看见一些根本不想看见的预演。

能不能请你调查一下这些人的行动？

或许里见八贤是想要这么暗示我。一旦脑袋里有了这种想法，我就再也没有办法把它抛之脑后了。

里见八贤将我的电话——而不是他自己职场的电话或是同事的电话——告诉了这两人，这或许意味着他对我抱有期待。他相信我一定不会辜负他的期待。

或许这正是让我的预演体质派上用场的大好机会。就在我这么想的瞬间，"一定要做到""一定要发挥本事"的欲望越来越强烈。我想起了脑海里的那个盒盖，那个藏着罪恶感的盒子的盒盖。当年我没有为那个学生做到任何事，如今，如果我的体质能派上用场，或许可以将功赎罪。

"如果方便的话，我想请两位唱几首歌。"我对两人说道。

眼前的两人自然吓了一跳。他们来到 KTV 是为了说话，而不是为了悠悠哉哉地唱歌找乐子。他们的眼神仿佛看着一个脑袋不正常的人。

我赶紧解释道："里见跟我提过，最近在这家 KTV 里如果只说话不唱歌，可能会引来店员的怀疑。"这当然只是我临时想出来的借口，完全没有经过整理或验证，就这么脱口而出了，"听说是因为曾经有重大刑事案件的歹徒在 KTV 里讨论犯罪计划。"

说完这两句话，我转头朝墙角瞥了一眼。那里有一个小小的半圆形的监控摄像机。这个举动显然是暗示两人，店员正用监控摄像机监视着我们。成海彪子与野口勇人也不约而同地望向监控摄像机。

我本来担心两人可能会生气，或是委婉拒绝，然而成海彪子沉吟了一会后，拿起卡拉 OK 机的遥控器，说道："既然如此，那就唱几首吧。"

我故意板起了脸，不让欣喜之情流露在脸上。

"谢谢你们的配合。"我鞠了个躬，"这样好了，与其三个人各唱一首，不如大家合唱一首比较省事。"

成 海 彪 子

关于世间罕见的我们这些人，以及我们的交流会想要做的事情，接下来我会尽可能老实且毫无保留、不做任何润饰地进行说明。

以上这句话模仿了谷崎润一郎的《痴人之爱》的开场白。不过严格来说，我们的情况倒称不上是世间罕见。

谷崎润一郎的所有作品之中，我只读过《痴人之爱》，因为我父亲很喜欢这部作品。

站在女儿的角度来看，我的父亲是个相当无趣的老实人。我相信他在职场上应该也被其他同事认定是个沉默寡言、温顺和善的平凡职员吧。我父亲似乎从小就擅长运动，但他并没有特别热爱任何一种运动项目。至于他的兴趣，我猜应该是阅读文学作品以及观赏功夫电影。另外，他也喜欢披头士的音乐。谷崎润一郎、成龙及披头士，就像是我父亲的三件神器。不过，以这三件神器流行的年代而言，我父亲太过年轻了，因此，我父亲是继承了其上一代的兴趣，这些并非他年轻时的流行事物。由此可见，优秀的作品真的可以长久流传。

在我家的书房里，谷崎润一郎全集旁边摆着大量功夫电影的 DVD、激光光盘、蓝光光盘，以及披头士的唱片、CD。当然，这些都是我父亲的收藏品，就像是绘画、陶瓷器具之类的古董一样，我相信，这些东西光是摆着就能给我父亲带来满足感。

到目前为止，我只读过一本谷崎润一郎的作品；至于披头士,我小时候在父亲的房间里听了他们的 *A Day in the Life*[①],非常害怕那个间奏及最后管弦乐演奏的部分,有一段时间完全不感兴趣(后来我长大了反而非常喜欢那首歌);唯独功夫电影,从小时候到如今二十多岁,我一直非常喜欢,不曾改变。

我父亲喜欢的并不是近年来流行的那种新兴的功夫电影,而是传统的、充满了真实感的功夫电影。虽然不够华丽,却是真正使用肉体搏斗,打斗场面就像武术表演一样,两人互相对峙,迅速挥拳或踢腿,有时会帅气地将对手的攻击拨开,然后一次又一次地施展出旋风飞踢,那场面实在让人看得血脉偾张。在我小时候,比起朋友们爱看的动画片,我更加喜爱《A计划》《快餐车》之类功夫电影中的打斗桥段。

尤其《快餐车》这部电影,真的是杰作。这部电影在西班牙拍摄,光是这点就让人感到相当新奇,更何况这部电影是由成龙、元彪、洪金宝三人共同主演,演员阵容可说是十分强大(题外话,我的名字包含了成龙及元彪的各一个字)。我最喜欢结尾三人以剑身相抵,喊出"三剑联盟,无所不能"的那一幕。

说起我最喜欢的功夫电影,就不能不提《杂家小子》。这部电影里虽然没有成龙,但元彪、洪金宝两人的对手戏相当欢乐,接近尾声时反复打出的猴拳动作让人看得既心烦又忍不住觉得

---

① 披头士乐队于1967年发行的专辑 *Sgt. Pepper's Lonely Hearts Club Band* 中收录的一首歌。——编者注

可爱。这也是我看过好几遍的电影。

差不多在我升上小学三年级的时候，班上同学有的开始投入各项运动，有的开始学习外语，有的开始上补习班。当时我对父母说出的心愿是我想学功夫。其实，中国武术分为很多流派，街上根本找不到专门教导功夫的武术教室，我父母当时肯定相当烦恼吧。最后他们让我参加了一个内容涵盖了空手道及各种体操的体能训练。

我小时候在家里经常和父亲玩功夫游戏。当然，我作为一个孩童，不可能真正和父亲对打，因此我们的玩法几乎都是我朝着父亲挥拳或踢腿。有时我会朝着父亲不断挥拳，让他没有喘息的机会，父亲手忙脚乱之下会喊出"等一下""不行了""暂停一下""一瞬间就好"之类的求饶声。每当我听见父亲大声惨叫，总以为出了什么意外状况，赶紧停下拳头。此时父亲便会抓准时机，忽然一个转身开始对我搔痒，同时嘴里大喊："你上当了！"这一招是父亲寥寥可数的反击招式之一。他还会说一些毫无说服力的辩解之词，例如"每个人对'一瞬间'的定义不一样"之类。自从有了孩提时代的那些经验后，我这辈子便不再相信任何人口中所说的"一下""一瞬间"或"一秒钟"了。

抱歉，进入正题前的开场白说得过于冗长了。

我真正要说明的是钻石咖啡厅事件。

这起事件发生在五年前的 5 月 22 日。周刊杂志和电视节目有时候会称这起事件为"五二二事件",但我很不喜欢这个名字,这会让我感觉当时在店里的受害者(例如我的父母,他们为了庆祝结婚纪念日而订了那间餐厅)仿佛都被转化成了数字符号。手持猎枪的暴徒在他们身上捆绑炸药,夺走了他们的性命,让我这个唯一的女儿独活在这个世界上。我无法想象他们是抱着何种悔恨离开人世的,"五二二"这个数字绝对无法呈现他们的心情。

说到这里,我突然想到一点,那就是有很多功夫电影是以报仇为主题的。虽然我看过相当多这样的功夫电影,但是在父母遭到杀害之后,我并不打算为他们报仇。主要的原因之一无疑是那些暴徒都已经死了,我即使想报仇也找不到对象;但纵即使那些暴徒还活着,或许我也不会萌生报仇的念头。那起事件让我深深体会到,当生命中相当重要的人突然消失时,内心必定会陷入萎靡不振的状态,根本不会有想要报仇的精力。

俄罗斯蓝猫

俄罗斯蓝猫坐在沙发上,点开了手机新闻APP。每看一则新闻,他都感到头晕目眩。"爱知县,某民众刚下了出租车就被路过的陌生男子刺伤背部。""北海道千岁市,某三十多岁女性被前男友持凶器刺死。""千叶县,某上班族女子拒绝参加聚会续摊,其上司怀恨在心,竟埋伏在暗处持凶器将其砍成重伤。"

"完蛋了，没救了。"俄罗斯蓝猫叹了一口气。每一分每一秒，日本的某处或许都有人正拿着刀砍杀另一个人。"短毛猫，为什么政府不将所有刀子都列为管制品？你看看，这些可都是在同一天发生的案子。"

"你想表达什么？"美国短毛猫正坐在桌边，操作着笔记本电脑。他依然面对着电脑屏幕，并没有转过头来。

这里是一套三室两厅格局的出租公寓。中了十亿彩票的饲主在委托两人执行惩罚猫咪杀手与猫狱会成员的工作时，租下了这套公寓让两人居住。两人各使用一间房间，当要整合信息或讨论计划时，则会聚集在客厅里。

"我想表达的是，为什么这年头到处有人杀来杀去？"

"过阵子要是多发生几起勒死人的案子，你可能又会抱怨政府为什么不管制所有人的双手。"

"你在说什么蠢话？"俄罗斯蓝猫嘴上这么抱怨，却忍不住低头望向自己的双手。

"任何东西都可以是凶器，但是没有了菜刀，要怎么做饭？"

"你真是个死鸭子嘴硬的人。"

"蓝猫，死鸭子嘴硬的人不是我，是你吧？不管别人怎么说，你总是有办法找到担心的事情。"

"啊！"俄罗斯蓝猫看着手机里的新闻报道，又大喊，"末日时钟又前进了！只剩下一百秒了！"

报道如是说："代表地球末日时间的末日时钟前进了二十

秒，只剩一百秒。这是自1947年设置末日时钟以来最接近末日的时间。"

接着，俄罗斯蓝猫查看了百科事典网上的"末日时钟"的词条。针对"末日时钟"的说明大致如下：它原本是画在美国科学杂志《原子科学家公报》封面上的假时钟，以人类因核战争或其他因素灭绝的时间为午夜十二点，并以"距离十二点还有几分几秒"来象征人类距离末日到来的时间。

"蓝猫，那个时钟并不是实际存在的，而是想象出来的。当初一群专家基于对核战争的恐惧才画出了那样的时钟，以此对世人提出警告。"

"这我当然知道。我大概是世界上最关心末日时钟的人了。"

"那你干脆把它制作成手表吧。"

美国短毛猫哭笑不得地说道。然而俄罗斯蓝猫并不在意这句调侃，他早已习惯了。"这次是因为世界面临着'核战争与气候变化'这两大威胁，才前进了二十秒。不论是核战争还是气候变化，都是相当可怕的东西，对吧？我们距离世界末日已经不远了。"

"蓝猫，我想你应该知道，那个时钟打从设计出来就将时间设定在了只剩下十五分钟的位置。你不认为这样的做法很不公平吗？"

"但是冷战结束的时候，不是倒退了十分钟吗？"

"所以说，那玩意是人为操控的。明年可能会以'菜刀很可怕'为理由，再前进二十秒。"

"为什么你可以摆出一副事不关己的态度？"

"因为事不关己啊。"美国短毛猫淡淡地说道，"这种事情担心也没用，又不是很多人担心，末日时钟的指针就会往回退。"

"更何况你还是个小说中的登场人物。"俄罗斯蓝猫想起上次短毛猫说的话，故意调侃了一句。

美国短毛猫转过头来说："蓝猫，你可要搞清楚，如果我真的是小说里的人物……"

"那我一定也是，对吧？这我当然知道。"事实上俄罗斯蓝猫根本不知道。虽然明白美国短毛猫想要表达的意思，但俄罗斯蓝猫从不怀疑自己的真实性，自己绝对不会是什么小说里的人物。"但你不觉得这说不通吗？小说只有文字，我们却是有肉体的活人。"

俄罗斯蓝猫看着自己的双手手掌。手指上的指甲、翘起的角质、关节的皱纹、手臂上显现出的血管及绒毛，一切都是如此真实。触摸脸颊，可以摸到脸上的细毛，当然也可以摸得到眉毛；把手指伸进耳孔里，可以听见声音。

"或许那只是用文字渲染出来的意象而已。"美国短毛猫的笑容中带着几分同情。

"'手指上的指甲、翘起的角质、关节的皱纹、手臂上显现出的血管及绒毛，一切都是如此真实。'只要小说里这么写，读者读起来就是这么回事。"

"纸张是扁的,是二次元的东西,但这里明明是三次元的世界。"俄罗斯蓝猫看着客厅天花板上 LED 灯的灯光。

"那也只是以文字形容而已。"

"如果环境问题跟可怕的凶杀案也都只是文字形容就好了。"

"你说对了,那些都只是文字。不过读者身处的世界里,或许也有相同的问题。"

俄罗斯蓝猫叹了一口气,看来再争辩下去也没有任何意义。

"所以我才说,多想也没用。"美国短毛猫接着说,"反正结局早就已经确定了,我们再怎么抵抗也不能改变任何事情。读者只要跳过这一页,直接翻到最后一页,就可以知道我们的结局。这和三次元跟四次元的差异类似,四次元的人能够自由控制时间。"

"如果真如你所说,这是一篇小说……"俄罗斯蓝猫一边说,一边用右手的手指搓揉左手。只要一用力,就会感到疼痛,皮肤也会产生皱纹。"为什么作者要让你说这些话?让一个登场人物说出'我是登场人物'有什么意义?虽然我不知道这部小说有着什么样的剧情,但是让登场人物说这种话只会让故事停滞不前吧?"

美国短毛猫耸了耸肩,说道:"强调这是一篇小说,或许在某些时候相当方便。"

"方便?"

"例如剧情上有什么不合理之处,或是想要省略什么环节,都不会显得突兀。"

"省略？"

"想要省略哪些部分，或是让章节结束在什么样的地方，完全取决于作者的写作风格。例如可以让乌鸦大叫一声就跳到下一个场景。"

俄罗斯蓝猫听到这里，已不打算再质疑。

接着有相当一段时间，美国短毛猫只是默默看着桌上的电脑屏幕。他将当初从罚森罚太郎宅邸拿回来的硬盘接上了电脑，正在确认里头的档案。

"果然不出我所料，太可怕了。"

"什么可怕？"

"屋子里的监控摄像机。几乎所有房间都装了监控摄像机，屋外也是东西南北各个方位都有。"

"监控摄像机拍到的视频都在这硬盘里头？"

"大概吧，这里面有将近二十个影像的档案，可能是每隔一天就会把旧档案覆盖掉。"

"全部吗？全部都在这里了？"

"什么意思？"

"那屋子的某处该不会还存放着我们侵入时的视频记录吧？"

"你真是太爱杞人忧天了，"美国短毛猫这次似乎连叹气也懒得叹了，"简直是'想一想驾驶'的最佳模板。"

"什么驾驶？"

"想一想驾驶。你在上驾训班的时候，没学过这个吗？'如果附近有人，就要想一想，那个人会不会突然冲出马路''右转的时候，就要想一想，对向道的车子会不会突然加速①'。习惯这样'多担一点心的驾驶'，生命才能有保障。"

"好像听过。"

"蓝猫，但你的情况是思虑得过头了，满脑子只想着罚森罚太郎的家里会不会还有我们的影像档案的驾驶。"

"这跟驾驶有什么关系？"

"啊，快看这个。"

俄罗斯蓝猫依稀记得画面中的装潢摆设。那正是当初家政保洁员家持倒地之处。当初两人只顾着关心家持的伤势，因此没有仔细观察。此时虽然是通过视频画面，依然可以看出室内的家具相当高级。例如那张餐桌，桌板显然是大理石制成的。此外，画面中的一张张椅子，椅背也是经过精心设计的。

"这个人就是罚森罚太郎？"

"再怎么有钱，也不过是个普通人。"

"普通人不会做出虐待猫咪的举动。"

画面中的男人坐在矩形桌子的长边处，正在操作一台平板电脑。那是一个身材瘦削、看上去颇为年轻的男人，虽然年纪应该已经不小了，但容貌依然带着稚气。只见他的手指不断在

---

① 日本的车辆为靠道路左侧行驶，因此右转的时候必须跨越对向车道。

平板电脑上滑动,不知道是查看工作上的数据,还是玩着益智游戏。视频没有声音,因此像是看一出哑剧。

"来了。"

美国短毛猫不用解释什么东西来了,因为画面已经说明了一切。两道人影出现在画面上,因为两人都身穿黑色衣服,看起来像是两道黑色阴影。两人体格似乎相当壮硕,其中一个人尤其魁梧结实。他们头上都戴着帽子。

他们动作非常敏捷,老练得仿佛搬家行业的专业人士。

罚森罚太郎显然被吓得手足无措。他整个人动弹不得,只是愣愣地看着两人一步步朝自己靠近。他甚至没有问出"你们是谁"之类的话,只是朝墙壁瞥了一眼。

"他大概很惊讶,明明有人侵入屋内,安全系统却没有反应。"美国短毛猫说道。

"为什么安全系统没有反应?"

"为了让我们顺利入侵,安全系统已经被家持关掉了吧。"

"这两个家伙知道安全系统被关掉了?"

"或许只是碰巧。他们可能以为闯入罚森罚太郎的屋子一点也不难,完全没想到有安全系统这种东西。"

"手法这么粗糙,不会有问题吗?"

"不是每个打算犯罪的人都会像我们一样先做好万全准备。"

画面里那两个身穿黑衣的男人粗鲁地将罚森罚太郎绑了起来。在他的头上套了一个袋子,并以塑料绳绑住他的双手。此时家政保洁员家持走了进来，其中一个男人朝家持用力推了一把，家持摔倒在地，头部撞上了桌角。

"唉，可怜的家持。"俄罗斯蓝猫忍不住说道。

接着，两个身穿黑衣的男人扛起罚森罚太郎走出了画面。

"这两人的衣服都是黑色的，但是并不相同。你看，这个人穿的是休闲夹克，这个人穿的是运动外套。"美国短毛猫暂停了视频，指着画面说道。

"那又怎么样？"

"这表示他们只是说好了要穿黑色的服装，但是并没有统一的制服。"

俄罗斯蓝猫本来想要再问一次"那又怎么样"，但最后改口问道："这两个人都是男人吗？"

"这我也不敢肯定。以骨架来看，似乎比较像男人。接下来他们出现在这个视频里。这已经是屋外的监控视频了。你看，他们竟然把车开到了这里。"

美国短毛猫切换了另外一个视频。一辆SUV就停在宅邸旁边。两人走向车子，拉开滑动式车门，把罚森罚太郎塞进车内。

接着，两人分别打开车门，坐进车子里。从画面上可以隐约感觉到车子的引擎被启动，然后便朝与监控摄像机相反的方向逐渐驶远。

"不会吧？"这两个绑架犯的手法实在太过粗糙，令俄罗斯蓝猫忍不住叹了一口气，"车牌被监控拍得一清二楚，他们到底在想些什么？"

"如果不是没有发现这里有监控，就是有自信这辆车不会泄露他们的行踪。但总而言之，这车牌是我们如今唯一的线索。"

这年头通过车牌号码追查车主的身份，比以前困难得多，必须先提交自己的身份证明。而他们两人事先拿到数额巨大的预付款后，做的第一件事就是取得假身份，因此这一点对两人来说完全不是问题。

檀老师

我并不是真的想要唱歌，只是做做样子而已。成海彪子及野口勇人的心态应该也是一样，因此我们三个人只是敷衍了事地随便唱了唱。然而飞沫的传播力超出了我的预期，果然，当天晚上我便感染了。

我正坐在沙发上看电视，眼前突然闪过几道熟悉的光。当我惊觉时，眼前已出现了预演的场景。

这次我是主动要看的，早有心理准备，因此当看见预演场景的时候，我反而在心里大声叫好。而且连可能看见的场景，我都预先设想好了。虽然我无法肯定看见的会是成海彪子的未来画面，还是野口勇人的，但不论我所看见的场景是两人中哪一个的，都很有可能是正在用餐，或是在家里休息的场景。当然，如果时机不巧，也有可能看到成海彪子的桃色画面，例如洗澡时的画面，或是和情人抱在一起的画面。根据我过去的经验，每次看到类似场景，我心中的罪恶感都会远胜兴奋与期待。

然而我实际看见的场景却与预期大相径庭。

那是一间相当狭窄的房间，里面坐着一个男人。

因为空间实在太小，我甚至一度以为是把椅子搬进了仓库。过了好一会，我才察觉那是一间厕所。

男人身上穿着衬衫，坐在马桶盖上，一直低着头。

站在男人面前的人，就是看见这个场景的当事人。他伸出手，朝着受监禁的男人喊了几声"喂"。

坐在马桶上的男人抬起了头，似乎因光线太过刺眼而睁不开眼睛。只见他双颊凹陷、头发凌乱，赫然是里见八贤。他微微张开双唇，但没有说话，或许是因为知道说任何话都没有用，抑或是因为失去了说话的力气。

里见八贤站了起来，想要朝当事人的方向走近。然而他一动，画面里竟响起了金属碰撞声。

那是链条的声音。显然里见被扣上了手铐、脚镣之类的东西，上头连着链条，链条的另一端被固定在马桶或厕所内的其他物体上，使里见无法逃脱。

预演的当事人伸出手，将一样东西扔在里见八贤的脚边。那显然是男人的手，可见这是野口勇人的预演画面。地上的东西是一个细细长长的面包。野口勇人的态度简直像是扔饲料喂食动物。

厕所的地板实在称不上干净，但里见八贤立刻捡起面包，张口咬了起来。他双眼布满血丝，呼吸也相当粗重，似乎在拼命维持自己的理性。

接着我感觉到一阵眩晕，眼前的场景消失了。

我茫然看着前方，愣了好一会。刚刚我到底看到了什么？我感觉心跳越来越快。

那显然是一场预演，这是毋庸置疑的。但这预演距离现实生活实在太过遥远，令我不禁怀疑那是经过加工改造的影像。

里见八贤遭到了监禁？

那是哪里的厕所？为什么要关在厕所里？

我开始在房里绕圈子，嘴里念叨着"糟了""糟了"。怎么办？现在该怎么办？我很想再次确认刚刚的场景，但预演的画面只能看一次，没办法重新播放。

那会不会根本不是预演，而只是我的胡思乱想？会不会是因为我太累了，所以做了一场白日梦？我心里如此期望着。当然，这种可能性并不为零。但是，刚刚看见那个场景的感觉与以往观看预演场景的感觉如出一辙。

里见大地的脸孔浮现在我的脑海中。我实在没有办法说服自己，他的父亲变成了那副模样。而里见大地本人还不知道这件事。

我感到胸口仿佛压了一块巨石般痛苦。

到底发生了什么事？

为什么交流会成员要监禁里见八贤？

我的脑海浮现"内讧"这个词。问题是，为什么会起内讧？理由是什么？

虽然这是电影里很常见的剧情，但是现实生活中看见认识的人像鸟兽一样遭到囚禁，相信任何人都会怀疑自己是不是看错了。相较之下，布藤鞠子笔下的那两个为猫报仇的猎人反而更具真实感。

我在心中暗忖，如果我看见的场景是真实发生的，那就代表里见八贤如今也是被囚禁的状态。

他是不是想要我前去救他？檀老师，一切就拜托你了……我仿佛听到耳畔回荡着这句话。我害怕地摇了摇头。

里见八贤是期待着我的预演能力，所以他才故意引诱交流会的成员跟我联络？

他认为只要约在 KTV 见面，我一定会猜出他的用意？今天与交流会的两人见面时，我仿佛听见里见八贤对我说着："请利用预演把我找出来吧。"

我告诉自己，一定要保持冷静才行。

"Heading! Heading!"我想起母亲经常对我说这句话。她似乎以为"heading"这个英文单词的意思是用脑袋思考，所以每当她想让我好好想清楚时，就会对我大喊："Heading!

Heading!"每次父亲在旁边听见，都会露出苦笑，但是他从未告诉母亲"heading"不是那个意思。我还记得从前有一次我在日本国内旅行的时候，在观光区遇上了一对夫妻，我们聊了起来，那位丈夫提到他哥哥的口头禅是"好好想一想"，我应道："我妈妈总是说'heading'。"那对夫妻一起哈哈大笑。

冷静下来！Heading！我如此告诉自己。

我试着细细回想刚刚看见的场景——里见八贤被关在厕所里。

为什么是厕所？刚开始，我以为是里见提出想上厕所的要求，因此被带去上厕所。但后来仔细一想，或许里见打从一开始就被囚禁在厕所里。要长时间囚禁一个人，排泄会是一个麻烦的问题，因此直接将人关在厕所里或许是个好主意。

好主意？我想到这里，不禁咂嘴。这种囚禁他人的主意绝对不会是什么好主意。

怎么办？现在该怎么办才好？Heading！赶快想一想！我不断强迫自己的脑袋快速运转。不，我现在应该做的事情，或许是让胡乱转个不停的脑袋恢复平静。

我打了一通电话给里见大地。首先，我必须确认里见八贤是否真的还没有回家。

假日的晚上突然接到班主任的来电，里见大地当然吓了一大跳。

"说起来很丢脸，老师弄丢了一份很重要的文件。老师想起昨晚回家前，曾经和你说过几句话，因此猜想这份文件会不会在你那边。虽然老师知道这可能性很渺茫，但还是抱着死马当活马医的心情，向你询问一声。"我撒了个谎。他挂断电话后，特地为我将整个书包翻找了一遍，才打电话告诉我"没有"。

我趁机询问他父亲是否已经回家，他回答"还没有回来"。

我心想，果然如此。此时我感觉胃部周围异常沉重，仿佛被人涂抹上了一层厚厚的泥浆。回想起来，我曾经数次发短信询问里见八贤"不是说好要见面吗"，如果他平安无事，照理来说一定会回复才对。

"完全没联络，也没回家，这可让人有点担心。"我不是故意要让里见大地感到不安，但除了这么说，我实在不知道说什么才好。

"嗯，是啊。不过我爸爸之前也曾经因为工作，好几天没有回家，所以我想应该没事吧。"

不，这次真的出事了！——我拼命压抑下想要这么大喊的冲动，平心静气地提出建议，绝对会比大呼小叫更容易让人接受。

"为保险起见，我们报警如何？"

"嗯？"

其实我巴不得现在立刻报警，但毕竟我不是家属，纵使报了警，恐怕警察也不会受理。我甚至可以想象警察会问我什么样的问题。

"请问你是哪位？""我是那个人儿子的班主任。""为什么你比家属还紧张？"此时我即使回答"因为我很关心自己的学生"，也只会引来警察的怀疑，警察绝对不会竖起大拇指对我说"真是模范教师"。

"报警？会不会太小题大做了？"

我心里暗想，事态严重到足以报警了。

"我外婆大概会嫌麻烦吧。她总说过几天就会回来了。"

现在该怎么办？我又开始"heading"了。蓦然间，我想到可以利用那个"算命师"。为什么刚开始没有想到呢？

当初目睹了新干线意外脱轨的预演后，为了劝里见大地改坐别班新干线，我捏造了一个根本不存在的"算命师好友"，对大地声称"算命师这么告诉我"。虽然里见八贤知道真相，但大地应该不知道。

"哦？那个算命师这么说吗？"毕竟曾经有过新干线意外脱轨的前例，大地听了之后并没有嗤之以鼻，语气登时变得相当不安。当然，那个算命师根本不存在于这个世界上，我心里不禁对大地萌生了几分歉意，但为了激发他的危机感，这可说是没有办法的办法了。

"没错，那个算命师很担心你爸爸的事情。"

算命师的威力果然相当强大，大地沉默了片刻后说道："既然如此，我还是报警好了。"

"嗯，还是这么做比较好。"

"我先跟外婆商量一下，可能连休过后就会去报案。"

还要等到连休过后？我是不是该老实告诉他"你爸爸正被关在厕所里"？我的脑海中浮现了接下来可能会发生的状况。首先，我说服了里见大地和他的外婆，于是他们前往派出所报案。"里见八贤有一阵子没有回家了。""他可能遇上了什么危险。"大地和他的外婆这么告诉警察，警察大概会回答"这确实让人担忧"或是"好的，我们会派人去找"。但实际上，警方很可能根本不会大规模调查这起案子。

毕竟失踪人口的案子并不罕见，警方不可能对每一起案子都投注全力。

我是不是应该说出野口勇人及成海彪子的事，告诉警察"这两人一定知道些什么，请好好盘问他们"？

警察刚开始可能会有些错愕，但照理来说，应该不会完全漠视这个证词。

但是那又怎么样？警察可能会找上野口勇人及成海彪子，向他们问几句话。但是几乎不可能突然派人搜索他们的住处或名下的房屋，将里见八贤从厕所里救出来。警察办案必须依照一定程序，不可能这么乱来。

而且若是警方贸然找野口勇人和成海彪子问话，惊动了他们，反而可能会让里见八贤陷入危险。

"老师，你还在听吗？"我听到里见大地这么问，才惊觉自己一时想得入神，没听清楚他刚刚到底说了什么。于是我向他道歉，请他再说一次。

"我说，虽然报警也是值得考虑的做法，但是在那之前，或许应该先联络爸爸的公司。"大地说道。以"父亲上班的地方"进行定义的话，将内阁府称为"公司"似乎也没什么不对。"我得先确认爸爸这次出差的详细行程才行，毕竟爸爸出门工作以后就没回家，只是我们单方面的认定。"大地接着说道。

我是不是应该催促大地采取更积极的行动？是不是应该利用"那个算命师"的力量，设法让大地更加急于寻找父亲？但我不确定这么做会不会造成反效果。

"我会趁这个连休期间，跟外婆商量看看怎么做比较好。"

"嗯，好，你们商量看看吧。"我只能这么回答，"如果有必要，我可以陪你们去警察局。"

里见大地一时沉默不语。我以为他正感动于"这个老师对我太好了"，但半晌之后他只是不安地说道："警察会相信算命师的话吗？"

结束了通话后，手机旋即收到了我母亲发来的信息，仿佛早已在等着这一刻。短信中写道："我这里有很多水果，来拿一些走吧。"口气既像命令，又像询问。换作平常的我，看到这样的信息通常会置之不理一阵子，但这次我立即回复道："我可以现在就过去吗？"

成 海 彪 子

　　我从专门学校毕业后，就搬出了多年来照顾着我的祖父母的家，在东京过起独居生活。为了赚取生活费，我除了白天在健身房工作，还在距离住处颇近的后乐园球场当啤酒销售员。

　　这里是大受欢迎的棒球队东京巨人队的主场，近年来引入了许多新科技，例如多元化的付款方式、菜品自动贩卖机，等等，但不知道为什么，球场本身直到现在依然没有屋顶。

　　或许是因为很多人都认为受天气影响也是棒球比赛的特色之一吧。我小时候经常和母亲一起为东北金鹫队加油，由于东京巨人与东北金鹫属于同一联盟，因此东京巨人对上东北金鹫时，我总是想起母亲。每当东北金鹫反败为胜，我就会忍不住想要仰望天空，希望母亲也能看见这一幕。

　　那一天，我在看台上发现了三个没礼貌的观众。当然，像那样大声喧哗，或是对着选手讥讽、谩骂的观众并不是现在才有，跟以前比起来，现在这样的观众已经算是比较少了。但是那天那三名观众的言行还是让人看不下去。不，应该说是听不下去。那是三个身穿西装的男人，年龄看起来分别是四十多岁、三十多岁、二十多岁，应该是同一家公司的前后辈吧。三个人都长得五官端正，衣着也干净体面，却不断对敌队的五号击球员喊出带有歧视意味的攻击性言语。该选手最近坦承了自己的特殊体质，引来社会大众的关注，那三人不断针对这一点喊出讥讽的话语，喊完之后还会得意扬扬地大呼小叫。

在我看来，个人体质除非是会影响打击率、打点或失误次数（以该选手而言，应该不会影响），否则职棒选手实在是没有必要对外公开个人隐私。当然，那位选手这么做，可能是基于某种使命感，或是有其他特殊原因，这些我都可以理解，真正让我无法理解的是为什么有些人会拿这种事来大做文章。毕竟那与棒球本身毫无关系，仿佛如果有人对着选手大喊"双子座还敢这么嚣张"，肯定有点问题。

我身为饮料销售员，自然必须数次走到那三人附近。每次靠近那三人，听了他们说的话，我都会觉得很不舒服。我相信周围的观众应该也有相同感受吧。然而，如果在比赛过程中劝阻他们，又会破坏观赛气氛，因此每个人都只能暗自忍耐。

"小姐！一杯啤酒！"那三人坐在靠走道的位置，经常像这样把我叫去，向我买啤酒。每次我都只能背着啤酒机，脸上挂着营业式笑容，走过去卖啤酒。这一次，他们同样对着五号击球员大声笑骂。

最令我感到难以忍受的，还不是那些充满歧视意味的言语，而是他们说的话一点都不好笑，只会引来反感，他们却似乎自以为很有幽默感，每次说完都会露出志得意满的表情。只能引来苦笑的黑色幽默，根本没有资格称为幽默。他们的行径，只是在不断大喊一些把低级当有趣的台词。

"能不能请你们不要说那种话了？"我脸上还挂着笑容，却忍不住脱口说道。

他们先是吃了一惊，脸上露出不悦之色，仿佛遇到什么人对自己出言不逊。但他们的愤怒马上就转变为唯恐天下不乱的雀跃。"这跟你有什么关系？""听不惯歧视的字眼？真是个乖孩子！"他们明明对我一无所知，却以这种话来取笑我。

"这跟歧视不歧视无关。你们说的话一点也不好笑，却还自以为有趣，我在旁边听得很尴尬，全身都起鸡皮疙瘩了。"

这个回应实在失策。那三人变得更加兴奋，开始对我也喊出各种低级、带有歧视色彩的谩骂之词。

算了，管他的。我心里冒出了这样的想法。自从因为那起事件失去双亲后，我便很容易产生这样的念头。所以每当遇上了什么麻烦事，我都会在心里这么想着：算了，管他的。

"你们跟我到外面来。"我差点就要脱口说出这句话。多半是我看了太多次《快餐车》的关系吧。那部电影的一开头，经营快餐车的成龙和元彪遇上了一群在公园里闹事的暴走族，迫于无奈，只好把他们教训了一顿。那个桥段让人看得大呼痛快，我反复看了很多次，所以才产生了"得好好教训这三个家伙"的念头。

但是我的理智告诉我，不能闹事，所以我只好吞下这口气，离开了现场。

我扛着啤酒机，从露天看台回到了室内层。我向负责管理工读生的事务所告知了刚刚发生的事，道了歉，打算直接回家。

就在这时，另一名女性啤酒销售员朝我走了过来。她是"部长"，年纪比我大了不少，因为喜欢棒球而在这里工作。她的性格开朗、随和又直爽，不仅和工作上的同事，连跟巨人队选手她也有一定交情。虽然我们都叫她"部长"，但销售部并没有部长这个职位，这只是个单纯的绰号而已。

部长在场上贩卖啤酒时，也会随时注意赛况。听说她只要看一眼，就可以知道投手今天投得顺不顺，或是击球员不擅长什么球路。我甚至听过有陷入低潮的选手来请她提供建议的传闻。当然，真相如何不得而知。一般来说，像我们这种销售员都经过训练，注意力不能被场上比赛吸引。她却可以无视这个规定，仿佛这是她的特权。

"彪子，听说你喜欢成龙？"前一阵子，某天我正在休息的时候，她突然走过来这么问我。我不知道她是从谁的口中听说这件事的，但我心想，她既然会这么问，那么她应该也喜欢成龙的电影吧。没想到她接着竟然说"我只看过《迷你特攻队》"，让我忍不住笑了出来。

"严格来说，《迷你特攻队》不算是成龙主演的电影。"我说道。

"哦？真的吗？可是他在那部电影里很帅啊。"

"那是一部很无厘头的电影。"

"里头还有将身体探出车窗的动作，简直像暴走族一样。"部长笑嘻嘻地说道，"但是最后的那场战斗，不管是敌人还是自己人，几乎所有人都被干掉了。我本来以为那只是一部搞笑电影，结果看到最后真的很震惊。"

"真不晓得编剧是抱着什么样的心情写出那样的剧本。"我说到这里，忽然想起了父亲，于是接着说道，"我爸爸也很喜欢那部电影。"

"我没说自己喜欢啊，"部长发出尴尬的笑声，"我只是说自己看过而已。"

"你还记得最后一幕，成龙在开车离去前说的那句话吗？"我问道。当然，我听的不是原声，而是石丸博也的配音。

"他说了什么？"

"他大喊'我反对战争'[①]。"

"是吗？我可不记得了。"

"我爸爸说，'我反对战争'这句话堪称人类历史上最需要永远流传下去的一句话。"这不仅是基于人道，更是基于国家利益考虑。

"原来这是一部富有教育意义的电影。"

部长一说出这句话，我们两人同时哈哈大笑。

接着部长轻拍我的腰际，说道："那几个客人真的很讨厌，对吧？彪子，你是不是狠狠地骂了他们？我从大老远就看见他们

[①] 其实成龙的这句台词原本是"中将我没听过，我只听过中将汤"。推测可能是因为当初的译者担心日本人听不懂这句双关语，所以将日文版的台词翻译为"我反对战争"。

的狼狈模样呢。"我没想到部长竟然会称赞我，心里有些惊讶。

"部长，这件事可能会害我被开除。"

"我不会让他们开除你的。"

"讲的好像你有人事决定权一样。"我说道。她哈哈笑了几声，接着耸肩说道："我顶多只能帮忙弄几张门票吧。"

我老早就听到传闻，即使是特别抢手的热门场次，她也有办法帮忙拿到门票。如今听她这么一说，我才知道传闻并非空穴来风。

部长离去后，我感觉恼怒的心情平复了不少。但也因为这样，我竟然疏于防备，没有注意到刚刚那三个人来到了我的背后。

其中一人粗鲁地按住我的肩膀，硬生生地翻转我的身体，让我大吃一惊。

他们对着我露出了猥亵的笑容，我这才察觉这三人长得都挺像蛇的。

比赛还没有结束，而且陷入了白热的拉锯战，这三人不好好看比赛，跑到这里来做什么？看来真是三个蠢货。

我叹了口气，放下背上的啤酒机。他们三人将我围在中间，但或许是喝醉了的关系，他们站得歪歪斜斜，完全没有临阵对战的架势。

我往左右看了两眼，四周并没有发现监控摄像机。不过，即使有监控摄像机也没关系，我并不在乎等下要做的事情被录下来。

该怎么解决这三个人呢？我试着在脑中模拟他们的动作。不管是谁对我出手，我都能够瞬间反制。

大多数男人在对付女人的时候，会因为掉以轻心，不管三七二十一地伸手乱抓，或是钩住女人的肩颈，企图靠蛮力让女人投降。如果他们这么做，那就更好对付了。我反复练习过的关节技，能够迅速撂倒朝我扑来的敌人。

不过，如果事后被人说是我对他们施暴，那可就不好了。我犹豫了一下，决定施展出后空翻。这是一种几乎不移动位置的原地后空翻，我总共做了五次左右。看过《杂家小子》的人就会知道，这是主角元彪在最后的大对决中从桌子上施展出的那一招。我很喜欢那转圈的模样，反复练习了很多次，早已驾轻就熟。

我以极快的速度不断在半空中翻转，那宛如马戏表演一般的动作，让三个男人看傻了眼。

正当我思索着该不该伸脚把他们绊倒的时候，局势突然有了变化。三人旁边出现了一个陌生男人，对着那三人说道："喂，三个打一个，太不要脸了吧？我劝你们还是快回观众席去吧。"那男人的身旁还站着另一个男人，臭着一张脸，晃了晃手上的手机，说道："你们闹事的过程，我都已经录下来了。要是寄到你们公司，你们应该会吃不了兜着走吧？"

那两人就是庭野与野口。

他们两人都是钻石咖啡厅事件的受害者家属，而我也是。

我们三人在棒球场里相遇了。

"真是奇妙的偶然!"

虽然我很想这么说,但事实上这并不是偶然。他们两人想要组织一个交流会,正在联络每个受害者家属。我的祖父母在接到他们的联络之后,将我在后乐园球场打工的事情告诉了他们。

"我们想着或许可以遇见你,就来看比赛了。没想到会在这样的情况下遇到。"庭野笑着说道。

"你刚刚一直转圈,真是太厉害了。那一招叫什么?"我记得野口在说这句话的时候,依然臭着一张脸。

后来我就加入了交流会。

俄罗斯蓝猫

"我什么也不知道。我什么坏事也没做,只是个受害者。我的车被偷了。"

车谷店长对俄罗斯蓝猫和美国短毛猫如此说道。他的口气相当激动,有时声音还会微微颤抖。车子被偷的受害者,姓氏中刚好有个"车"字,想必只是单纯的偶然。

俄罗斯蓝猫与身旁的美国短毛猫对视了一眼。这个车谷似乎并没有说谎。他的全名是车谷来夫,经营一家二手电器行,专门贩卖电脑、影音器材和家电。除他自己以外,电器行里并没有雇用其他店员。

"你们是谁啊？突然跑到我的店里来，问我 SUV 的事。看来你们不是客人，对吧？"

"我们是客人。"美国短毛猫一边说，一边把原本放在店门口的一条半新的电缆放在柜台上，"买这个。"

"总而言之，你的车很可能被卷进了一起案子当中。"俄罗斯蓝猫尽可能和颜悦色地说道。

"我刚刚不是说了吗，我的车子被偷了。"

"你的车子不就在那里吗？"美国短毛猫指着店门口的停车位说道。

短短数天，他们已根据罚森罚太郎家的监控所拍到的车牌号码，查出车主就是这名车谷店长，因此找上了门来。一来到店门口，他们便看见门外停着那辆 SUV。

"那车本来被偷了，后来警察帮我找回来了。"

"车子是在哪里被偷的？"

"国道旁的一家按摩店旁边。"车谷店长说道，"那家店专治肩颈酸痛和腰痛。"

店长接着描述，那一带有不少快餐店和拉面店，还有一座共享的大停车场。店长原本把车停在那里，要回家时才发现车子不翼而飞。

车谷店长露出一脸不悦的表情，但没有拒绝。因为俄罗斯蓝猫一走进店里，便劈头说道："我们是受可怕雇主委托了可怕的工作,前来调查可怕案子的可怕人物。"这么霸气的台词,大概只有林肯总统的"民有、民治、民享"足以匹敌吧。为了证明自己有多么可怕,他还一瞬间把车谷店长撂倒,压制在地上,冷冷地说道:"你只有两条路,一是乖乖配合,二是吃了苦头之后乖乖配合。"

"你刚刚那招要是再来一次,我又得去治腰痛了。好吧,你们想看我的车子就尽管看,只要别把它毁了或偷了。"车谷店长无奈地交出车钥匙。接着他低头望向左边的小屏幕,嘴里咕哝了一句"今天应该赢定了"。看来他是东京巨人队的球迷,光这一点就让俄罗斯蓝猫怒火中烧,但蓝猫什么话也没说。

那辆黑色的 SUV 看起来没有任何异状。俄罗斯蓝猫拉开车门,进入车内,查看当初罚森罚太郎所坐的座位。

"但愿能找到与绑架犯有关的蛛丝马迹。"美国短毛猫虽然嘴上这么说,却显得兴致缺缺。

"别光说不练,你也快来找。"

"要找什么?"

"能够知道罚森罚太郎被带往何处的线索。你去查看驾驶座吧。"

"是、是。"

"没人跟你说过'是'只能说一次吗?"

"那你就自己扣掉一次吧。"

俄罗斯蓝猫喷了一声,但明白生气只是白费力气,因此没有多说什么。

"喂,你们想对我的车做什么?不是说只是看看而已吗?"车谷店长也走到店外查看状况。

"你很闲吗?"俄罗斯蓝猫将身体探出车外说道,"老实告诉你,偷走这辆车的家伙涉嫌相当重大的犯罪,我们正在寻找那些人,所以想要找找车里有没有线索。"

"你们又不是警察。"

"你不想找出偷车贼吗?"

"欸,想是想……"

"我们保证会比警察找得更认真。"美国短毛猫也将身体探出驾驶座外。

"其实我们的车子也被偷了,而且款式跟你的一样。"俄罗斯蓝猫随口胡诌。

"真的假的?看来你们也很倒霉呢。"店长的眼神突然变得宛如看着志同道合的伙伴。

"而且我们听说那些家伙做了更坏的事,当然无法坐视不管。不管怎么说,至少要让他们赔偿车子的钱。"

"可惜我的车没装行车记录仪。"

"能不能让我们看看车子的导航系统?"如果那些歹徒在开车的时候使用过导航系统,就可以利用导航系统确认罚森罚太郎被带往何处。当然两人并没有抱太大希望,毕竟那些歹徒应该没那么笨。

"啊，蓝猫！我发现了可疑的东西。"美国短毛猫兴奋地说道。

俄罗斯蓝猫转头一看，短毛猫正伸出两根手指，做出以指尖互搓的动作。

"这应该是猫毛。"

俄罗斯蓝猫赶紧走上前去，看着美国短毛猫指尖捏着的那根毛。

"你家里养了猫？"美国短毛猫问车谷店长。

"没有啊。"店长摇了摇头，说道，"我不喜欢猫。"

"你对猫过敏吗？"

"倒也没有。"

明明不过敏，却不喜欢猫咪——俄罗斯蓝猫实在无法理解这种人的脑袋在想些什么。

当然每个人的状况不同，不能单从一个角度来判断一件事情的好坏，这是俄罗斯蓝猫一向秉持的观念。随意批评、谴责、攻讦他人，如果事后发现自己是错的，不仅心里会感到尴尬，有时还会使自己陷入极大的窘境之中。换句话说，除非情况特殊，否则尽量秉持宽宏大量的原则，才是明哲保身之道。然而俄罗斯蓝猫虽然在理智上明白这个道理，还是会如条件反射一般，因为一件事情瞬间心生反感、怒上心头，甚至忍不住咂嘴，基本上一戳就爆炸。尤其在俄罗斯蓝猫的刻板印象里，讨厌猫咪的人必定不是什么善类。

或许正因如此，俄罗斯蓝猫才能肩负起猫狱会猎人这个重责大任。总而言之，俄罗斯蓝猫听到车谷店长讨厌猫的言辞之后，心中对这个店长的评价大幅下降。

"你确定那是猫毛吗？有没有可能是狗毛？"

"这是猫毛。"

"你光看毛就能分辨？"

"我可是猫专家。"

美国短毛猫说话的语气总是相当轻浮，容易让人以为他是开玩笑或瞎扯，但事实上俄罗斯蓝猫和美国短毛猫的脑袋里装了大量有关猫咪的知识、信息、传闻以及各式各样的零碎琐事。

"带回去好好分析吧。"俄罗斯蓝猫指着那根猫毛说道。接着他转过头问车谷店长："你应该不会反对吧？"

"当然，当然，我也不希望车座上有猫毛。"

美国短毛猫不知从何处取来一个小袋子，把猫毛放了进去。

"我先进去了，麻烦你们别太乱来。"车谷店长说完后便走进了店里。蓝猫、短毛猫接着又仿效警方的鉴识人员，将车里好好检查了一番，但没有任何新发现。导航系统记录果然已经被删除了。

两人回到店内，将检查结果告知车谷店长，接着问道："你说你的车在按摩店附近被偷，那家按摩店在哪里？"

像这样的调查行动，有时会有所斩获，但有时也可能空手而归。如果是空手而归的状况，对着读者细细描述实在不是什么有建设性的做法。当然，小说该不该追求建设性也是一个问题，我们甚至可以说，"兜圈子"和"空手而归"反而是小说的精华所在。但即使如此，简单带过蓝猫和短毛猫在按摩店停车场的调查过程或许才是上策。

俄罗斯蓝猫在按摩店停车场里左顾右盼。

"那里的监控说不定拍到了歹徒偷车的画面。"美国短毛猫指着按摩店招牌旁边的监控摄像机说道。

"那个角度应该拍到了。"俄罗斯蓝猫点点头，大跨步走向按摩店，美国短毛猫也赶紧跟上。

两人当然是想要向按摩店里的人索讨监控摄像机的视频文件。如果监控拍到了 SUV 被窃的过程，或许能确认歹徒的外貌。

然而人生不如意事十之八九。

这次两人还没有施展出偷袭、暴力威胁等招数，按摩店老板已满口答应，嘴里一边说着"好的，好的"，一边拿出了存放监控录像的硬盘。但是视频的保存时间只有二十四个小时，过去的录像早就被覆盖了。

既然录像没了，那就没办法了。俄罗斯蓝猫抱着姑且一试的心情问道："有辆 SUV 在外面的停车场被人偷走了，你知道这件事吗？"老板以一副事不关己的口气说道："噢，前几天那里聚集了几个警察，原来是有车被偷了？"俄罗斯蓝猫心想，警察大概也不会多认真地调查一件汽车失窃案吧。

按摩店的柜台上摆了一个立式相框，里面的照片上是一只臭着脸的黑白虎斑猫。

"这是……？"蓝猫轻描淡写地问道。老板眯起了眼睛回答："我家的猫。"

俄罗斯蓝猫马上就认定这个男人是好人。

"接下来该怎么办？"离开了停车场后，美国短毛猫问道，"到了这个地步，还是干脆放弃算了？"

"放弃？放弃什么？"

"罚森罚太郎啊。他是猫狱会成员，我们不是说要制裁他吗？"

"啊，对啊。"怎么到了这个节骨眼，才讲这个？

"但反正罚森罚太郎已被绑走了，接下来的事情，不如干脆交给那些绑匪去处理吧？反正他在那边大概也会吃不少苦头，正义的制裁由谁来做不是都一样吗？"

"不一样。"只有正义之士才能做出正义的制裁。

"我们特地把他救出来，再来惩罚他，不是脱裤子放屁吗？而且……对了，既然车里有猫毛，就表示那些绑匪也喜欢猫，算起来是我们的同类。我们就直接去找下一个猫狱会的目标吧。"

"这是我们的工作，不能这么草率吧？"

"蓝猫，你太死脑筋了。你再怎么固执，也没有办法让末日时钟的指针倒退往回走。"

就在这时，俄罗斯蓝猫的手机响了起来。他低头一看，来电者是家政保洁员家持。

俄罗斯蓝猫将手机放在耳边，问："你的伤势还好吗？"两人只知道家持应该是被救护车载走了，但不知道她后来是否平安，蓝猫一直挂心这件事。

"没有惊动警察吧？"

罚森罚太郎被绑架，家政保洁员又受了伤，两人本来以为警方一定会介入调查，但后来一直没看到这件事登上新闻版面。

"罚森被绑架是自作自受，没有必要让警察花时间救他。"家持说道。自从得知罚森是猫咪的敌人之后，她就不再对罚森抱有一丝同情。"所以我只说是自己跌倒撞到了桌子，后来在医院住了几天。"

"现在呢？"

"已经痊愈了。你听我说，我刚刚接到电话……"家持的口气听起来有些兴奋。

"电话？谁打来的？"

"罚森。他好像已经回家了，叫我回去呢，所以我现在在罚森的宅邸。"

"罚森不是被绑架了吗？"

"好像被放了，他说不想把事情闹大，所以叫我不要说出去。"

"我立刻赶过去。"

"啊,好……"

"帮我解除宅邸的安全系统。"俄罗斯蓝猫说,"然后立刻找个借口离开。"

"我明白了。"

结束通话后,俄罗斯蓝猫把对话的内容告诉美国短毛猫,短毛猫露出微笑。

"你笑什么?"

"这个时间接到联络,未免太巧了。现实中要遇上这么巧的事,可没那么容易。"

他的言下之意,依然是想要强调这是小说里的情节吧。

不,你错了。俄罗斯蓝猫想要如此反驳。如果是小说情节,应该会更惊人、更突兀,巧合更多才对吧,否则就不是一篇上得了台面的小说。

俄罗斯蓝猫一边在心里这么嘀咕,一边快步走向自己的车子。

"家持未来的工作就只剩下配送菜品了,对吧?"

"那又怎么样?"

"将来我们如果点汉堡外卖,说不定送外卖来的人会是家持呢。"

俄罗斯蓝猫不禁想象那个画面。手机画面上出现"委托配送"的信息时,大概会有好几名外卖配送员要抢这一单工作。最后这一单刚好是由家持接到,她骑着自行车,依照订单上的地址抵达目的地，开门的人竟然是俄罗斯蓝猫或美国短毛猫，双方都吓了一大跳。

"如果是小说的话，很有可能发生这样的偶然吧？"美国短毛猫笑着说道，"或者应该说，只要是虚构故事，一切都是根据作者的需要而决定。一件事情会不会发生、是不是偶然，都是作者说了算。老婆婆到河边洗衣服，上游刚好漂下大桃子，这是因为作者需要这样的剧情。"

"现实中的偶然不是更多吗？"

"现实是没有作者的……嗯，或许有也说不定。当然我会说这些话，也是基于作者的需要。"美国短毛猫咕哝着说完这几句话之后，接着说道，"对了，见到了罚森罚太郎之后，我们要做什么？"

"做我们该做的事。"俄罗斯蓝猫说道。让他承认从前对猫咪的迫害，然后让他承受当初猫咪所承受的痛苦。

俄罗斯蓝猫开启车门锁，坐上驾驶座，美国短毛猫则坐上副驾驶座。

"不用问出来龙去脉吗？是谁绑架了他？又为什么被放回来了？"

"没那个必要，我们只要做好我们的工作就行了。"

俄罗斯蓝猫刚说完这句话，忽然大叫一声，整个人仿佛从驾驶座上跳起来，却被安全带紧紧勒住了身体。

原来是眼前挡风玻璃外的引擎盖上突然出现了一只乌鸦。

那乌鸦不知是从哪里飞来的，俄罗斯蓝猫正纳闷乌鸦怎么会停留在这种地方，乌鸦忽然张开了喙，发出宛如嘲笑般的鸣叫声，接着振翅飞走了。

俄罗斯蓝猫

"我知道，我知道，又是上次那件事，对吧？到底要我说几次？你们把我绑走，现在好不容易放了我，怎么又来了？我已经说过绝对不会出卖你们，你们还要我怎么样？"罚森罚太郎歇斯底里地大喊。

俄罗斯蓝猫不耐烦地问道：

"上次那件事，是什么事？"

"怎么，跟上次那件事没关系？"

"这叫自作孽，不可活。想想你从前做过的事，你就会知道自己是罪有应得。"美国短毛猫说道。

"我从前做了什么了？我只是赚了太多钱而已。"

"赚钱不是错事，没有人为了这一点而责备你。我们现在虽然把你绑起来，但至少没有把你带走，这里是你自己的家。跟那些绑架你的人比起来，我们是不是对你仁慈多了？"

"你们跟那伙，不是同一伙？"

听起来真像对句。俄罗斯蓝猫一边这么想着，一边说道："我不知道那伙是哪一伙，但跟我们应该不是同一伙。"接着俄罗斯蓝猫依照惯例，准备开始说"卢旺达大屠杀"的开场白。没想到还没等他发话，罚森罚太郎又开始大吼大叫，打乱了俄罗斯蓝猫的步调。

"我知道了，你们的目的是一样的！你们想要我带东西进日本，对吧？"

"带东西进日本？"

俄罗斯蓝猫转头望向旁边的美国短毛猫，只见他也皱起了眉头。

"你的意思是说，绑架你的人，想要你带东西进日本？"

"已经被要求很多次了。"

"你做起进口的买卖了？"俄罗斯蓝猫问道。过去罚森罚太郎一直靠一些难以捉摸的方式来赚钱，例如开发视频分享平台、炒作虚拟货币，等等。像这样的人，竟然会进口真正的实体商品？

"靠私人飞机啦。"罚森罚太郎臭着脸说道。

"你要进口私人飞机？"

"什么？"罚森罚太郎一副又好气又好笑的反应，仿佛觉得自己在跟一个白痴说话。

"什么"的后面，要接的大概是"你连这个也不懂？"，只是他没有说出来而已。

"因为我有私人飞机，那些家伙要求我从国外将一些东西运进日本啦。跟一般的飞机比起来，私人飞机的出入境审查没那么严格。这可是个秘密，你别随便说出去。"接着，罚森罚太郎举了一个例子：从前有一个相当有名的企业家正是躲在私人飞机的大型行李里偷渡出境。他说虽然那已经是很多年前的事了，但是这么多年来，出入境审查制度基本上没有太大变化。

"有这种事？"

"当然不是可以肆无忌惮地乱来，但只要跟机场工作人员有点交情，他们就会睁一只眼闭一只眼。例如，可以跟他们约好不要检查装乐器的箱子。"

"他们绑架你，就是要威胁你'把原本不能带进日本的东西带进日本'吗？"

"他们要求我带东西进日本，已经是很久以前的事，我也照做了。"

"明明照做了，却还是绑架你？"美国短毛猫歪着头说道，"我知道了，一定是你搞错了要带的东西，所以挨骂了吧？"

罚森罚太郎哧哧一笑，说道："不，我只是跟他们交涉而已。"

"交涉？你觉得分到的钱太少了吗？"

"我这么有钱，你觉得我还想要钱吗？"

"当然，对有钱人来说，钱是永远不嫌多的。"

"我对钱已经不感兴趣了。"

"那你进行了什么交涉？"虽然是对自己无关紧要的事情，俄罗斯蓝猫还是随口问道。

从罚森罚太郎的表情看来，他似乎并不打算隐瞒。也许他认为如果没说实话，就没有办法被放走吧。事实上，他即使说了实话，也不会被放走。"那些家伙一再威胁我，要我帮他们做事。我原本想着只是帮忙带点东西回日本，没什么大不了的，于是就答应了。但事后我越想越生气，便告诉他们：'我知道你们在干见不得人的勾当，如果惹恼了我，我就报警把你们抓起来。'"

"你的胆量真不小。你这么说之后，他们绑架了你？看来你太小看他们了。"

"这座宅邸的安全系统可是滴水不漏，而且我出门在外都非常谨慎小心。但不知道为什么，那天安全系统竟然坏了，就像今天一样。"

"噢，那可真令人惊讶。"美国短毛猫以背台词一般的语气说道，"所以他们就绑架了你，借此逼你就范？罚森，真不知道该说你聪明还是笨。"短毛猫呵呵笑了起来，"他们竟然愿意放你回来？算你命大。"

"不，应该是我的口才发挥了效果。我有一招看家本领，那就是靠话术让人失去戒心，不再与我为敌。我即使逼不得已杀了人，也有自信让警察对我说'这次原谅你，下次别再做这种事了'。"

这种自我感觉良好的家伙，真的让人看了就想发脾气。俄罗斯蓝猫感觉自己的脸部肌肉正在微微抽搐。那些绑架罚森罚太郎的家伙，一开始大概只是想吓吓他，让他吃点苦头，根本不打算取他的性命。

"好不容易回家了，家政保洁员也出院了，原以为终于可以恢复正常生活，没想到你们又找上门来。"

"那可真是抱歉。"

"你们的目的到底是什么？"

俄罗斯蓝猫叹了口气，话题终于可以回到原本的目的上了："你知道在九十年代，非洲的卢旺达发生了一起大屠杀事件吗？

"有人说，在那一百天之内，死了八十万人，也有人说，死了上百万人。"

俄罗斯蓝猫依照老样子，说起了开场白。罚森罚太郎愣住了，露出一副摸不着头脑的表情。

接着蓝猫又依照既定的流程，让罚森罚太郎想起猫咪杀手的事，然后说明猫咪所受的折磨，将会报在他的身上。

然而，跟过去最大的不同是，当俄罗斯蓝猫说到"这个工作的委托者买彩票中了十亿元"的时候，罚森罚太郎露出一脸没什么大不了的表情，还高傲地说道："十亿就能让你们干这种事？我可以出更高的金额，你们别干了吧？"

俄罗斯蓝猫当然没有理会他的提议，从腰包里取出一样样折磨人的工具，排列在罚森罚太郎的眼前。

"喂！你们听见了吗？我说要给你们更多的钱！"

罚森罚太郎开始害怕了。他变得越来越啰唆多嘴，想尽办法威胁利诱，要与两人谈条件。美国短毛猫一边布置现场，一边哼着歌，对罚森罚太郎的话充耳不闻。说到后来，罚森罚太郎流着眼泪苦苦哀求，蓝猫与短毛猫依然不为所动。

"你还记得当初的猫咪遭受了怎样的对待吗？"

罚森罚太郎一脸惊恐地猛摇头。

如今他们所在的地方是罚森家的隔音地下室。美国短毛猫不知从何时起竟然消失了，过了一会才返回来。他的手上竟提着一个铁水壶。

"罚森，我借用了你家厨房的电磁炉，设定成烧开水模式，水竟然一下子就烧开了，真是令我大开眼界。"

"当初猫咪杀手在直播的时候，你还记得你提出了什么样的建议吗？"俄罗斯蓝猫朝那不断冒着热气的铁水壶瞥了一眼之后问道，"那时候你提出了好几个建议，其中最具代表性的一个，可真是好点子，那就是'用热水烫'。"

"不，我没说过那种话。"

"我们早就查得清清楚楚了。"蓝猫和短毛猫早就拿到了当时直播视频的所有留言记录。即使因为超过时间，记录已经被删除，但只要支付足够的钱，就有办法尽可能加以复原。接着只要核对留言和连线 IP 地址就行了。

"你们到底想怎么样？"罚森罚太郎问道。

"当时的猫咪应该也很想问这个问题。"

"我不是说了愿意付钱吗？"

"当时的猫咪应该也说过这句话。"

美国短毛猫举起铁水壶，对准了被绑在椅子上的罚森罚太郎，接着让壶口微微倾斜，毫不犹豫地将热水倒在罚森的大腿上。

罚森罚太郎持续发出惨叫声，俄罗斯蓝猫他们却毫不在意："想想看你还建议了什么吗？好戏才刚开始。"

"等一下……等一下！"罚森罚太郎喊道。

美国短毛猫继续倒热水，罚森则继续哀号。这个桥段读起来可能会让人不太舒服，最好快进，或是打上马赛克。

当铁水壶里的热水全部倒完时，罚森罚太郎已痛得口吐白沫。"求求你们……先等一下……"就连声音也从吼叫变成了哀号。

"你们等我一下，我再上去烧一壶。"美国短毛猫踏着轻快的步伐走出了房间。

"你们就不管那些人吗？那些绑架我的家伙，你们难道就放任他们继续干坏事吗？"

"无所谓，他们做什么都与我们无关。"俄罗斯蓝猫知道罚森罚太郎说这些只是为了拖延时间，因此没有多加理会。

"不，你不知道！他们一定会做出对猫不利的事情！"

"你在说什么啊？"

"那些绑架我的家伙，其中一个也跟我一样！"

"跟你一样？"

"你不是在寻找当初猫咪杀手的帮凶吗？就是所谓的猫狱会成员！那家伙也是猫狱会的成员之一，所以才会打起我的主意！这是他亲口说的！"

"我听不懂你说什么。"

"就是绑架我的那些家伙中的一个！那个开车的家伙！

"他说：'罚森，你当初也是猫咪杀手的观众，对吧？我当然知道，因为我也是。我们都是猫狱会的成员，也算有些渊源，所以请你好好配合我们。现在我很后悔当初怂恿猫咪杀手虐待猫咪，但你似乎一点也没有反省的意思。因为我看你现在还是经常在 SNS 上写一些暗示大家虐待猫咪的话。'"

"绑架你的人说了这种话？看来这家伙真是我们还没有见过的猫狱会成员。"

"你怎么知道还没有见过？"

"跟我们见过面的猫狱会成员，即使没死也丢了半条命。"

罚森罚太郎登时面如土色："那些家伙绝对在计划着什么不得了的坏事。他们把塑料炸药偷运进日本，搞不好就是要用在猫身上。"

俄罗斯蓝猫突然听到"塑料炸药"这字眼，不禁有些错愕地问："什么意思？"

"你听到塑料炸药，是不是以为是塑料做的炸药？如果你这么认为的话，那你就错了……"罚森罚太郎说着，美国短毛猫刚好拿着铁水壶走下楼梯。他听见罚森的话，说："我知道，塑料的英文是 plastic，它还有另外一个意思，是可以像黏土一样随意变形。不知道塑料小野乐团①的'plastic'是塑料的意思，还是可以随意变形的意思？"

罚森罚太郎看见那冒着蒸气的铁水壶，忍不住打了个哆嗦。

"没人问你塑料的意思。我问的是，你说他们把炸药运进日本，那是什么意思？"

"他们把好几个大型乐器箱子搬上我的飞机，要我运回日本。除乐器外，还有一些箱子上头写的是照明器具。他们禁止我打开箱子偷看，但我没克制住好奇心，偷偷打开了一个。箱子里面写着一些符号，我一查才知道，那竟然是炸药的意思。那种东西如果一个不小心，搞不好会在飞机里爆炸。所以我才说，他们一定是想要干什么不得了的坏事。除了炸药，他们还曾经运输过枪械。"

"他们到底想干什么？"

"其中一个家伙是猫狱会成员，所以他们可能是想做出不利于猫的事情。没错，这很有可能。你们不这么认为吗？"

"即使是这样，也并不代表我们应该饶了你。"

罚森罚太郎登时脸色发青，说道："如果没有我，你们绝对没有办法查出那些家伙的底细。"

"这么说似乎有道理。"美国短毛猫慢条斯理地说道。

---

① 塑料小野乐团（Plastic Ono Band）是约翰·列侬与小野洋子在 1969 年组成的乐团。

罚森罚太郎露出松了一口气的表情。

"不需要。"俄罗斯蓝猫一边冷冷地回应，一边从美国短毛猫的手中接过铁水壶，高高举起。

"喂！你没听见我说的话？快住手！"

"你的话术不是很高明吗？呃，我现在应该说什么？'这次就原谅你，下次别再做这种事了？'很抱歉，已经没有下次了。"

惨叫声响彻整个房间，俄罗斯蓝猫却仿佛没有听见。

蓝猫与短毛猫再次确认宅邸里已经没有监控录像的储存装置后，离开了宅邸。

就在两人走出庭院，朝着车子的方向前进时，背后的罚森罚太郎宅邸开始冒出火光。两人在宅邸里放的火迅速在墙壁及屋里的窗帘上蔓延。

檀 老 师

"学校那边还好吗？最近的初中生乖不乖？"母亲将一盘削好的苹果放在餐桌上，坐在我的面前。

当我抵达老家的时候，已经是晚上九点多了，但母亲丝毫不介意，只是淡淡地说了一句"你回来了"，仿佛我还住在这里。

"那得看'乖'的定义是什么。"我一边说，一边想着里见大地的事、他父亲里见八贤的事，以及我看见他被囚禁的预演的事。到底该不该把这些事情告诉母亲呢？

只有父母是天底下会不计利害关系对你伸出援手的人。从前母亲经常说类似的话。因为听起来像是故意讨恩情，所以从前我的反应只是："那不是理所当然的事吗？"但自从当了老师，我才体会到那绝对不是理所当然的事情。拥有愿意对自己伸出援手的父母，是一件非常幸运的事。当然，父母是否真的能够帮上忙，那又是另外一回事了。

母亲早已知道预演的事，向她说明我遇到的状况并不需要解释太多。最重要的是，她应该不会随便告诉别人。

但是另一方面，我又害怕把母亲卷进这件麻烦事。即使把这些烦恼告诉母亲，母亲也不可能为我解决问题，只会徒增她的担忧而已。

问题是我又不能沉默不语，因为沉默不语就会被教育"心里有烦恼想要找母亲商量"，所以我只好随便找了个话题："对了，我有个学生在写小说。"我在心里偷偷向布藤鞠子道歉，擅自把这件事告诉了母亲。

"噢？自己写小说？"

"内容还挺有意思。呃，虽然有意思，但是也挺可怕。"我大致描述了布藤鞠子所写的猫狱会猎人故事的梗概，"例如我上次读的那一节里，有一些相当残酷的桥段。嗯，不过她挺为读者着想的，描写的方式没有那么露骨。"

"那很好，一定很有趣吧。"母亲开心地说道，她的反应超出了我的预期，"猫咪的复仇，虽然很可怕，但是带给人美梦。"

"称不上是带给人美梦吧？"

"带给人美梦，是故事创作者的职责所在。"

"职责所在？"

"就是告诉大家，如果做了这种事，就会变成这样。一些古老的寓言故事不是常有这样的剧情吗？坏心眼的老爷爷一定会吃苦头，耿直善良的人则会有好报，大多数故事都是这样的。这些故事其实都是对孩子洗脑，让孩子知道，如果做了坏心眼老爷爷所做的那些事情，不会有好下场。"

"洗脑？听起来好可怕。"我不禁苦笑。从前的寓言故事确实包含了许多教训及道德规范的意味，但这似乎又是另外一回事了。

"同样的道理，那个学生的故事告诉大家，如果对猫咪做了过分的事，猫狱会猎人就会来报仇。这就像是一种威胁，或者应该说是一种牵制。"

"有这样的效果吗？"毕竟只是虚构的故事，应该没有什么人会把它当作现实生活中的教训吧。

"妈妈从前读初中的时候……"母亲突然说起了从前的回忆。她咬了一口苹果，接着说道："曾经发生过一起'初中女生坠落校门导致复杂性骨折事件'。"

"好可怕又好有趣的标题啊。"

"学校的正门每天到了上课时间就会关闭，有个比妈妈大五届左右、当时念初三的女生，明明迟到了却想要爬进校门。结果她一个不小心，脚被钩住了，直接从校门上摔了下来，造成大腿骨折断，骨头都凸出来了。"

"光是想象就觉得好痛。"

"当初妈妈听老师提到这件往事的时候，一方面觉得这不是什么大不了的事情，另一方面又觉得确实有点让人发毛。所以妈妈不时就会想起来，告诉自己无论发生什么事都不能爬上校门。或许是因为这件往事相当有名，后来的学生顶多只会爬墙，绝对没人敢爬校门。"

"嗯，可以体会。"但是那又怎么样？

"如今回想起来，妈妈猜想那件事应该是假的吧。"

"哦？骨折事件是假的？"

"初中女生坠落校门导致复杂性骨折事件。"

"正式标题并不重要。"

"只要告诉大家曾经发生过这样的事情，大家就会害怕，谁会知道是假的？"

"但如果故事编造得不够真实，恐怕很难骗过这年头的年轻人。"

"这么说也对，很可能会被看破。"母亲老实承认，"总而言之，妈妈想说的是，猫狱会猎人的故事应该也具有相同的效果。这或许正是那个学生写出这篇小说的用意。"

布藤鞠子会有这样的意图吗?我实在不这么认为。她真的想要通过这篇小说传达什么信息吗?即使真是如此,应该也是基于完全不同的意图吧?那到底是什么样的意图?

母亲拿起餐桌上的遥控器,打开了电视。电视节目里,站在画面正中央的男人正一脸不悦地说着:"我经常看医生,总是觉得等待叫号是一件很痛苦的事。"

这是一个以讽刺、调侃时事为卖点的节目。这种谈话性节目通常会安排在白天,像这样在晚上播出的情况相当少见,唯独这个节目已经在晚上播出了好几年。主持人马克育马正在大声抱怨着自己的宿疾。

"我是因为尿频才到医院就诊,结果因为等得太久,尿频反而恶化了。"马克育马说完这句话,自顾自地笑了起来。我实在不明白这有什么好笑的。

或许是因为白天听成海彪子和野口勇人说过马克育马在钻石咖啡厅事件中的言行,如今看他出现在电视上,心里感觉相当不舒服。

五年前,他在节目上草率说出警察行动,导致所有人质都遭到杀害。这到底是不是事实,我无从查证。但如果是我自己背负着这样的嫌疑,绝对没有办法保持平静,也没有办法继续从事相同的工作。如今马克育马还能在电视上神采奕奕地高谈阔论,可见他拥有跟我完全不一样的脑回路。

"马克,你可别再乱说话。"节目来宾提醒马克育马,带着半开玩笑的口吻说道,"你这个人常常一开口就惹出事情。"

"这么说也对,我这张嘴一天到晚惹祸,马上就会有人指着我的鼻子骂。"马克育马吐了吐舌头,众人又是一阵哄笑。

听到这句话,我心中微微燃起了一股怒火。这句话的意思仿佛在说,他自己并没有做错事,只是在懊恼遭到责骂。换言之,他认为只要没有遭到责骂,他的行为就没有任何问题。

马克育马继续滔滔不绝地说着:"安徒生童话里,不是有个孩子大喊'国王没穿衣服'吗?我就像那个孩子一样。有些相当重要的事情,即使说了会招来白眼,我也得说才行。"

他这番话说的好像自己过去的失言都是基于媒体工作者的使命感,而且对这个世间有重大贡献一样。然而至少他在钻石咖啡厅事件中把警方的行动泄露给歹徒的失言,实在难以认定具有什么社会意义。他只是想要趁直播的时候大声喊出自己的重大发现而已。那不是基于什么使命感,而是一种希望受到称赞的幼稚心态。

"这个人真是有些高傲自大。"母亲看着电视说道,"你爸爸曾经说过,高傲自大的人通常是因为缺乏自信。"

"但是这个马克育马看起来实在不像是缺乏自信的人。"

"真正厉害的人因为有实力和成就,平常不需要强求表现。相较之下,高傲自大的人往往只能靠高傲自大来维持尊严,所以他们只能一直高傲自大下去。说得更明白一点,他们只能靠着高傲自大的言论及态度,表现出他们好像很厉害的样子,所以没有办法停止这么做。他们一方面必须表现得高傲，另一方面又必须想办法避免遭到攻击。"

"原来如此。"

"说起来实在很可怜，这个人虽然现在看起来春风得意的样子，但是等到他退休了，七老八十的时候，不会有任何人仰慕他。"

"嗯，是啊。"我虽然口头上表示认同，心里所想的却是钻石咖啡厅的那些受害者甚至连变老的机会都没有。

"马克，你又说这种话，小心招来怨恨。"节目的另一名来宾说道。

"反正即使遭到怨恨，我也不痛不痒。比起遭到怨恨，我更害怕的是在医院等待叫号的时间变长，以及巨人队没赢球。"

摄影棚里再度响起一阵笑声。

"最近巨人队连战连胜，让人看了心情很好，所以最近我只要一有空就会去看比赛。"马克育马摆出一副得意扬扬的样子，连鼻孔也撑大了。

"巨人队一定要赢才行。体育竞技跟现实中的任何竞争一样，胜者为王，败者为寇，输家再怎么抱怨也不能改变什么。"

"其实重要的不是输赢，而是挑战的精神。"或许是为了避免节目中的言论过于偏激，另一名评论家刻意这么说。马克育马听了却显得相当不开心。

"明知道会输还想要挑战，只能说太不自量力了。如果是我的话，与其丢人现眼，我宁愿选择自杀。"

"还敢说国王没穿衣服，你自己才没穿衣服吧。"母亲咬了一口苹果，轻描淡写地说道，"什么与其丢人现眼，难道丢人现眼的事情在人生中还少吗？"

"是啊。"

"你快跟他说，你即使没输，也还是丢人现眼。"

"为什么叫我说啊？"我不禁苦笑。交流会那些人真正应该囚禁的人物不是里见八贤，而是这个马克育马才对。我忍不住产生了这种邪恶的想法。此时我又想起了里见八贤遭囚禁的可怕画面。即使强迫自己别去想，那画面还是会浮现在脑海里。

我果然还是没办法把这件事藏在心里。

虽然对母亲很抱歉，但我还是决定把这件事说出来，让母亲分担这份恐惧与烦恼。

"其实有件事……"我才起了话头，母亲刚好站起来说："我再削一些苹果。"

我的气势完全被打断，只能默默坐在椅子上。就在这时，手机响了起来，同时开始振动。我一看，来电者竟然是里见大地家的固定电话。我赶紧接起，将手机放在耳边。

"老师？真是不好意思，这么晚还打给你。我想说你很为我担心，所以一有消息我就想着赶紧告诉你……"

"你决定要报警了？"

"我跟外婆收到了爸爸发来的短信。"

我一时傻住了，不知道该作何反应。听大地的口气，显然把这件事当成了好消息，但我心里明白他父亲绝对不可能发什么短信。

"你爸爸怎么说？"我问道。

"他说这次出差有些耽搁，下星期才能回来，叫我们不要担心。太好了，这样我们就安心了。"

"是啊。"我嘴上这么说，心里却怀疑那根本不是里见八贤发来的短信。

"短信里还写到，要向老师说一声抱歉，没有办法履行见面的约定。"

我并没有收到任何短信。为什么不直接发信息给我？此时我的心头有一股莫名的情绪翻搅着，连我自己也搞不清楚那是狐疑还是不满。

"让老师白担心了一场，真是抱歉，给老师添麻烦了。"里见大地以大人般的口吻说道，"对了，请老师帮我向那位算命师问好。"

别安心得太早，应该怀疑那条短信的真实性！我很想如此告诉里见大地。歹徒只要拿到里见八贤的手机，就可以代替他发信息。而且手机里存有家人和我之前给里见八贤发的短信记录，歹徒只要参考那些记录，编出一些像煞有介事的回复就行了。但我手上没有任何证据，不知该如何说服大地。

结束通话后，我明白现在的状况可说是恶化了。里见大地和外婆收到短信后大概不会再有报警的念头了。

现在怎么办才好？

吃完母亲又削好的苹果之后，我离开了老家。到头来我还是没有把这个烦恼告诉母亲。或许是因为母亲在厨房与餐厅之间来来去去的模样看起来比以前苍老许多，我实在不想将她卷进这件麻烦事中。

"妈妈知道你工作辛苦，但不要太勉强自己。"临走之际，母亲对我这么说道。

"我也常这么告诉自己。"

"还有，越忙的时候，越要好好把事情想清楚。Heading！运用你的 heading！"

虽然这听起来有点像"运用你的原力"之类的电影台词，但我听了之后确实感觉心情轻松不少。

檀老师

"你们来得真早。"我感觉得出来，自己的声音微微颤抖。

约好十点见面，我提早十分钟就抵达了店内，店员将我带进深处的包厢，那三人竟然早已坐在里头。

里见大地打电话告诉我"收到了父亲的短信"是在星期六的晚上。第二天，我烦恼了很久，决定联络成海彪子，对她说："关于里见的事，我知道了一些新消息，想要和交流会的成员再见一面，好好谈一谈。"在她从中安排下，双方约好次日见面，也就是连休的第三天。

约定见面的咖啡厅包厢是细长的格局，桌子有着曲线造型和醒目的装饰物，不知该称为宫廷风还是洛可可风，桌边摆着一些椅子。

"幸会，敝姓庭野。"坐在桌子另一头的男人起身说道。

那男人看起来像是二十多岁的年纪，但若说是三四十岁，似乎也不显得突兀，短发，眼角有些下垂，容貌和蔼稳重。他们说他长得像彼得·塞勒斯和成龙，今天亲眼一看，确实有几分神似。

野口勇人则是臭着一张脸，看起来像是刚睡醒就被带到了这里。当初在KTV里第一次见面的时候，他就是这副表情，显然平常他就是这样，并非心情特别不好。

"谢谢你们在百忙之中抽空前来。"我低头鞠了个躬。庭野客客气气地回应："请不要这么客气，我们这边一下子来了三个人，希望没吓到你。"

"我们都很关心里见的安危，听说有新的消息，全都赶来了。"成海彪子说道。

我环视三人的神情，努力想要判断他们说的是真话还是假话，以及是否暗中有什么图谋。

要说服里见大地和警察采取行动，一定要取得相关证据。这是我的最大目的。

"是这样的，我联络上了里见八贤的儿子，他说收到了爸爸发来的短信，那条短信里写着这星期就会结束出差回家。"

"哦？""真的吗？""噢……"三人反应不一。

"你认识里见的儿子？"成海彪子问道。

我差点脱口说出"我是他的班主任"。在这三人面前，我姓段田，职业是某制造厂的员工。

"我因为关心里见的下落，打了一通电话到他家，他儿子接了电话，跟我说了收到父亲发的短信的事。"

坐在正对面的庭野目不转睛地看着我，似乎在观察我的虚实。我有一种内心被看穿的错觉。

"这么说来，里见平安无事，真是太好了。"成海彪子露出松了一口气的表情。

"但他为什么不回我们消息？"庭野歪着头说道，"段田，他回你消息了吗？"

"没有。"我说道。哪些部分应该说谎，哪些部分应该实话实说，我到现在还是分不清。"但我知道里见很忙，或许没有时间个别回信。"

"虽然我不知道内阁府情报调查室的人员平常都做些什么工作，但应该免不了要卧底和暗中调查吧？"野口勇人以半开玩笑的口吻说道。

明明是你们把他囚禁了。我不禁想要这么大喊。我仔细观察他们每个人的神情，并没有发现任何不自然之处。但我心想，一群会把人关在厕所里的恶徒，要装出若无其事的神情似乎也不是什么难事。

"对了，里见在发给儿子的短信里还写了这么一句话……"接下来是我展现说谎功力的时候了，我腹部微微用力，让说出来的声音尽量没有抑扬顿挫，"'如果有什么事需要帮助，可以找交流会的人帮忙'。"

"他这么说？"成海彪子显得有些惊讶。

"里见把交流会的事情告诉了儿子？"庭野说道。

"不，他儿子似乎什么也不知道。里见的意思或许只是，如果遇上需要帮忙的事，就想办法联络交流会的人。"

"噢……"野口勇人依然保持着一贯的冷淡眼神。

此时我站了起来，说了一句"我去一下厕所"，走出包厢。我带来的大手提包还放在包厢的椅子上。

皮包里有一支开着的录音笔。那是一支性能良好的录音笔，能够清楚录下包厢里的对话。在我离开之后，他们应该会讨论我刚刚所说的里见八贤发给儿子的短信内容，这些对话应该能够成为证据。

根据我的推测，里见大地收到的信息，应该就是囚禁了里见八贤的歹徒发出的。这样做的目的是拖延里见家人的报案时间。而且这一招确实发挥了效果。

因此当他们听到我刚刚那句话的时候，心里应该会感到纳闷，不明白他们发的消息里为什么多了一句话。在我离席的时候，他们应该会讨论这个问题才对。

我走进位于店内深处的厕所，本来想在里头多待一些时间，但我想到可能会有人急用厕所，所以不敢在里头待太久。我只好走向洗手台，故意慢条斯理地洗手。算好了不会遭到怀疑的适当时间后，我回到刚刚的包厢，尽可能不发出一点声音地走了进去。

我本来期待他们正讨论得起劲，猛然看见我已经在包厢里了才赶紧住嘴，露出尴尬的表情。但实际上并没有发生这样的状况。

他们每个人看起来都非常冷静，仿佛从刚刚到现在都不曾开口说话。

我坐回座位上，拿起手提包放在旁边时迅速瞥了一眼，确认里面的录音笔还在录音。好想赶快确认里头的录音内容，希望能够录到关键的对话。

等会如果有机会的话，我打算假装离席接电话，再次让三人在包厢里说话。

就在这时，忽然有一个人走进了包厢。我本来以为是店员要来收空餐盘，没想到进来的竟然是个相当年轻的少女。她对着我挥手，喊了一声"檀老师"。

我霎时全身僵硬，不知如何是好。那少女看起来年纪十七八岁，我完全不认识她，不晓得这到底是怎么回事。

"檀老师，是我呀。"少女指着自己的脸。

我无计可施，只好仔细观察她的长相，此时我可以感觉到成海彪子、野口勇人和庭野的锐利视线正朝我射来。

"啊……"原来她是我在另一所初中担任班主任时带过的女学生。这女学生个性开朗，而且从来不惹事。"你怎么会在这里？"

女学生笑盈盈地对我说："这里是咖啡厅，我当然是来喝咖啡。刚刚我看到老师从厕所走出来，进入这间包厢，所以来跟老师打声招呼。现在我已经是大学生了。"

"噢，是吗？看来你过得不错，真是太好了。"偶遇从前的学生，让我有点感动，于是我也很开心对方跟我打招呼。在这个瞬间，我完全忘了成海彪子他们三人的事情。

"檀老师，你现在还在那里教书吗？"女学生说出了我从前任教的初中的校名。

"不，我已经换学校了。"这句话一说出口，我才惊觉自己说错了话，背脊登时涌起一股寒意，全身皮肤冒出鸡皮疙瘩，眼前几乎什么也看不见。我只想闭上眼睛，捂住自己的耳朵。

"啊，我想起来了。上次有人跟我提过……"女学生接着又说出了我现在任教的初中校名。

此时我不仅背上大汗淋漓，还感觉有汗水自体内不断冒出。

回过神来时，我发现自己说了一句："好，拜拜，我们一起加油。"

"谢谢你，老师，拜拜。"女学生说完后走出了包厢。

后来的事情，我已经不太记得了。我只知道自己虽然手足无措，但还是勉强与交流会的三人继续对话了一会才离开了那家店。虽然几乎没有任何记忆，但应该是这样没错。

直到上了JR电车，抓着吊环的时候，我才开始感到后悔。刚刚如果保持冷静，随便找些借口来解释，或许还有机会挽回局面。

成海彪子

终于要进入交流会的部分了。前面说得太长了，真是不好意思。

庭野与野口虽然邀我加入交流会，但我还是怀有一些戒心。我担心他们是专挑独居的人下手的古怪团体，要不然就是想要卖给我东西，或是引诱我参加一些我根本不想参加的社会运动。

虽然自从发生了钻石咖啡厅事件，我一直过着自暴自弃的生活，但如果可以，我并不想让自己惹上麻烦。

不过，我后来参加了一场在野口家的烤肉派对，过程中气氛相当融洽，我玩得很开心，所以后来还是常与他们见面。

后来交流会的成员增加到了十二人。包含我在内，大家都是钻石咖啡厅事件中的受害者家属，而且都住在东京，要聚会相当方便。除此之外，我们这些人还有一个共同点——当然我并没有实际问过他们，这只是我的观察而已——我们这十二人都"漫无目标地活着"。虽然这十二人中，有的相当健谈，有的沉默寡言，但每个人看起来都宛如因为缺少退场的契机和勇气，只好一直站在舞台上的演员。

聚会的地点大多是野口的豪宅。他们会把桌子搬到宽阔的庭院里，再准备美味的菜品和酒精饮料，让大家开心畅谈。关于钻石咖啡厅事件，大家谈的话题原本仅限于遗产继承上碰到的问题，以及对新闻媒体的不满。但随着聚会次数的增加，大家开始互相倾诉自己的烦恼与痛苦。

成员之一康雄是一位医生，因此有时我们会趁机问他一些健康方面的问题，使得聚会俨然成了非正式的健康诊断大会。康雄已年过花甲，他开了一家小诊所，妻子康江是诊所里的护士。两人名字里都有"健康"的"康"字，据说只是巧合。他们常自嘲近来没什么工作的干劲，诊所也是处于半休诊状态。事实上，自从他们的儿子在钻石咖啡厅事件中过世，夫妻两人就大幅减少了工作量，诊所也改为完全预约制。

创办了交流会的庭野与野口有时看起来像兄弟，有时看起来又像同班同学。庭野是个博学多闻的人，个性温厚且具有领导才能，像个大哥哥，又像受到同学仰慕的班长。野口则像做人不圆滑的弟弟，或是坐在教室的角落，平常喜欢酸言酸语的学生。

"庭野，在那件事发生前，你应该觉得我是个很烦人的弟弟吧？整天窝在豪宅里什么事也不做，将来不知会闯出什么大祸。

你应该很不想当我的姐夫，对吧？"

烤肉派对那天，大家一边喝酒一边闲聊时，野口曾半开玩笑地这么说道。

"那当然，简直像块烫手山芋。"庭野也给出了一个诙谐的回应，逗得大家哈哈大笑。

接着大家问到两人创办交流会的动机，两人的说法竟大相径庭。

"发生了那件事后，庭野表面上是因为关心我，所以常常到我家来看我，但实际上是因为他没有办法忍受一个人的时间。你们别看他一副很稳重的样子，好像不食人间烟火似的，其实事件发生后，他经常魂不守舍，有时想起我姐姐还会抽抽噎噎地哭泣。我心想，不能让他再这么下去，才建议邀请处境相同的人举办一些聚会。"

庭野却声称完全不是那么回事，解释道："我怕如果放任勇人继续窝在房间里，他可能会变成废人。而且我好几次梦到勇人冲进电视台，闯入马克育马的节目，对他动手。"

"这搞不好是预知梦呢。"野口也点头说道。

在交流会的聚会中，马克育马经常成为大家讨论的话题。

当初那些歹徒会选择同归于尽，全是因为马克育马在直播节目中说错了话。交流会的成员们没有办法理解，为什么马克育马如今还能过得逍遥自在？为什么他可以完全没有反省，继续在节目上耀武扬威？大家都对马克育马怀着一股无以名状的恼怒。

但是比起那些穷凶极恶的歹徒，以及连一个人质也救不了的警察，成员们对马克育马的谴责声浪并非排山倒海。他们称不上打从心底憎恨马克育马，只是借由批评他来发泄心中的不满情绪而已。

因此，那四个人对马克育马的恨意与愤怒突然迅速膨胀，着实让我吃了一惊。

"那四个人"指的是野口、哲夫、沙央莉和将五，也就是当时冲出去的那四人。除野口以外的另外三人都有着相同的姓氏，不过那姓氏在日本算是相当常见，所以也称不上是什么太惊人的偶然。出于这个缘故，我习惯以名字来称呼他们。

哲夫的年纪跟我父亲差不多，他在钻石咖啡厅事件中失去了妻子和儿子。"儿子说领到了工作奖金，所以订了那间餐厅请家人吃饭。我因为遇上塞车，迟到了一会，所以只有妻儿被当成了人质。"他愤恨不已地告诉我。

在发生那起事件前，哲夫在某药厂做管理工作，而且担任着必须担负一些责任的职务。钻石咖啡厅事件的那些歹徒就是从类似的工厂取得了硫酸和硝酸，用以制造炸药的。因为这一点，哲夫一直怀有罪恶感，仿佛把自己当成了共犯。当然，他任职的药厂与这起事件毫无瓜葛。

沙央莉是个年纪和我差不多的女性。

"我从小常被说个性阴沉，不仅没有朋友，连认识的人也没几个，再加上我的父母不太能靠得上，所以我一直努力地独自生活，直到遇见了丈夫……我能够与他邂逅，真是一场奇迹，人生中的所有痛苦在遇到他之后仿佛都值得了。"

沙央莉在钻石咖啡厅事件中失去的至亲是她的丈夫，当时他们结婚还不到一年。

"反正我本来就放弃了自己的人生，如今遇上这种事情，也称不上什么重大打击。在遇到我丈夫之前，我本来就一个人生活……虽然我一直这么安慰自己，但还是觉得很难过。"

她面无表情地对我如此说道。由于每次跟我们见面时，她都是一副郁郁寡欢的神情，我一直很为她担心，总觉得和我们在一起似乎对她没有任何帮助。因此当她问我"能不能介绍个工作"的时候，我相当开心，立刻推荐她到棒球场担任饮料销售员。

她似乎不太擅长这种脸上必须挂着笑容的工作，我看她做得有些吃力，但却相当认真。后来她慢慢习惯了这份工作，但跟我一样，为了这次的计划辞去了球场的工作。我还记得在工作的最后一天，她对我说道："我一直以为自己没办法做服务业的工作，如今我竟然做到了，真的很有成就感，这都是成海你的功劳。"我听到她这么说，忍不住掉下了眼泪。

将五是个沉默寡言的人，再加上他有着过人的体格，老实说刚开始我有点怕他。他参加聚会时总是板着一张脸，即使大家找他搭话，他也只会说"噢""还好"之类随口敷衍的话，我曾经对他腹诽"不想参加聚会就别来"。

听说将五在十多岁的时候，就离开了双亲的身边，和哥哥一起生活。至于理由是什么，我并不清楚。代替父母照顾将五的哥哥比将五大了三岁，平日在钻石咖啡厅的厨房里工作。将五的哥哥也是那起事件的受害者。至于将五本人，则做过各式各样的工作，最近他干起了大楼的警卫。

听说将五在不到二十岁的时候就养成了去健身房健身的习惯，到了二十五岁前后，就开始练习各种格斗技。因此即使隔着衣服，也可以看出他身上有着非常结实的肌肉。除此之外，我还从野口那里听说了各种关于将五的可怕传闻。野口告诉我，他有个熟人和将五住得很近，这些传闻都是他从那位熟人口中听来的。例如，将五在便利商店看见一个故意刁难店员的顾客，他把那名顾客强行拉到停车场，狠狠揍了一顿。又例如，将五的哥哥在开车时，遇上了有车辆危险驾驶，差点发生车祸。于是，将五趁等红灯的时候跳下车，将那车子里的驾驶员硬拖下车，狠狠揍了一顿。据说这些都是真实发生的事情。

将五所做的这些事情，都是基于一股正义感。他不是那种会欺善怕恶的人，更不会为了自己的利益而使用暴力。或许这么说有些偏颇，但我认为如果硬要把人分好人和坏人，那么我相信他是一个好人。他就像是一辆以正义感为燃料，到处横冲直撞的蒸汽火车头。

"将五是个很单纯的人。因为太过单纯，所以很容易上当。

他曾经上过的当，包括水管工程诈骗，以及小额借贷诈骗，等等。"野口这么形容将五。在交流会的所有成员中，他似乎把将五当成了弟弟看待。

野口曾经查出马克育马的家庭住址以及一些其他个人资料。光是看野口能够住在庭院那么大的豪宅里，就知道他的家里非常有钱，即使不工作也不愁吃穿。花钱取得各种物资或调查各种资料，对他来说似乎只是家常便饭。

"我看你们还是别再追究这件事了。总是把心思放在马克育马身上也不是办法。"

羽田野以委婉的口气这么劝他们。

羽田野已年过花甲，是交流会里年纪最大的男性成员。听说他曾经是个小学校长。不知道是不是曾经担任教职的关系，羽田野看起来永远都是一副沉着冷静的模样，当我们这些年纪小的成员说话时，他总是在一旁静静聆听，不会老气横秋地教训人，只是有时会以温和的口吻提供一些建议。羽田野也在那起事件里失去了妻子和儿子，但他很少提及自己心中的痛苦与悲伤。

我在前面提到了庭野与野口的关系很像同班同学。如果说他们是同学，那羽田野就是班上的班主任。

"我不是故意想要袒护马克育马，但从法律的角度来看，马克育马不应该受到惩罚，因为无法确认因果关系。"羽田野说道。

"因果关系？"野口皱眉问道。

"很久很久以前，我曾经在某个遥远的星系学习了一些关于法律的知识。"羽田野以戏谑的口吻如此说道，"举例来说，你走在路上，正要去找客人谈生意，此时有一辆车从你旁边开过，因为路面上有水，溅起的水花弄脏了你的衣服。你为了换衣服而迟到了，结果生意没有谈成。请问你可以向那辆车的驾驶员索求生意没谈成所造成的损失吗？"

"不行。"庭野点头说道，"因为无法确认车子溅起水花是生意没谈成的主因。"

同理，我们也没有办法认定马克育马的失言是酿成悲剧的主因。即使马克育马什么话也没说，事件可能还是以相同的结果收场。

"我不这么认为。"野口的脸上明显带着不满，"以刚刚那个例子来看，生意没谈成绝对是那辆车的错。因为被路过的车子溅起的水花弄脏了衣服，所以迟到了，没办法在预定的时间里抵达，这绝对有影响，不能说毫无关系。"

野口如此主张。将五在一旁连连点头，哲夫与沙央莉大概也这么认为吧。

"我完全能够体会你们的心情。"羽田野难过地说道。我不禁心想，他退休前一定是个愿意聆听孩子心声的好校长吧。"但是在法律上，我们难以追究他的责任。"

"羽田野，你知道吗？"野口接着说道，"那个马克育马还曾说过'炸药一炸就死了，总比受重伤却没死好一些'这种话。你觉得这种人能够原谅吗？"

"勇人，你说的是真的吗？"庭野问道。

"他甚至还说'与其身受重伤，活在世上丢人现眼，不如死了干脆'。这真是全天下最无情的言辞。"

说这种话确实很过分，连我也忍不住怒上心头。这种话不仅对我们这些受害者家属很失礼，也对那些努力想要克服各种疾病或伤痛的人相当失礼。野口后来又补了一句"真应该让这种人受点重伤看看"，正好说出了我当时心中的想法。

"你这些消息是哪里看来的？"

"周刊杂志和网上，到处都有。"

"网络上多的是空穴来风的谣言，不能照单全收。"

"庭野，连你也要帮那个男人说话？"

"我不是帮他说话，我只是认为马克育马不见得真的说了那种话。就算他真的说了，也可能只是一时口误，并不是真的有那个意思。"

"既然说了，当然就是有那个意思。"野口瞪着眼睛说道。旁边将五的呼吸越来越粗重，似乎正在压抑着心中的憎恨与愤怒。

"那也不见得。"庭野冷静地说道，"一个人说出的话，不见得是肺腑之言。这是人类的缺点，同时也是人类的优点。人基本上仍是一种必须靠语言来沟通的动物，虽然有时候眼神、表情及默契也能用来沟通，但毕竟最简单的沟通方式还是语言。"

接着，庭野说起了他从事园艺工作所认识的某位客户的亲身经历。

"我跟这位客户常有机会聊天，因此有些交情。他是一家公司的部长。他向我感慨，自己曾经遭到下属背叛。他说实在不敢相信，自己跟那个下属的感情这么好，为什么下属要背叛自己。我问他'为什么如此相信那个下属'，他是这么回答的……"

因为那个下属一天到晚对我说"我最尊敬的人就是部长""我会永远跟随部长""我真的由衷感谢部长"……

"我真的吓了一跳。那个客户的下属只是说了这些话而已。他相信下属，竟然不是因为下属的态度或行动，而是下属说的几句话。事实上正是如此，当我们一直听某个人说出相同的话时，即使心里知道'这可能只是客套话，不能当真'，久而久之还是会相信那是真心话。这并不是我那个客户一个人的问题，而是人类这种必须通过语言来沟通的动物的一种本能。"

"或许正因如此，所以大多数人都会对谣言感兴趣。"羽田野表达了认同之意，"据说从前发生在卢旺达的大屠杀事件，起因也是广播节目不断怂恿听众'把邻居杀了'。一开始，或许大家都不会当真，但是时间久了，还是会受到影响。"

"没错。"庭野跟着说道，"信息只能靠言语来传递，所以重要的信息往往会以传闻的方式不断扩散。这样的现象当然也有其弊端。言语只要稍加修改，意思可能就截然不同。因此在口头传播的过程中，很可能会发生以讹传讹的状况。当然这种状况也可能会受到有心之人操控。总而言之，人很容易受到言语欺骗，受其影响。'言语的暴力'这句话，形容得可真是贴切。"

我听到这里，想起了自己曾经在网络上读过的一篇文章。那文章讲的是一个脚踏好几条船的花花公子对每个交往的女性都说"你是我最重要的人"或是"我的心里只有你"，借此来维系自己跟每个女性的感情。

我同大家讲述了这篇文章的内容，庭野点头说道："这种人正是最厉害的狠角色。一般而言，人在说谎之后，都会产生一些罪恶感。人类是一种必须靠语言来沟通的动物，因此天生有着尽可能不说谎的习性，这仿佛是一种早已写在身体里的程序。但有些人却能够不受这种程序的控制，轻而易举地说谎。对这种人来说，控制他人或许是一件相当容易的事。有些男人只是随口说一些'我爱你''我只想着你'之类的谎言，就可以毁掉好几个女人的人生。有些骗子靠一些花言巧语，就可以骗走许多老人毕生的积蓄。同样的事情绝对不会发生在其他动物身上。其他动物可以靠气味和动作明确分辨出敌我。例如，狗绝对不会抱着说谎的心态对主人摇尾巴，猫做出恫吓的举动也绝不会只是开开玩笑而已。"庭野一边说，一边低头望向朝着自己靠近的那只老猫。那老猫叫了一声，仿佛在说"是啊，没错"。

"马克育马一定就是那种轻而易举就能说谎的人。"野口高声说道。

我们本来想要安抚野口的情绪，结果反而更加点燃了他心中的怒火。庭野有些急了，赶紧说道："我的意思是不要太把马克育马说的话当真。或许他只是死鸭子嘴硬，其实心里已经反省了。"

将五的呼吸依然相当急促，仿佛想要强调马克育马那个人绝对不会反省。

"我们常常会对别人说的话信以为真，因此我只是想要劝你们不要急着做出判断。即使有任何人告诉你们某某人是坏蛋，那个某某人也不见得真的是坏蛋。"

这句话真是一针见血。例如我在这里说的这些话，也只是我这么说而已，或许我根本就是在说谎。

"我真的很担心勇人会攻击马克育马。"庭野语重心长地说道，"我不希望勇人为了那种人毁了自己的人生。"

"庭野，我告诉你一件事。"野口说道，"我已经完全不把自己的人生放在心上了。发生了那起事件之后，我已经什么都不在乎了。我们身为受害者家属，必须过着这么煎熬的日子，马克育马却可以活得逍遥自在，我没有办法接受这种事。为什么我们要受这种罪？老天爷不长眼吗？对了，'上帝已死'这句话是谁说的？尼采？"

那句话似乎是野口从电影或动画中听来的。他似乎只是随口说说，羽田野却相当感兴趣，回应道："尼采？真令人怀念啊……"接着羽田野提到了尼采的名作《查拉图斯特拉如是说》。

"查拉图斯特拉?听起来像是一头轻浮的老虎①。"野口说。众人全都笑了起来。

檀老师

我回到了教职员办公室,正要批改刚刚收上来的小考试卷,突然听见有人喊了一声"檀老师"。我抬头一看,说话的人是坐在我隔壁桌的男老师。他的资历比我深,负责的是理化科目。

"檀老师,刚刚你在上课的时候,我接到了一通奇怪的电话。"

"哦?"

"对方说要找你,自称是保险公司的人。我说你现在不在位子上。我总觉得有点可疑,所以询问对方有什么事,对方却含糊带过。"

"女的吗?"我的脑海里首先想到的是成海彪子。

"你希望是女的?"那资深男老师露出意味深长的微笑,"很可惜,是个男的。接着他又说想要介绍保险产品,要我把你的联络方式告诉他。但你也知道,我这个人最注重个人隐私,

---

① "查拉图斯特拉"的日文发音近似"轻浮的老虎"。

当然是严词拒绝了。"

"谢谢你。"我仿佛感到有一道黑影从背后靠近，吓得我转头看了好几眼，"真不晓得那个人找我要做什么。"

"该不会是你向人借钱了吧？"

我完全没想到他会这么说，一时不知该如何回应。

"一旦欠了钱，很可能就会有人打电话到上班的地点来讨债。一方面是要钱，另一方面是故意给你难堪。"

我心里很想问"这是你的经验之谈吗"，但没有说出口。

打电话来的男人到底是谁？是交流会的成员吗？是野口勇人，还是庭野？他打这通电话的用意是什么？

是不是想要确认这所学校里有没有一个"檀老师"？

昨天我跟那三人在咖啡厅见了一面。我离开之后，他们搞不好会去找那个我从前教过的学生问话。如果成海彪子对她说："我对那个老师很有兴趣，想多知道一点关于他的事情。"那学生恐怕不会产生警戒心，反而还会很兴奋，认为"这是帮檀老师促成恋情的好机会"，因而把我的事情全部告诉他们。例如，我不姓段田，而是姓檀，工作是初中老师。不知他们知道这一点的话会有何反应？

而我那支用来偷偷录音的录音笔，完全没有录到任何重要对话，即使交给警察也没有办法成为证据。换句话说，我昨天见那三人根本没有任何收获，反而把自己害惨了。

我又向隔壁桌的资深男老师瞥了一眼。即使他自认为是个很注重个人隐私的人，也绝对不可能向对方谎称"我们这里没有檀老师"。显然我在这里工作的事情已经暴露了，这是毋庸置疑的事情。

我感觉自己的心跳越来越快，不知是因为紧张还是不安。当我想要拿起手机的时候，我发现自己的手指正剧烈颤抖着。

为了尽量保持冷静，我开始整理桌面，不让他人认为我的举止有何异常。我把所有的文件资料都放进公文包里，便匆匆起身离开。

"檀老师今天这么早回家？"不知何处传来同事的说话声。我一颗心七上八下，也不理会他们，只是嘴里反复说着"我先走了"，便快步离开了学校。

我小跑步朝着车站的方向前进，走到一半，我的左手边突然出现一个体格壮硕的年轻男人。不久之后，我的右侧也出现了一个男人。我就这么被两个男人夹在中间。

我迅速往身旁看了一眼，其中一个男人正是我昨天才见过的野口勇人。

但是下一秒，我眼前什么也看不见了。他们似乎用胶布之类的东西，粗鲁地封住了我的眼睛。我很想停下脚步，但我没有办法停止。

两侧的男人抓住了我的腰带。说得夸张一点，就像是抬着供有神的牌位的轿子一样。他们抓着我，硬是把我不断往前拉。

因为事情发生得太突然，我没有办法发出声音，甚至连挣扎也忘了。

我听见了滑动式车门的开门声,接着被推进了车内。霎时间,我感到强烈的寒冷与恐惧,仿佛心脏被挖了出来一般承受着冷风。

车子大约行驶了三十分钟。不,或许只是我感觉时间相当漫长,实际的行驶时间可能短得多。

我敢肯定两个男人中必定有一个是野口勇人,但我不知道另一个男人是谁,耳中只听得见明显的呼吸声。车子停了下来,接着缓缓退后,我猜想可能是开进车库里了。

他们打开滑动式车门,把我拖了出来,继续拉着我走。

如果是做梦就好了。我心中如此期盼着,希望当我醒来时,我还趴在办公室的桌子上。

我在屋里被拖着行走,就这么走了一阵子。我听见了开门声,接着被推进门内。前方就是墙壁。蓦然间,前几天的预演画面浮现在我的脑海中。

这是厕所!我跟里见八贤一样,被关进了厕所里。

他们扯动我的手臂,接着又触摸我的脚踝。我听见了金属碰撞声,那是锁链的声音。我急忙想要挣扎,但身体被紧紧按住。我拼命扭动身体,原本蒙蔽我双眼的东西松脱了。

首先我看见的是一双脚板。我抬头仰望,站在我面前的是个陌生男人。这个男人理着短发,体格精壮,简直像个格斗家。他的眼神如老鹰般锐利,脸上毫无表情,看起来极度沉着冷静,又像是了无生趣。

"这里是哪里？"

男人没有回答我的问题，转身离开了厕所。

我连这个男人是不是交流会的一员也不知道。我站了起来，想要跟着男人走出去，但才一跨步，腰际登时感觉到一股拉扯的力量。

果然我的身上绑着链条。链条另一端，扣在马桶后方墙壁的扣环上。那扣环应该是后来才安装上去的，目的当然是将人关在厕所里。

虽然我的手脚可以自由活动，但能够移动的范围很窄，没有办法离开厕所。

我摸了摸口袋，果然手机已经被拿走了。接着我尝试将链条扯断。一开始，我还不敢太用力拉扯，但那链条实在太坚固，看不出任何被毁损的可能。我施加的力道越来越大，本以为扯一阵子后，连接部位应该就会被我扯断，没想到那链条只是不断发出叮当声响，依然完好如初。紧握链条的手指隐隐作痛，而且由于用力拉扯的反作用力，连肩膀的关节也疼痛不已。

不要紧，一定没事的。我如此告诉自己。我一定有办法逃离这间厕所，千万不要焦急。冷静下来，冷静下来，焦急才是我最大的敌人。

用力吐气，吸气。重复了好几次深呼吸。

接着我一屁股坐在地上，环抱着膝盖，耳中又响起了链条的声响。

"老师，真是可惜啊。"这个声音让我清醒过来。原来我在无意识中，放下了马桶盖，坐在马桶上睡着了。我一抬起上半身，链条又发出了声响。这让我再次确认了，被囚禁在厕所是千真万确的事情，而不是一场噩梦。

站在我眼前的，是野口勇人。他所站的位置距离门口有点远，我碰触不到他。

"请问……"此时我的心情并非愤怒或恐惧，反而松了一口气。毕竟对方是自己认识的人，我天真地认为对方应该会放我一马。但是一时之间，我不晓得自己应该先问什么问题。你什么时候才会把我放出去？今天是几号？现在是几点？为什么要把我关在这里？

"段田……不，应该叫你檀老师。你到底盘算着什么阴谋诡计？对我们使用假名，还隐藏教师身份。"

"那只是不希望随便泄露自己的个人信息。"

"里见对你说了什么？"

"嗯？"

"里见一定对你说了些什么，你才会觉得我们很可疑，想要和我们再见一面，对吧？"

"没那回事……请问里见在哪里？他应该也被关在厕所里吧？"

野口勇人并没有询问"你怎么会知道",他或许以为我是刚好猜中而已吧。

"总而言之,你得在这里待上一阵子了。"

"我得去学校上课才行,你不能一直把我关在这里。"我忍不住求饶,只差没说出"学生在等着我"了。

野口勇人露出轻蔑的表情,仿佛正在看着某种可悲的生物。

"等一下!"我害怕被独自留在厕所里,因而赶紧大喊,"里见到底在哪里?"

野口勇人停下脚步,朝我微微凑了过来。

他目不转睛地看着我,似乎想要说些什么。但最后他什么话也没说,便转身离去。

我感到脑袋越来越痛,或许是恐惧与不安已传遍了全身的关系。

我坐在马桶上,将双手放在膝盖上。虽然想要好好休息一下,却找不到能让自己放松的姿势。每一次移动,我都能听见链条声在耳畔回荡。

现实中真有可能发生这种事情吗?我不禁再次期待,不久之后我就会从梦中醒来了。隔了一会,我又昏昏入睡。不知道为什么,梦境里出现了布藤鞠子创作的那两个猫狱会猎人。

俄罗斯蓝猫

"马恩岛猫！"美国短毛猫兴奋地大喊，"我还没亲眼看过呢！"

两人在车里发现的那根猫毛，今天送检报告出炉了。根据基因分析，品种竟然是马恩岛猫，那是一种原产于英国马恩岛的猫。

"黑色的无尾马恩岛猫。"

"无尾？"

"纯种的马恩岛猫没有尾巴。"

"我想起来了，传说古代各种动物登上诺亚方舟时，马恩岛猫在最后一刻才跳上船，尾巴被门夹断了，从此就没有尾巴了。我很喜欢这个传说。"

"连诺亚方舟都可以扯进来。"

"蓝猫，你要是诺亚，我猜你大概会大喊'完蛋了'，然后直接放弃，不会制造什么方舟。"

"得实际遇上了才知道。"俄罗斯蓝猫这句话一说出口，马上就后悔了。"实际遇上"这几个字未免太触霉头了。

美国短毛猫坐在沙发上，看着手机说道："这就是马恩岛猫，很可爱吧？看看这安稳的睡相，仿佛没有一丝烦恼。蓝猫，你应该学学它。"他将手机屏幕举到俄罗斯蓝猫面前。画面中是一只闭着眼睛、肚皮朝上，看起来完全没有警戒心的猫。

俄罗斯蓝猫将脸凑了过去，看了一会后说出感想："我看它是不愿面对这个充满不安的世间,所以闭上了眼睛。"

"你是认真的吗?看看它这个姿势!不安的人不是应该会弓起背,整个身体缩在一起吗?"

"不安的人是像你说的那样没错,但是不安的猫就是这副德行。这代表的是一种什么都不在乎了,要杀要剐都随便的绝望状态。"俄罗斯蓝猫说完之后,将谈话拉回到正题,"对了,绑架罚森罚太郎的那群人中的驾驶员,已经确认身份了。"

所有猫狱会成员的个人信息,都来自那个拥有十亿元的工作委托者。当然时代在进步,这年头的个人信息已经不会像从前那样被写在纸上,或是储存在随身记忆装置里,而是存放在某个服务器内。蓝猫和短毛猫握有登录服务器的 URL[①] 及密码,只要登录该服务器的资料库,就可以查到所有猫狱会成员的姓名、住址、职业、照片、补充资料、特征及赏罚记录。每当有需要的时候,蓝猫和短毛猫就会浏览、使用这些资料。然而这个工作做久了,两人发现了一个现象,那就是很多猫狱会成员家里都养着猫。

既然这些人是猫狱会成员,照理来说他们家里养的猫也会遭到虐待才对。但是实际见到之后,往往会发现这些猫看起来都相当可爱,有着油亮、美丽的体毛,显然受到细心照顾。

"一边疼爱自己家里的猫,一边却怂恿别人虐待猫,到底

[①] Uniform Resource Locator 的简写,统一资源定位符,即网址。——编者注

是什么心态？"美国短毛猫歪着头问。

"一种心理吧。"俄罗斯蓝猫解释，"想象一下，当自己最亲爱的孩子过着健康、平静的生活时，如果眼前有个孩子正在挨饿受冻，你会有什么想法？"

"应该会想要设法帮助他吧。"

"嗯，我也是。但有些人反而会从中获得幸福感，心想'真是太爽了，幸好这不是我的孩子'。"

"真的会有这种人吗？"

"一样米养百样人，这世上什么人都有，别小看全世界几十亿人口。"

"我可没有小看。不说这个了，那猫毛代表什么意思？"

"绑架罚森罚太郎的车子的驾驶座上有马恩岛猫的毛，这猫毛很可能是从驾驶者的衣服上掉下来的。这家伙告诉过罚森罚太郎，自己也曾是猫狱会成员。"

"这意思是说，这个猫狱会成员家里养了马恩岛猫？"

俄罗斯蓝猫点了点头。资料库里确实有这个人的资料，俄罗斯蓝猫将资料用短信发给了美国短毛猫。

"这也算是一种缘分吧。我们下一次的对象就决定是他了。"

檀 老 师

我感觉到有人在我的头上轻戳，从梦中悠悠醒来。我只记得刚刚的梦与猫狱会猎人有关，但不记得内容了。

我看见了一双脚，一双穿着拖鞋的脚。

"吃饭了。"

那是一个男人，就是那个当初把我推进厕所的年轻人。他依然板着一张脸，但呼吸相当粗重，不知道是太兴奋还是太紧张。

我想说话，却发不出声音。我甚至不知道该要求什么，也不知道该问什么问题。

"我几乎完全睡不着。"最后我只能诉苦。这是真话，在狭窄的厕所之中，我没办法躺下，只能坐在马桶上，靠着墙壁睡觉，全身每个关节都酸痛不已。

"忍着吧。"男人这么说完后停顿了一下，又改口说道，"请你忍耐。"我心里稍微松了口气。这个人懂得注重说话的礼节，代表他还有着最基本的社会性。

我的嘴一开一合，不知道该说什么。随即男人转身离去。

不要走。我在心里哀求。接着我的脑海里浮现了母亲的脸。个性大而化之，将"烦恼也是无济于事，只能走一步算一步""尽人事，听天命""天气不会因为你的心情而改变"当成座右铭的母亲，好希望她此时就在我的身边。

抬头一看，厕所的门板呈开启状态，地上放着甜面包和纸盒装的蔬菜汁。

霎时间，我感到全身寒毛直竖。难道他们打算永远把我关在这里？

我不断深呼吸，却还是感觉喘不过气。

我回想起野口勇人曾说过一句"你得在这里待上一阵子"。既然他说"一阵子"，代表他有放走我的打算。

他会为自己说的话负起责任吗？我连这一点也没有把握。

不知不觉，我又睡着了。我换了各种不同的姿势，寻找能睡得稍微舒适的位置和姿势。但我还是没有办法熟睡，全身到处酸痛不已，脑袋异常沉重，思考事情时会感觉头壳内侧好像包了一层膜。

另一方面，学校的事情也让我放心不下。我旷工，没到校上课，同事应该会担心吧？不知道学生们是否平安？

班主任失踪，或多或少会在班上掀起骚动才对。我相信并非所有学生都只是把老师失踪当成闲聊的话题趣闻。

没用的老师。

我的脑袋里响起这句话。虽然声音不大，但听得一清二楚。是当年那学生的声音。

眼前出现那学生对他人施暴的画面。当然我不可能实际看见那样的场景，而只是想象中的画面。接着我又看见，那学生遭父亲殴打，以及愣愣地站在半身不遂的哥哥面前的画面。

对不起。我在心中向那学生道歉。真的很对不起。

"为什么道歉？"画面中的学生五官扭曲，表情中夹杂着困惑与轻蔑。

"因为我没有察觉你的状况。"

"就算察觉了,又能怎么样?"

"或许我能跟你聊一聊。"

"你认为跟我聊一聊,就能拯救我?"

"即使不能拯救你,至少能跟你聊一聊。"

"如果只是要聊一聊,现在也可以聊啊。"

"如果现在还来得及的话,我很乐意……我们该约在哪里见面?"

"老师,虽然你拥有能够看见他人未来的能力,但是这个能力一点意义也没有。"

脚上穿着拖鞋的年轻人又在我的头上轻戳,让我醒了过来。我睁开眼睛,看见了面包与蔬菜汁。

我只知道这样的状况发生了两次,却不清楚过了多久。两天,四天,还是半天?

"我得去学校上课才行。"

直到体格壮硕的年轻人又送食物进来,我才勉强挤出了这句话。

"如果我不去,学生会……"

"不可能。"男人说得惜字如金,仿佛不愿意多说一个字。

"我要是旷工,学校起疑,可能会报警……"

"你放心,我们已经用你的手机联络学校了。"

男人接着说明,他们用我的手机告诉学校,我因为感冒,喉咙发不出声音，所以想休息一阵子。

我心里感到极度沮丧，却有一种"果然是这么回事"的感觉。当初他们对里见八贤不也使用了相同的手法吗？使用他的手机，乔装成他的说话口吻，给儿子里见大地发信息。

我想回家，真的好想回家。蓦然间，我发现不断有面包屑从我的嘴角掉落，这才惊觉自己正咬着面包。

饥饿让我感到震惊。说得更明白一点，我惊讶于精神衰弱与恐惧竟然已经让我没有办法确认自己的身体状态。

如今我的身体正处于一团混乱，仿佛领袖不断要求大家冷静，身体各部位和神经递质却开始各行其是，完全不受控制。

板着一张脸的年轻人不知何时从我的眼前消失。

我越来越感到张皇与无助，喉咙里不断发出微弱的哀号声，宛如某种振动着空气的鸣叫声。

我会有什么下场？

里见也被囚禁在这附近吗？

我试着大喊"里见"，但没有听见任何回应。我奋力敲打墙壁、拉扯链条，想尽办法破坏马桶，却没有收到任何成效。

好想离开这里。一定要离开这里。但我越是这么想，越是感觉自己再也没有办法离开这间厕所。

Heading！我听见了母亲的声音。好好动动你的大脑！Heading！Heading！我这么告诉自己。

当年轻人再度走进来时，我对他说了一句"面包有毒"。我

215

感到口干舌燥，每说一个字嘴唇都感到疼痛。"我不吃有毒的面包，我感觉自己快死了。"我接连说出了好几句悲观的、自暴自弃的话。

我并没有想到逃离这里的方法，但我想到了自己唯一能做的事情。

我唯一能做的事情，只有我才能做到的事情，那就是预演。

幸好我的计谋成功了。年轻人一如我的预期，对我说道："面包没有下毒。"接着，为了证明这一点，他迅速拿起面包咬了一口。

我不再说话，年轻人转身离去。

他一走，我立刻冲向地上那块面包，什么也没有多想，从他刚刚咬过的位置大口咬下，将整块面包吃得干干净净。

由于我已经丧失了时间感，不知道什么时候才是夜晚，所以只能静静等着预演降临。

绝对不能错过这次的预演。我维持坐着的姿势，有时把脸埋在膝盖上，有时把身体靠在旁边墙壁上，但我一直要求自己绝对不能睡着。

看到闪光的瞬间，我兴奋得不得了。或许我能够在这次的预演中找到一些可以让我化险为夷的线索。

眼前出现了一个人，是庭野。地点是在屋子里，但我看不清楚屋内具体的摆设。

前方有一张桌子，桌边坐了大约十个人。预演的当事人，也就是那个板着脸的年轻人坐在椅子上，眼睛望着庭野。

"人质都带到等候室的这个区域。"庭野指着桌上的一大张纸说道，"我们就把这个区域称作人质区吧。"

隐约可以看出桌上那张纸是住家或建筑物的平面图。此时另一个人指着图纸说道："诊所的防盗装置在这里和这里。"

诊所、等候室、人质……这些词语在我的脑海里盘旋。

"不用把双手、双脚绑得太紧，我不想造成他们太大的痛苦。"

"反正爆炸之后都一样。"野口勇人说道。

庭野点点头，停顿了片刻，环顾众人后说道："明天十二点开始行动。我们不要再当守规矩的乖孩子了。"

接着我感觉身体一晃，眼前的场景消失了。

那到底是什么场景？我像倒回胶卷一样，确认刚才的记忆。我的第一个念头是，他们正在拍电影。他们上演着"一个由年轻人组成的恐怖集团正在讨论犯案计划"的桥段。或许是因为他们讨论犯案的事情太缺乏真实感，所以我的潜意识告诉自己，他们正在拍电影。

不，好好想清楚！我的心里响起了一道声音。他们可是一群会把人囚禁在厕所里的恶徒！现在我不就被关在厕所里吗？

连这种事情都做得出来的一群人，还有什么事情做不出来？没错，他们真的计划着要干坏事。

从他们的话中听来，他们似乎是想要把炸药绑在人质身上。

我不禁感到纳闷：一群炸弹恐怖袭击事件的受害者家属，怎么会想要做这种事？

接着我叹了一口气。虽然得知了他们的可怕计划，但此时我心中所萌生的感受并不是一定要阻止他们的正义感，而是没有找到任何逃脱线索的失落感。

时间就在脑袋昏昏沉沉的状态下，一分一秒过去。我甚至不知道自己是醒着还是睡着了。

触目惊心的场景浮现在我的脑海中：某栋建筑物发生剧烈爆炸，火舌蹿上天际，到处都是仓皇奔逃的人群，耳中听见的是消防车和救护车的警笛声。一群人身上绑着爆炸物，在爆炸物炸开的同时，身体跟着灰飞烟灭。我闭上双眼，想要把这些想象抛出脑海，但同样的想象在我的脑海中不断上演。

我感到似乎有长长的棍状物抵在我的胸口，让我醒了过来。我依然垂着头，坐在马桶上。对方大概是不想靠我太近，才使用了那种工具吧。

睁开眼睛一看，野口勇人就站在我面前。这次出现的不再是那个年轻人，我无法判断这是好事还是坏事。

野口勇人将面包朝我丢了过来。我扑了上去，张口大嚼。

真像是一头饥饿的野兽。我的心里浮现了这样的想法。事实上确实没错，现在的我就是一头饥饿的野兽。

野口勇人似乎问了我一个问题，但我听不清楚。或许是询问我的身体状况吧。

"我都知道。"我听见了这么一句话。这句话来自我自己的喉咙。我一边咀嚼着面包，一边发出声音。

野口勇人冷冷地看着我，那眼神似乎是在同情我，又似乎是在嘲笑我。我看他转身想要离去，赶紧又大喊："你们想要干一件坏事，对吧？"

野口勇人停下脚步，转头走回来。我继续吃面包，他又用长棍戳了戳我的头顶。

"说说看吧，你知道些什么事？"野口勇人的双眼布满了血丝。

"你们想要使用炸药，发动一场恐怖袭击事件。"

我虽然故意这么说，但心里没有任何策略或计划。我只是觉得，如果自己要继续像条肮脏的抹布一样在这里浪费人生、浪费时间，不如干脆豁出一切。

野口勇人将长棍前端对准我的脸，那动作看起来像是想要戳瞎我的眼睛。我紧紧闭上眼睛，等待痛楚席卷而来，但迟迟没有感觉到疼痛的冲击。

"一定是里见告诉你的吧？我就知道你想要阻挠我们……"

"里见在哪里？我知道他被关在某一间厕所里，对吧？我都知道。"

我没办法思考说这些话所带来的利益得失。我只是害怕他不再理我，继续把我关在这里。

"老师，就请你乖乖待在这里吧。"

"要待到什么时候？"

"一段时间。"他似乎并非故意隐瞒，而是他自己也不知道答案。

"里见呢？他在哪里？"

"放心，他平安无事。我们只是想要做一件事情，不希望有人来搅局而已。"

"炸弹袭击不好，不要做那种事。"我嘴上这么说，心里却想着如果光说"不好"就能阻止炸弹袭击，这个世界应该会和平得多。

野口勇人的眼神里带了三分怜悯。

"我们只是想要结束这一切而已。我给你一个忠告，尽可能不要乱动。一旦丧失了体力，下场会很惨。只要努力活下去，人生总有希望。加油，不要放弃。你是个老师，应该常说这种话吧？"

希望？什么希望？保住一命的希望吗？

他离开厕所门口，从我的眼前消失了。我霎时感到一阵茫然，本来还期待他会再回来，但等了好一会，都没有听见任何脚步声。

又过了一会，我听见了有人从屋子的大门走出去的声音，以及将门上锁的声音。当然，那可能只是我的错觉。

我努力调匀呼吸。

那声音是否意味着我再也没有办法离开这里了？

一个不安的气泡在我的脑中炸裂开来。接着气泡一一浮现，又一一炸裂。别再想这件事了！保持冷静！我虽然如此告诉自己，却无法阻止气泡不断涌出。

我会在没有食物的状态下，被一直关在这里吗？我能够撑多久？我会不会一直被锁在这个地方，直到饿死？

我举起了脚，用力踩踏地板。接着我站了起来，一下子踩地板，一下子捶打墙壁。

我踩在链条上，想要靠体重把链条扯断，但身体失去了平衡，整个人仰天摔倒，狠狠撞在马桶上。如果我使尽力气，或许能够把马桶毁掉，但除非能破坏链条，否则我还是逃不出去。

我耐着性子对着链条或墙壁慢慢施力，或许最终能够破坏这两者其中之一。

我如此期待着。

真的有办法做到这种事情吗？恐怕我的理智会先瓦解吧。

我不禁想起了里见八贤那副萎靡不振的狼狈模样，赶紧甩了甩头。

我告诉自己，我的人生绝对不会结束在这种地方。

一旦没有办法掌握时间，要维持内心平静就会是一件相当困难的事情。我想起过去曾经不知在哪里读过这样的说法。虽然这可能只是单纯的都市传说或谣言，还是让我感到恐惧不已。我忍不住开始在心里计算秒数。没办法知道时间，让我感到极度焦虑。如果不这么做，我恐怕再也无法维持理性了。

但是在心神不宁的状态下，当然无法正确计算秒数。过了一会，我的节奏已开始紊乱，最后还是放弃了。我感觉自己的呼吸越来越急促。

Heading! Heading! 好好运用头脑！

为了让自己恢复冷静，我不断在心里大声喊着。

母亲或许会来救我。我开始在心中想象这个可能性。

野口勇人他们使用我的手机，伪装成我的语气，给学校发了"我没事"的短信。如果在这期间里，母亲发了消息给我，他们应该会认为"如果不回复，恐怕会引来怀疑"，因此也会给母亲发送消息。

母亲看了那条消息，应该就会发现那不是我本人发的。

没错，就像母亲平常所说的那样，她一定会好好运用头脑，从中发现疑点。

于是母亲会想尽办法寻找我的下落，最后终于发现我被关在这里。

对，一定会是这样的结果。母亲绝对不会弃我于不顾。

我开始大声呼唤，想要把人引来，任何人都好。有时我胡乱发出呐喊声，有时不断重复大叫"喂"，有时用力地拉扯链条。

叫得累了，稍微休息一下，又继续喊叫。过程中也曾经昏昏入睡，完全失去意识。

我无法确切说出这个举动到底持续了多久。

我似乎听见了门铃声，但不敢肯定那是不是我的错觉。因为在此之前，我曾好几次感到似乎有人靠近，听见踩踏地板的声音。每次我都以为是有人来救我了，但每次都是空欢喜一场，所以这次我也以为是我听错了。但接着我又听见了有人推拉屋子大门的声音。

"妈妈……"我忍不住呢喃。母亲果然来救我了。我欣喜若狂，全身紧绷的神经终于获得舒缓。

或许是屋子大门上了锁的关系，门没有被打开。我担心母亲放弃离开，赶紧大声呼救。虽然喉咙剧痛不已，但这时已经管不了那么多了。我拼命踩踏地板。

这是我最后的机会。我知道，这是我能逃离这里的最后机会。我在这里！快来救我！

我听见有人走进屋里的声音，一方面感到兴奋，另一方面担心来人是个可怕的恶棍。但不管走进来的是谁，总好过独处。我已经没有办法再忍受孤独的时间。

我用力按下马桶的冲水钮。为什么我过去没想到，只要这么做就能让人发现有人在厕所里。

我听见沿着走廊前进的脚步声。

"妈妈！我在这里！"我大喊。

厕所的门开了，但出现在门外的人并不是母亲，而是陌生男人，而且是两个。我不知道他们是谁，心中骤然萌生一股恐惧。他们会不会对我施暴？

其中一个男人有着一头微卷的头发，面容带着一股爽朗感。

"嘿。"他对着我举起手。

"午安，我们是猫狱会猎人，受猫咪的委托前来拜访。哈啦修、阿美修、马呲欧巴修。"男人手里拿着一条绳索，绳索的两端有球状物，看起来有点像流行玩具碰碰球。男人抓着绳索迅速甩动，发出咻咻声响。

"别再说那些无聊的双关语了。"另一个男人一脸不耐烦地叹了口气。

这不是布藤鞠子小说里的那两个人吗？

看来我的脑袋已经无法正常运作了。

俄罗斯蓝猫

"真是太令我失望了。"美国短毛猫整个人倒在沙发上，叹了一口气，"本来还以为能看见马恩岛猫。"

"马恩岛猫？那是什么？"坐在另一头的男人一脸茫然地问道。那男人身上的衣服皱巴巴的。明明有沙发，他却瘫坐在地毯上。

俄罗斯蓝猫感觉自己已经被搞糊涂了。

事态发展完全超出了当初的预期。今天来到这栋屋子，本来是为了教训猫狱会成员之一的野口勇人。既然他不在家，两人大可以直接离开，等待下次机会。然而美国短毛猫却以"想要看一眼马恩岛猫"为理由，开始在屋子里到处乱看。野口勇人是曾经绑架罚森罚太郎的狠角色，两人不敢疏忽大意，于是一边甩动着流星索，一边小心翼翼地在屋子里四处探查。走到厕所前时，两人发现厕所门没关，往门内探头一看，赫然发现一个男人被人用链条囚禁在厕所内。

两人向那男人问话，那男人却是瞠目结舌，一句话也说不出来。两人虽然一头雾水，但还是回到车上取来破门用的大型切割机，将锁住男人的链条切断。

男人虽然嘴里说着"谢谢"，却处于神情恍惚的状态，俄罗斯蓝猫只好和美国短毛猫合力将他搀扶到客厅。

一个人若是长时间被关在厕所里，关节及肌肉必定会因为长期维持相同角度而呈现僵硬状态，此时即使只是把身体伸直也会感到疼痛不已。果不其然，那个男人不断痛苦呻吟，不停转动膝盖和手肘，背部也不时转来转去。

这是一栋相当气派的房子。地上铺着有美丽花纹的地毯，桌子经过精心装饰，桌子四周的沙发看起来也相当豪华气派。两人回想起来，当初罚森罚太郎的住处也是豪宅。俄罗斯蓝猫不禁感慨，为什么猫狱会成员都能过着如此奢华的生活？

"先生，你怎么称呼？"美国短毛猫一如往昔，以轻浮的口吻问道。

"呃，是……"那男人看来颇为年轻，但无法判断实际年龄。或许是因为长时间遭到囚禁，脸上长了不少胡楂。"敝姓檀。"

"檀？"美国短毛猫跟着念了一遍，似乎觉得发音很有趣，"我是美国短毛猫，他是……"

"俄罗斯蓝猫？"自称姓檀的男人战战兢兢地说道。

俄罗斯蓝猫与美国短毛猫对视了一眼，互相确认对方是否认得这个男人。

"你怎么知道我的名字？我们见过吗？"

男人张大了嘴，猛眨了几下眼睛，呢喃道："咦？是真的吗？"

俄罗斯蓝猫不禁皱起了眉头。"是真的吗"是什么意思？

"我自己也不太相信，但刚刚他说的那句话，跟我知道的一模一样。"

"哪句话？"

"松尾芭蕉的双关语。"

"被特别提出来，还挺让人害羞。"美国短毛猫苦笑着说道，"这句话变成流行语了吗？"

"还有你们的名字，美国短毛猫与俄罗斯蓝猫……"或许是长时间遭到囚禁，意识已经不太清楚的关系，男人说起话来结结巴巴，每个词都断开，像是要确认发音一般。

"你连我们的名字也听过？"

"不是听过，是读过。"

这莫名其妙的一句话，让俄罗斯蓝猫大感愕然："什么意思？"

"字面意思。我读过一篇小说，讲的就是猫狱会猎人俄罗斯蓝猫和美国短毛猫惩罚坏人的故事。"檀的嘴唇微微颤抖，不知道是因为太过疲累，还是因为太过紧张。

这男人竟然连猫狱会猎人也知道，两人更是惊讶得目瞪口呆。

"小说？"什么小说？俄罗斯蓝猫心里有股不好的预感。通常会说出这种意义不明、没头没脑的话的人，都是必须特别注意的问题人物。

"小说？看吧！我们果然是小说里的人物！"美国短毛猫对俄罗斯蓝猫说道。他看了看俄罗斯蓝猫，又看了看檀，双眸闪烁着兴奋的神采。檀不禁有些愕然。这个人的一举一动真的像猫一样。"我就知道！"美国短毛猫激动不已。

"你说你在小说里读过，是什么意思？"

"就是字面上的意思啊。檀是因为读了小说，所以才认识我们。檀，你快告诉我们，未来会发生什么事？只要往后翻几页，就能知道后面的剧情，不是吗？"

"呃……可是……"檀显得有些手足无措。

"那本小说在哪里？"

"呃……是这样的……"

于是檀说起了来龙去脉。他是一个初中老师，读了班上学生所写的一篇小说。小说主角正是猫狱会猎人俄罗斯蓝猫和美国短毛猫。两人追问小说内容，檀回答是蓝猫与短毛猫到处寻找曾经虐待过猫的人，以接近凌虐的可怕手段加以教训的故事。他的神情看起来实在不像是在说谎。

"俄罗斯蓝猫是爱操心又悲观的人，美国短毛猫则乐观又轻浮。啊，对不起……我没加敬称，因为我说的是小说里的登场人物。"

蓝猫和短毛猫进了这栋屋子后，还不曾有过任何暴力举动。两人唯一做的就是把原本被囚禁在厕所的檀带到客厅来。照理，檀不可能有机会见识两人施暴、威胁和盘问的技术。他会这么害怕，显然是因为读了小说，知道两人的所作所为。

"蓝猫，你知道这代表什么吗？"美国短毛猫喜形于色，他兴奋的程度仿佛再次证明了地球是蓝色的，"这只有两种可能，第一是这个老师跑进了小说里，第二是我们来到了小说外。"

檀瞪大了眼睛，不知如何回应。

"你是老师，当遇到学生像这样说梦话时，你怎么回答？"俄罗斯蓝猫问。

"呃，我教的是初中，初中生基本上已经……"

"不说这种幼稚的梦话了，对吧？"

"蓝猫，一件事情不管乍看之下怎么幼稚，都应该确实检讨其可能性。当排除其他的可能性之后，剩下的就是真相。"

"其他的可能性像山一样多吧？"

"例如呢？可别说一些强词夺理的谬论哟。"

美国短毛猫的语气中充满了挑衅的意味。俄罗斯蓝猫实在无法理解他的脑袋里到底在想什么。"是你在强词夺理地说着谬论吧？你听好了，最合理的解释就是，写那篇小说的初中生认识我们两人。"俄罗斯蓝猫一边说着，一边在心中聆听记忆与记忆串联起来的声音。

"初中生？我根本不认识什么初中生。"

"我也是，不过我想起来了，那天我们不是遇到了个小孩吗？有个猫狱会成员是一个住在公寓里的父亲，我们去找他的时候……"

"谁啊？我怎么不记得了？"

"就是那个说要付我们两倍报酬，要我们放他一马的男人。他一定以为我们拿的报酬不是什么大不了的金额吧。嘴上说是要跟我们谈条件，实际上却是一副高高在上的傲慢态度，我猜那家伙一定是信奉了错误的父权主义吧。这种男人，通常会对家人施暴。"

"啊！我想起来了！最后摔了一跤的那个父亲！没错，那个人是有个女儿。你的意思是说，他的女儿写了一篇小说？仔细想想，他女儿看上去确实像初中生。当时她躲在厨房的阴暗处。"

"她在厨房里，一定听到了我们跟她父亲的对话。"

"原来如此，她见过我们，当然知道我们的特征。"

"但我们的特征应该没有办法那么容易看出来才对。"

"刚刚檀老师不是说了吗？俄罗斯蓝猫是个爱操心又悲观的人。初中女生只要听你说两句话，就能把你摸得一清二楚。"

"这么说来，她也听到了你那个双关语的开场白？"

"你们喜欢东北金鹫队吗？"檀问道。俄罗斯蓝猫没有想到他会突然说出这句话，一时哑口无言。檀见了他的反应，解释道："这是我学生小说里的人物设定。蓝猫和短毛猫非常关心东北金鹫的比赛结果。"

"或许那天我们刚好在看棒球转播吧。"

俄罗斯蓝猫看着檀说道："那天，我们原本以为只有父亲在家。父亲在家里工作，母亲白天出门上班，照理说那时间，他女儿应该在学校，所以我们才打算趁那时候……

"没想到他女儿刚好没去学校，好像是因为肚子痛，请假在家里休息。而且她一直蹲在厨房，没有让我们看见。

"我们没有把家里好好查看一遍，这是我们的疏忽。跟开车一样，驾轻就熟的时候反而是最危险的时候。就在我们想要给那个父亲最后一击的时候，他仓皇逃走，自己摔倒在地上，脑袋狠狠撞了一下。虽然还有呼吸，但是身体一动不动。正当我们讨论该如何处理的时候，那个女儿一脸茫然地站了起来。"

"啊，我想起来了。"檀忍不住说道。

"你想起来什么了？"

"那名女学生的同学曾经告诉我，有一天女学生请假，白天突然给她发了消息说'好可怕好可怕''怎么办''谁能救救我'……"

"一定是躲在厨房里的时候发的。"

那一天,两人看见他女儿突然出现,有些不知如何是好。

"总不能杀人灭口。"

"幸好你们还没有那么丧尽天良。"檀露出松了一口气的表情,"这么说真是不好意思,我把你们想成了小说里那两个猫狱会猎人。"

"小说是怎么描写我们两个的?"

"心狠手辣,可以边聊天边凌迟猫狱会成员,使用手枪和螺丝起子当武器。"

俄罗斯蓝猫与美国短毛猫对视了一眼。

"我们从来不使用手枪和螺丝起子当作武器。"美国短毛猫说道。

檀皱眉回答:"其他部分也麻烦否定一下。"

"后来我们告诉那个女孩,只要她愿意保守秘密,我们就会直接离开,不会伤害她。除此之外,我们也对她说了我们来找她父亲的理由。"

"她的父亲是在网络上公开欺负猫的网红?"

"不,是那个网红的支持者,也就是视频的观众之一。"

"在小说里,你们的委托者是个中了彩票的饲主。"檀的眼神仿佛在说,这应该不是事实吧。

俄罗斯蓝猫说道:"那应该也是听见了我们与她父亲的对话内容。"

"金额该不会真的是十亿吧?"

俄罗斯蓝猫耸了耸肩,半开玩笑地说道:"她把我们的事情都写了出来,我们实在应该向她收取版权费才对。就像当年三岛由纪夫的诉讼案一样。"

"我已经搞不清楚哪些部分是现实了。"

"我就说嘛,我们是小说里的人物。"

俄罗斯蓝猫叹了口气。美国短毛猫的话太烦人,檀的话太荒诞。事态完全朝着预料之外的方向发展,心中除了不好的预感,还是不好的预感。

檀老师

全身上下有种轻飘飘的感觉。

自称是俄罗斯蓝猫与美国短毛猫的两人,就坐在我眼前的沙发上聊天。我不禁怀疑他们是从布藤鞠子的小说里跳出来的虚构人物。

这让我想到了"佩珀尔幻象"这个名词。这是关于舞台剧及影像技术的一种专业术语,应该跟一个名叫佩珀尔的人有关,简单来说就是利用灯光照明与玻璃的特性,让存在于其他位置的物品出现在观众的面前。也就是说,某样东西虽然看起来是在舞台上，实际上却是存在于另一个隐秘的地点。

同理，当聚光灯打在小说中的两个人身上，他们就这样在我的面前现身了。

虽然我看得见他们，但他们并不是实际存在的人物。

我甚至怀疑如果朝他们伸出手掌，手掌会穿过他们的身体。但他们在厕所里发现了我，帮我切断了链条，还把我搀扶到客厅，这是千真万确的事。

他们不是神秘学上的幽灵，也不是通过影像技术产生的幽灵[①]，而是确实存在于我眼前的活人。

根据俄罗斯蓝猫的推测，布藤鞠子曾经见过他们两人，所以把他们写进了小说里。布藤鞠子小说中的那两个猫狱会猎人，拥有不符合常识的运动能力，例如他们可以从一楼跳到独栋建筑的二楼阳台，或是公寓式建筑的三楼。眼前这两个人当然与小说人物有所差异，但"布藤鞠子将偶然遇见的两人写进了小说里"这个解释确实最为合理。

根据俄罗斯蓝猫与美国短毛猫的说法，他们来到这里是为了寻找野口勇人，后来他们在宅邸里到处查看，发现了被锁在厕所里的我。

我告诉他们，野口勇人短时间内应该不会回到这里，于是他们起身准备离开。

[①] "佩珀尔幻象"一词原文为 Pepper's ghost，直译就是佩珀尔的幽灵。

我感觉到一阵焦急，各种能够言喻与不能够言喻的想法，各种能够说明与不能够说明的念头，在我的脑海里此起彼伏，像气泡一样迅速膨胀后炸裂。

野口勇人。囚禁。链条声。踩踏地板时感受到的地板硬度。面包。厕所的臭味。狼狈的模样。马桶。遭到敲打的墙壁。敲打着墙壁的我。憎恨。疲累。想睡觉。母亲。困。成海彪子。猫狱会猎人？实际存在吗？布藤。布藤见过他们？交流会。庭野。那个场景。昨天所看见的预演。人质、炸药。

在那些不规则、毫无秩序且同时涌现的意识气泡之中，有些正放射出有如危险信号一般的强烈光芒。

"对了，得想办法阻止才行……"我说道，"一定要阻止才行，拜托你们了。"

俄罗斯蓝猫与美国短毛猫再次互相对视。那神态宛如与分身讨论现在该怎么办。

"阻止什么？"

"你要拜托我们什么？"

"我想起来了……我想起来一件事……"我细细回想着预演的内容，"可能将会有一场炸弹恐怖袭击事件，搞不好会造成人质死伤。"

"野口想干这种事？"

"不只是野口，是整个交流会。"

"交流会？"

得先从交流会的事情说起才行。我心里急得不得了,嘴巴动个不停,却挤不出一个字,只是呼吸越来越粗重。我的思绪乱成了一团,不晓得该从哪里开始说明。

"你们还记得钻石咖啡厅事件吗?"

果然还是得从那起事件开始说起。虽然有点像是兜圈子,却是最简单易懂的说明方式。

蓝猫与短毛猫点了点头:"就是咖啡厅里的人被……"

"对对对!"我迅速说道。接着我把我所知道的事情说了出来。我相信他们也没有太多时间听我说明细节,何况他们只会想知道他们必须知道的部分,因此我尽量说得言简意赅,省略了所有不必要的旁枝末节。

"那起事件里的歹徒,目的到底是什么?"美国短毛猫歪着头问道,"跑到咖啡厅,在人质身上绑炸药……他们提出了什么要求?"

"我记得歹徒后来全都死了。"

"没错,据我所知,歹徒是一群刚丢了工作的人,他们只是想要试用看看自己制造的武器跟炸药。"

"后来受害者家属组成了一个交流会?"

"没错。"

"结果这些人决定发动炸弹恐怖袭击?因为自己的亲人死于炸弹恐怖袭击,所以他们想要以牙还牙、以眼还眼?这叫什么来着?风水轮流转?贼喊捉贼?"

"应该是偷鸡不成蚀把米吧？"美国短毛猫说道。但我总觉得似乎不太贴切。

"江山易改，本性难移……好像也不太对？"

"我知道了，是入乡随俗吧？"俄罗斯蓝猫说道。

我想也不想地回答："全部都不对。"

"啊！"美国短毛猫突然说，"蓝猫，我明白了！那件事应该跟这件事有关吧？"

"怎么突然岔开话题？你说的是哪件事？"

"炸药呀！炸药！那家伙不是说，曾经被要求用私人飞机运输炸药进入日本国内？那应该就是野口勇人那帮人为了发动恐怖袭击，所以走私了炸药吧？"

我听到美国短毛猫的口中说出野口勇人这个名字，登时心中一惊。这意味着我与他们的现实是互通的。

"噢，原来如此。"俄罗斯蓝猫点头说道，"确实有可能。"

"呃，请问你们说的是什么？"我忍不住问道。那家伙指的是谁？

"有个我们曾经见过的猫狱会成员有私人飞机，有人威胁他帮忙运送炸药进入国内。"

"威胁他的人，就是野口勇人他们？"

"大概是吧。那个猫狱会成员曾经被人架上车带走，开车的人就是野口勇人。驾驶座上掉了猫毛，所以我们找到这里来。"

"就这层意义而言，檀老师，你得感谢猫咪才行。我们分析出那是马恩岛猫的毛，为了亲眼看一看马恩岛猫，才毫不耽搁地赶了过来。"

照他们的说法，他们似乎是靠着掉在驾驶座上的猫毛，才确认了野口勇人的身份。我心中不禁狐疑，靠猫毛能够查出这种事情？

"那个遭到威胁的人，将炸药从国外带进了日本？"

"没错，简单来讲就是这样。人家叫他做，他就做了。"

"即使是私人飞机，出入境也得接受安全检查吧？即使出境检查比较宽松，但入境检查应该很严格才对。"

"照他的说法，好像是买通了机场职员。一个拥有私人飞机的人，口袋里当然有大把钞票，只要随便找个负债累累的机场职员，稍微诱惑一下，再趁着那个职员出勤的时候，让飞机入境就行了。睁一只眼闭一只眼就有钱拿，一定有人愿意铤而走险。"

"但走私枪械跟炸药可是重罪。"

"只要别说是枪械跟炸药就行了。例如，可以说'这盒子里装的是相当容易损坏的乐器，请不要打开盖子'或是'这箱子里只是一些照明装置，请不用太在意'之类的。"

"这么说也有道理。假装没看见走私炸药，跟直接认定行李没有问题而不打开检查，心中的罪恶感截然不同吧。只要巧妙运用这样的人性弱点，应该就能找到愿意帮忙的机场职员。简单来说，就是事先帮对方想一个借口，让对方认为'自己干的事情并没有那么坏'。"美国短毛猫也跟着说道，"但我还是不明白他们这么做的理由。为什么他们要发动炸弹恐怖袭击？"

"这我也不清楚。"我只能这么回答。我只是刚好看到了预演，并不清楚他们的遭遇及动机。

"应该不是像我们一样，只是为了报仇吧？"俄罗斯蓝猫说道，"从前的那起事件，歹徒不是全都死光了吗？"

"歹徒确实是死光了，但目的仍然有可能是报仇，只不过报仇的对象不是歹徒，而是另一个人。"我说出了脑中的想法。那想法依然非常模糊，甚至称不上臆测。

马克育马。

据说他在主持现场直播节目的时候，说出了警察的行动，导致歹徒受到刺激，酿成了悲剧。虽然我无法求证这传闻的真伪，但野口勇人在说出这件事时，语气相当激动。

我把这件事告诉蓝猫和短毛猫，他们的表情实在让我难以分辨他们对此到底感不感兴趣。蓝猫以毫无抑扬顿挫的口吻说道："原来还有这种幕后花絮。但我还是不明白，如果只是要报仇，为什么要发动恐怖袭击？"

俄罗斯蓝猫的疑惑确实很有道理。在复仇这一点上，我也没有办法提出进一步的根据。"总而言之，求求你们阻止这件事。"我只能再次重复，"地点很有可能是一间诊所，人质就是诊所里的病患。"

这是根据预演中庭野等人的话做出的推测。

为什么我会如此拼命地恳求眼前这两人，我也说不出个所以然来。一方面，或许是被囚禁期间所累积的压力以及获得释放后的安心感，让我的心情陷入了混乱状态。另一方面，我的心中也有着"想要帮上忙"的自我期待。

没用的老师。

原本紧紧盖上了盒盖，似乎又松脱了。

"等等，我想先确认一件事。"俄罗斯蓝猫说道。或许是脑袋昏昏沉沉的缘故，我一直没有办法看清楚他的长相，这让我忍不住怀疑这两人真的只是小说中的登场人物。如果是小说的话，我实在很想建议把登场人物的外貌描写得更详细一点，不然我没有办法确认他们的长相。"为什么你会知道？"俄罗斯蓝猫问道。

"嗯？"

"檀老师，你为什么会知道他们的炸弹恐怖袭击计划？"

我一时哑口无言，不晓得该不该把预演的事情说出来。即使说了，他们可能也不会相信，搞不好还会认为我是疯子。

"那男人在离开前亲口告诉了我。"我说。

"噢……"美国短毛猫露出不置可否的表情，我甚至无法确定他到底有没有认真听我说话。

"但我们的目标只是找出野口勇人。至于阻止什么恐怖袭击，实在跟我们无关。"

"那个野口真的不会再回到这里了吗？"

"他连猫咪也带走了，不是吗？我们在这里可没有发现猫咪。"

"好想看一眼马恩岛猫。"美国短毛猫一边说，一边在屋子里绕来绕去，"会不会是躲起来了？"他一会查看家具背后，一会又搬开沙发。

或许是因为美国短毛猫的举动扬起了灰尘，俄罗斯蓝猫忽然开始咳嗽，过了一会又打了一个大大的喷嚏。

"我讨厌粉尘……"他无奈地说道。

"请问现在是几点？"我问道。感觉脑袋越来越沉重，疲劳迅速在体内扩散。不知道是终于获得释放的安心感，对于交流会的可怕图谋的恐惧，抑或是想要忘记那股恐惧的鸵鸟心态，让我的头脑突然处于完全罢工的状态，思绪乱成一团，完全无法理出头绪。

好想睡觉。去他的猫狱会猎人。相貌的描写太少了。母亲在哪里？父亲呢？与父亲的最后一次交谈。"明天要上课？""真抱歉，给你添麻烦了。"好想再见父亲一面。

意识的洪流再次冲落各种颠三倒四、紊乱不堪的想法及词句。交流会的事件？野口勇人？关我屁事。显然我现在需要的不是思考，而是睡觉。为什么会演变成这种状况？为什么我会在这里？因为我被抓了。为什么我会遭到囚禁？因为我引起了野口勇人他们的怀疑。都怪那个我从前教过的女学生。她的一句"檀老师"搞砸了所有事情。一切都是她的错。不，学生并没有错。责任在教师身上。

俄罗斯蓝猫连续打了好几个喷嚏。"抱歉，我对粉尘过敏……"他一脸歉意地对我说。但我感觉到整个脑袋仿佛灌满了泥浆。我的意识已不清楚，只知道睡魔已掌握了主导权。

成海彪子

我还没有说到里见八贤的事。没错，里见经常参加我们交流会的活动。虽然不是每次，但是频率相当高。

刚开始的时候是康雄将他带来参加聚会。听说他原本是康雄经营的诊所的病患。我不清楚那只是一场巧合，还是他事先查出康雄是钻石咖啡厅事件的受害者家属，才故意到他的诊所就诊的。不过康雄的诊所采用完全预约制，所以后者的可能性较高。

听说里见在就诊的时候与康雄闲聊，随口提到"自己的恩师在钻石咖啡厅事件中过世"，康雄因此邀请他参加交流会活动。

我相信，刚开始里见应该是抱着相当单纯的心情前来参加活动的。他说他当成父亲一般仰慕的恩师在钻石咖啡厅事件中过世，让他大受打击，因此他才决定前来参加聚会。我相信这部分他应该没有说谎。此外，他还提到他的妻子很早就过世了，他和儿子及岳母一起生活。或许他不希望在儿子及岳母面前表现出悲伤的情绪，所以需要像交流会这样的场合来抒发心情吧。

但是严格来说，里见并不算是受害者家属，再加上他隶属对抗恐怖组织的内阁府的部门，因此与野口及其他几个成员一直存在隔阂。他们发生过好几次争吵，有时喝了酒，甚至还曾经差一点大打出手。

我还记得有一次，哲夫针对警方在钻石咖啡厅事件中的攻坚行动提出了疑问："为什么那个时候警察会想要强行冲入咖啡厅？这么做不是会危及人质的性命吗？警察采取行动应该更加谨慎小心吧？真是莫名其妙，根本不把人质的性命当一回事。"

"这其实是两难的抉择。"里见是个耿直的人，没有办法随口敷衍过去。他相当认真地回答了这个问题。但不管是野口还是哲夫，平常那些牢骚只是想要发泄心中的不满情绪而已，听的人根本没必要太过当真。

"或许警察一直维持观望的态度，最后反而会导致最糟糕的结果。例如在美术馆发生的那起事件就是这样。"

经他这么一说，我也想起了那起美术馆事件。在发生钻石咖啡厅事件的数年后，数名歹徒闯进一间位于东京都内的美术馆，挟持参观的民众作为人质。他们将炸药绑在人质的身上，向警察要求赎金，同样有电视节目对这起案子进行了现场直播。

"因为有了钻石咖啡厅事件的前例，这次警察不敢轻举妄动，生怕弄巧成拙，刺激了歹徒。没想到后来歹徒因为过于疲累，竟然决定大开杀戒。"

"歹徒用铁锤杀害了人质，真是太可怕了。"康江叹了一口气后说道。

"我记得歹徒后来也自杀了？"坐在康江旁边的康雄说道。

"依结果来看，确实如此。"里见有气无力地说道。

"还不都怪警察动作太慢？"野口以批判的口吻说。里见听了这句话，似乎有些恼怒，说："那是因为警察被歹徒牵制住了。在电话交涉的过程中，歹徒一再强调，如果警察敢乱来，一定会演变成第二起钻石咖啡厅事件，所以警察不敢轻举妄动。"

此时沙央莉忽然大喊："你的意思是说，美术馆里的人质会惨遭不幸，是钻石咖啡厅事件的错？"

一向文静内向的沙央莉突然大声说话，吸引了众人的目光。

"警察不敢对美术馆攻坚，这笔账还要算在我们家人的头上？"

"我没那么说。"里见拼命解释。他夹在受害者与警察之间，想必觉得两面不是人吧。"我不是那个意思。"

"我们可是死了至亲。有的死了父母，有的死了爱人，有的死了孩子。"野口指着里见，用宛如揭发丑闻一般的语气说道，"你呢，不过死了老师，跟我们这些死了真正家人的人怎么能相提并论？你不会理解我们的感受的。"

里见沉默不语，懊恼地紧咬嘴唇。这两人不论实际年龄还是心理年龄，都是里见比较成熟，他应该很清楚自己必须忍耐。

若不是后来羽田野和庭野打起圆场，这两人说不定真的会动手。

檀老师

布藤鞠子小说里那两个到处教训虐猫者的猫狱会猎人，活生生出现在我的面前。

怎么会有这种事？对，绝对不可能。

不知是谁摇晃着我的身体。我睁开双眼，才意识到自己睡着了。呼，果然只是一场梦。我如此告诉自己。

真是一场莫名其妙的梦。

"啊，醒了。老师，天亮了。"名叫美国短毛猫的男人对着我说道。

"你别胡诌，不是天亮了，是天快暗了。"名叫俄罗斯蓝猫的男人一边开着车子，一边说道，"老师，你睡了将近五个小时。"

"这么久？"我嘴上这么回答，头脑却还无法掌握状况，只知道自己正坐在车子的后座上，坐在副驾驶座上的美国短毛猫伸手将我摇醒。

我想要换个姿势，才发现手脚无法自由移动。我忍不住低声惊呼。当初被链条锁住的记忆顺着血液传遍全身，激起了警戒心与恐惧心。

"啊，抱歉。我们怕老师你逃走，所以把你绑了起来。比起链条，这个应该舒服一点。"

我低头一看，双脚被捆绑着类似魔鬼毡的长带子，手腕也被绑着绳索，绳索的另一端绑在车内的安全把手上。我用颤抖的声音说道："我不想再忍受被剥夺自由的恐惧了。"

"其实我很想在走出那个野口勇人的家时就放你离开。像这样带着你到处跑，一来对你很抱歉，二来我们自己也麻烦。"

"他如果报警的话，我们会更麻烦。"

"檀老师并不清楚我们的身份，即使他报了警，我们也不会有危险。"

坐在驾驶座与副驾驶座的两人不再理会我，自顾自地争辩起来。我想起布藤鞠子的小说里，确实有不少两人说话聊天的桥段。

"檀老师报警后，警察会开始寻找野口勇人。这么一来，我们会变得很难做事。"

"但檀老师自己也没有足够证据证明野口勇人企图发动恐怖袭击。檀老师，对吧？所以他就算报警，警察也不会认真调查吧。完全不知道时间和地点的炸弹恐怖袭击，要如何查起？"

"重点不是炸弹恐怖袭击，而是野口勇人曾经囚禁檀老师。任何人被关在厕所里，都会是大新闻，警察接到消息一定会着手调查的。"

"这么说也对。"

"这么一来，我们的行动就会变得更加困难。"

"原来如此。"

"即使威胁老师'绝对不能报警'，我们也无法确保你会遵守承诺。所以最好的办法就是带着你一起行动。"

"我保证不会报警。"我将身体凑上前说道，"请你们放了我吧。"虽然离开了厕所，但如果整天被他们带着跑，那与被囚禁也没什么不同。我渴望早点恢复自由，那样才能真正安心。"而且我得联络学校才行。"我接着说道。

"其实我也不是不相信你，我认为你是个会遵守诺言的人。"俄罗斯蓝猫说道。

"既然如此……"拜托放我下车吧！我心里如此想着。

"但是如果我们把你放了，我一定会一直为这件事操心，这是可以肯定的事情。那个檀老师会不会报警？他虽然口头上说会遵守承诺，但毕竟曾经遭到囚禁，想要报警也是人之常情吧？完蛋了，死定了，他现在说不定正在报警……我很害怕承受这样的不安。"

"担心自己未来的担心？蓝猫，这简直是担心的终极表现。"美国短毛猫笑着说道，"这就是所谓的'担心檀老师会背叛的安全驾驶'？"

我不知道说什么才好。车内一阵沉默。正当我心里想着不晓得这辆车要开往哪里的时候，俄罗斯蓝猫说道："先找家店填饱肚子吧。"

"我好饿。檀老师，你在睡觉的时候，我们可是完成了一项工作。"

"嗯？"

"教训猫狱会成员的工作。那个成员住在世田谷区的某一栋公寓里，我们本来打算等处理完野口，再去处理那家伙的。现在顺序调换过来了。"

"噢……"我嘴上应了一声，其实心里不是很了解状况。简单来说，就是他们两人在离开了野口勇人的宅邸后，趁着我睡觉期间，跑到某套公寓里教训了某个猫狱会成员？我不禁回想起小说里，俄罗斯蓝猫和美国短毛猫不断以近乎严刑拷打的手段对付曾经虐待猫的人。

"在那期间，老师一直在车里睡觉。我们本来以为很快就能结束，但没想到后来发生了一点小插曲。"

"小插曲？"

"有个男人躲在衣柜里。那家伙相当壮，若不是美式足球或橄榄球选手，就是练过格斗技吧。他大概是想要保护恋人，突然从衣柜里冲了出来。"

"你们没事吧？"

"当然，我们看起来像有事吗？有事的是那个男的。总而言之，我们刚刚完成了一项工作，接下来准备去找野口勇人，所以才把你摇醒。不过在那之前，我们得先找地方吃饭。"

由于刚睡醒，脑袋有点迟钝，再加上眼前两人都是一副气定神闲的优哉态度，让我的心情也跟着松懈下来。说了一会话，我才惊觉："对了，我们得赶快去阻止才行，绝对不能让他们发动炸弹恐怖袭击。"

"檀老师，你怎么老是提这个？你知道野口勇人他们现在在哪里吗？你睡觉的时候，我们上网查了一些关于钻石咖啡厅事件的消息，想找找看有没有什么可以用的线索，最后却一无所获。"

"总而言之，一定要阻止他们。"

坐在驾驶座的俄罗斯蓝猫朝坐在副驾驶座的美国短毛猫瞥了一眼。

"檀老师，你没必要这么拼命吧？你被囚禁已经够惨了，何况那个犯案团伙……你们是怎么称呼的？对了，交流会。那个交流会里又没有你的学生，你实在没有义务这么豁出一切阻止他们。"

美国短毛猫的这番话，让我不禁产生动摇。我大可以将野口勇人、交流会，以及在预演中看见的炸弹恐怖袭击的作案计划那些有的没的全部抛之脑后。

"何况你已经被囚禁了好几天，这几天大概没吃上什么像样的东西，你应该先好好照顾自己的身体。"

"既然你这么说，麻烦你现在立刻带我去医院。"

"身体不舒服吗？"俄罗斯蓝猫问道。

"如果我说身体不舒服,你会带我去医院吗?"

我本来以为俄罗斯蓝猫会立刻拒绝,但他通过后视镜看了我一眼,似乎是在观察我的状况,接着才开口说道:"不行,你吃点东西就会恢复健康了。"他大概是看出我的身体没有什么大碍,口气相当冷静,"你虽然好几天没有洗澡,但是身上也不臭,应该还可以再撑一阵子吧。"

我并没有感到失望,反而松了口气。至少他是真的在乎我的健康状况。如果我陷入危险的状态,他应该不会弃我于不顾。

"话说回来,为什么你会被囚禁?"美国短毛猫问道,"他们是怕你阻挠他们的计划吗?"

"我得知他们的恐怖袭击计划,是在遭到囚禁之后。"

"或许你并不知道,但他们怀疑你可能知道。"俄罗斯蓝猫冷冷地说道,"一定是你让他们起了疑心。一群计划恐怖袭击行动的人,当然会疑神疑鬼。"

我本来要反驳自己没有理由遭到怀疑,但转念一想,俄罗斯蓝猫说得没错。我不仅使用假名,而且对于自己的工作也说了谎。他们怀疑我从里见那里得知一些秘密,也是合情合理。

"对了,里见呢?"我忍不住大喊。

"谁?"

"里见,我的一个学生的父亲,他也被关在厕所里了。"

"我们找遍了整栋屋子。那屋子相当大,除关你的厕所以外,还有另外一间厕所,但是里头没有人。你会不会是做梦?"

"那一定是被关在了其他地方。"

"前面有一间食堂，我们进去边吃边谈吧。"俄罗斯蓝猫说道，"一边开车一边谈这种复杂的话题，实在太危险了。"

车子驶进了食堂的停车场，我听见轮胎压过碎石地面的声音。

食堂外观看起来相当老旧，旧到让人怀疑这家店早就歇业了。然而店里却干净整洁，而且装潢得颇有气氛。翻开菜单一看，菜品涵盖日本料理、西餐及中餐，除了意大利面、拉面、猪排盖饭、三明治，甚至还有什锦煎饼。

"突然吃太多，可能对胃不好。"俄罗斯蓝猫基于对我的关心，只帮我点了一碗热汤。

"这里看起来好像还有点生。"俄罗斯蓝猫每吃一块猪排前，都要先确认猪排的状况。"要是食物中毒就惨了。"他一边咕哝，一边将猪排放进嘴里。另一边，美国短毛猫则豪迈地用叉子叉起一块块的肉，放进嘴里大嚼特嚼，不停说着"好吃、好吃"。

用餐过程中，我把自己知道的事情全都告诉了他们。比如里见八贤任职于内阁府的国内反恐部门，但是他后来音信全无，让我相当担心。又比如里见八贤的家人收到了短信，但那应该是交流会的人伪装成他的语气发出的。

"原来如此。"俄罗斯蓝猫说，"你想要把里见找出来，结果反而被他们抓住了。"

"他们抓住你之后，会不会就把里见放了？不然，就是关进另一间厕所里。"

"我能打一通电话吗?"

"打给谁?"

"里见的儿子,我的学生。只要打给他,就可以知道里见是不是已经回家了。还有,如果可以的话,我想打给我的母亲。我突然失联,母亲可能正牵肠挂肚,她搞不好会报警。"我的手机被野口勇人他们收走了,所以必须向他们借手机才行。不过即使借了手机,我也不记得里见大地的电话号码。

俄罗斯蓝猫凝视着我,半响后说道:"抱歉,不行。我不是不信任你,我只是不想节外生枝。"

"真是不好意思。过阵子蓝猫或许会改变心意,到时候就会让你打电话。这期间你就先跟我们一起行动,把野口找出来吧。"

"檀老师,请快点把饭吃完。"

"好……"我低头看着汤碗,乖乖拿汤匙舀起了汤,脑袋一片空白。

"蓝猫,你知道这个新闻吗?"过了一会,坐在我前方的美国短毛猫一边看着手机一边说道。

"我不想知道,反正一定又是会让人操心的新闻。"俄罗斯蓝猫皱起眉头,喝了一口杯里的水。接着他开始不停地碎碎念,科学家发现了有可能撞上地球的小行星啦,调味料中检验出致癌物质啦,某国的飞机侵犯另一国的领空,战争可能一触即发啦，闹市上发生了随机伤害案，凶手还没有落网之类的。"你要说的一定是这样的新闻，对吧？"俄罗斯蓝猫说到这里，突然露出吃惊的表情，接着说道，"等等，难道是跟虫子有关的，例如发现了比鼠螨和红火蚁更可怕的昆虫？"

美国短毛猫看了我一眼，露出无奈的苦笑："老师，真是抱歉，蓝猫满脑子只有这些烦恼。"

没关系，小说里的他也是这样。我差点脱口说出这句话。

"全部都猜错了，是跟棒球有关的新闻。"美国短毛猫将手机举到俄罗斯蓝猫面前，"后天的比赛，可能会破纪录。"

"天童吗？"俄罗斯蓝猫的表情顿时变得凝重，"好巧不巧，偏偏是对上我们东北金鹫的比赛。"

我原本不知道他们说的是什么，听了好一会才恍然大悟。原来是巨人队的选手天童可能会在后天打破年度本垒打纪录。天童是个说话桀骜不驯、凡事以自我为中心的人，经常说出侮辱其他球队或选手的话，据说讨厌他的人比喜欢他的人更多。他相当有名气，连我也略知一二。

"老师，你怎么看天童这个人？"俄罗斯蓝猫突然问我，让我差点呛到。

"我不太喜欢他。"这是我的真心话，并不是要迎合蓝猫。一个不懂得谦虚的人，即使再有实力，也没有办法让我喜欢。

俄罗斯蓝猫登时露出微笑，用力点点头。那表情简直就像是看见支持者的候选人。

接着，两人你一言我一语地开始抱怨了起来。光是那个嘴巴很毒的选手创下新纪录，本身就是一件让两人懊恼不已的事情，而且在创下新纪录的同时，两人所支持的球队还必须饱受屈辱，那更是令人捶胸顿足的终身憾事。

"从后天开始的三连战，就算我们输了比赛也没关系，总之绝对不能让那家伙打出本垒打。"

"我们的先发投手是谁？"

"投野。不幸中的万幸是，我们的三个先发王牌投手都可以上场。"

"你未免太乐观了吧？要是投野的球被打出本垒打，那就更惨不忍睹了。我倒宁愿轮班的投手抽中下下签，派最没用的投手上去让他打。"俄罗斯蓝猫说道。

"你这应该叫作'担心投野会被打出本垒打的安全驾驶'。"美国短毛猫指着俄罗斯蓝猫说道，"蓝猫，我实在很佩服你的想法竟然能这么消极。你怎么去想'一定能让他吃不了兜着走'？"

俄罗斯蓝猫反驳道："正是因为我懂得杞人忧天，所以很多悲剧才没有发生。"

"你在说什么鬼话？"美国短毛猫说道。我一边用汤匙舀着汤，一边同样在心里问了一句："你在说什么鬼话？"

"不幸或可怕的悲剧，总是在毫无预警的状况下突然发生。反过来说，原本就已经担心的事情，实际上往往不会发生。这是我从小到大的经验。而且你们想想看，假设真的如同我们的预期，发生了不好的事情，至少我们可以感受到'成功预知未来'的喜悦，那就不算是不好的事情了。"

"你这个想法邪门到让我不知道该说什么才好。照你这样说，只要早上起床之后，把全世界所有不好的事情都担心个遍，就都不会发生了？"

"没错，所以我的杞人忧天也是为了这个世界好。只要是被我担心过的事情，就不大会发生。当然这只是大概而已，我也没有办法保证绝对不会发生。但我至少可以肯定一点，那就是这世上可怕的悲剧，大多来自我所担心的悲剧与悲剧之间的缝隙，也就是我所没有注意到的地方。"

"你简直是杞人忧天的专业人士。"我忍不住说道。

俄罗斯蓝猫点点头，颇为自得地说道："东方出现了大量蝗虫，我会担忧世界可能会陷入粮食危机；西方出现了狂人总统，我会担心那家伙可能会不管三七二十一地按下核弹发射按钮；南方出现了不明飞行物，我会恐惧神秘智慧生物即将侵略我们的地球；北方报道了发现新型传染病的新闻，我会害怕暴发大规模传染病。"

"我绝对不想变成你这样的人。"美国短毛猫哈哈大笑。

我看着一派优哉地随口闲聊的两个人，越来越觉得没有一点真实感。一般来说，两个以教训虐猫者为工作的人，绝对不可能像这样轻松惬意地坐在食堂里聊天吃饭。

不，追根究底，这世上根本不会有教训虐猫者这种工作。

正当我胡思乱想着这些事情的时候，俄罗斯蓝猫突然紧紧抓住了手机，表情变得极为严肃。

"怎么了？"我问。

"不是说好要禁止的吗？"俄罗斯蓝猫露出咬牙切齿的表情。

"禁止？"什么意思？

"核武器试验啊。根据有关原则，不管是在外层空间、大气层内，还是地底下，都禁止核武器试验。你身为学校的老师，竟然连这个都不知道？"

"我听过。"

"蓝猫，他是语文老师，没有必要知道那些。"

"不管是什么老师，全世界的人都应该知道这些。"

俄罗斯蓝猫懊恼地说道："听说有个国家最近要进行最高机密的核武器试验。"那表情简直像在抱怨一个不遵守校规的学生。

美国短毛猫朝俄罗斯蓝猫的手机画面瞥了一眼，笑着说道："连你都知道，还算什么最高机密？那只是没有经过求证的传闻而已吧。"

"既然能够登上新闻版面，应该有些根据吧？"

"这年头要操控信息一点也不难。例如，可以让社会大众以为一家根本不存在的餐厅是真实存在的，也可以让社会大众以为一个真实存在的摇滚乐团根本不存在。如果牵扯到国家政治或外交，信息操控甚至被当成了一种国家事业。何况现在已经不是七十年代了，哪个国家会进行污染大气的核试验啊？"

"从常识角度想，当然是这样。但就像你刚刚说的，一旦牵扯到国家政治或外交，任何事情都有可能发生。那些国家只要逮到机会，有什么事情做不出来？虽然他们号称那是低当量核试验，但低当量的定义也挺让人怀疑的。"

就在听到这里的时候，我的眼前出现了几道闪光。我瞬间明白了那是怎么回事。紧接着眼前便出现了完全不一样的场景。是预演。这次的主角是谁？我刚想着这个问题，下一秒就知道了答案。

因为场景中出现了美国短毛猫的脸。这意味着预演的当事人应该是俄罗斯蓝猫。虽然我不记得自己曾跟俄罗斯蓝猫有过任何接触，但毕竟飞沫传染没有办法完全控制。

放眼望去到处都是人。大量人群聚集在马路上。时间似乎是傍晚时分，虽然太阳快要下山了，但借着路灯及住家灯火，还是看得清楚周围的场景。

所有人都朝着相同的方向，耳中可以听见嘈杂的说话声。每个人都拿着手机，一会低头看画面，一会又抬头望向前方。

不远处有警车，身穿制服的警察正摊开双手，不知何处传来了救护车的警笛音。这混乱的场面让我逐渐厘清了现在的状况。接着我看到了消防车，到处是身穿制服的人，每个人脸上都带着紧张的神情。

"真的爆炸了？"美国短毛猫朝站在身旁的男人问。那男人似乎也是围观群众。

"是啊，真的爆炸了。警察才冲进去不久，就爆炸了。看这威力，估计人质都被炸得粉身碎骨了吧。"男人说得相当激动，眼中闪烁着兴奋的神采。或许是场面太混乱的关系，没有人指责他的发言不妥当。

此时美国短毛猫突然伸出手指，指向与所有人的视线完全相反的方向。

"啊……那不是家持吗？"接着他开始挥舞手臂，"家持！家持！"

预演的当事人，也就是俄罗斯蓝猫，朝着那个方向转头望去。只见不远处站着一名中年妇人，脸上带着吃惊的神情。

"我看新闻说这里发生了挟持人质事件，所以来看看状况……没想到才刚来，就听见好大的爆炸声。"或许是因为害怕，妇人眼中含着泪水，"中午的时候，我还曾经送餐到那间诊所附近。我刚刚看了新闻才知道，当时已经有人质在里头了。"

"家持，你头上的伤还好吗？"美国短毛猫问道。

被称作家持的妇人摸了摸头上的帽子，点头说道："现在已经可以正常工作了。"

"听说人质是诊所里的病患？"

"身上绑满了炸药。"

"不是把炸药绑在身上，是穿了装满炸药的背心。"美国短毛猫纠正了细节。

"建筑物没有倒塌，爆炸的威力大概只是能把人炸死吧。"俄罗斯蓝猫说道，"我最讨厌这种可怕的事情了。"

突然，不远处又传来了震天巨响。周围的人不是全身剧震，就是整个人跳了起来。俄罗斯蓝猫转头望向诊所的方向。不知是谁说了一句"又爆炸了"。

"太残忍了。"妇人紧紧闭上了眼睛。

就在这时，眼前画面忽然开始摇晃，下一瞬间，视野豁然开朗。

"老师，你不要紧吧？"美国短毛猫对着我不停挥动手掌，脸上流露出担忧之色。

"怎么突然发起呆来了？"

"该不会是因为太累了，又睡着了吧？"

"但他的眼睛没有闭上。"

"对不起，我只是发了一下愣。"我搪塞道。但是下一秒，我察觉这件事不该搪塞过去："呃，我有一些话想要告诉你们。"

"我们从刚刚到现在，一直在听你说话。"俄罗斯蓝猫的口气，简直就像个严厉的上司，让我忍不住起了退缩之意。但我知道在这个节骨眼上，我已经没有退路了。

"你还想说什么，快说吧。"美国短毛猫将脸凑了过来，双眸中闪烁着好奇的光辉。他这态度，反而让我更加难以启齿了。

"呃……我有个体质，我称它为预演……"

俄罗斯蓝猫

声称职业是初中老师的檀，看起来是个诚恳又耿直的老实人。他这样的人遭到囚禁，俄罗斯蓝猫原本以为是典型的"老实吃闷亏"。一开始，俄罗斯蓝猫认定像他这样的人绝对不会说谎，但是当他一脸严肃地跟他们说飞沫传染能够让他看见别人的未来时，俄罗斯蓝猫开始后悔当初带着他到处跑的决定了。或许他根本不是什么老实人，而是个喜欢卖弄怪力乱神的麻烦人物。

俄罗斯蓝猫考虑过干脆直接离开，将他留在食堂，但他们最终没有这么做，是基于两个理由：第一，他说了一句"我知道你们一定不相信"，代表他很清楚自己说的话有多么荒谬；第二，他所说的内容引起了俄罗斯蓝猫的兴趣。

他拼命向两人说明他所看见的场景："我看见你们两位出现在炸弹袭击事件的人质挟持现场。当时已经爆炸了，场面一片混乱。爆炸地点似乎是一间诊所，周围聚集了围观群众，还有电视台的摄影记者。"

听到这里的时候，俄罗斯蓝猫还只是把他说的话当作笑话，完全不放在心上。但是他接下来说道："后来来了一位妇人，你们称她家持，跟她聊了起来。"俄罗斯蓝猫听到这句话，忍不住朝美国短毛猫瞥了一眼。

"你们认识那个叫家持的人吗？"檀以充满期待的口吻问道。

"家持？他说的是那个家持吗？"美国短毛猫转头望向俄罗斯蓝猫。

"她的工作好像是配送菜品。"檀说道。

"真的是那个家持。"美国短毛猫几乎已经相信檀说的话了。

俄罗斯蓝猫反而提高了警觉。伪装成拥有特殊能力，说出事先获得的信息，获取对手信任，是诈骗算命师和神棍的常规手段。即使说出的话再令人吃惊，为保险起见，还是不能轻易相信。

然而不管怎么看，俄罗斯蓝猫都不觉得檀是个会说谎的人。

檀拼命解释着关于"预演"的事，他说这些知识来自已故的父亲；他说通过"预演"看见交流会成员囚禁了里见，以及正在策划一起炸弹恐怖袭击行动。

"一次可以看多久？几分钟？"美国短毛猫已经完全相信了檀的说辞。

"每次都不太一样，有时只有一瞬间，有时会像是长达好几分钟的精华集。看见的通常是当事人当天印象最深刻的场面，或者可以说是重点桥段。"檀说道。

"一天到晚都会看见吗？"

"没遇到什么人的日子，通常不会看见，但如果遇到过很多人，一星期可能会看到好几次。"

"听起来很频繁。"应该会很烦吧。

"老师，总之你想表达的是明天一定会发生炸弹恐怖袭击事件？"

"歹徒会让人质穿上装满炸药的背心，趁警察冲入的时候引爆。"

"他们真的会引爆炸药？并不只是威胁？"

"好像真的会爆炸。"檀的嘴唇微微颤抖，看起来不像是随口胡诌，反而像是曾经目睹那可怕的一幕，神态不像是演戏，"我猜可能是因为警察决定攻坚，所以他们引爆了炸药。"

"整间诊所都被炸掉了？"

"玻璃破了，墙壁也有些毁损，但建筑物还不到半毁的地步。"

"但要炸死人质绰绰有余，是吗？"俄罗斯蓝猫脑中浮现了绑在人质身上的炸药爆炸，人质身体四分五裂的场景，"你知道在哪里吗？那是哪一间诊所？"

姑且不论"预演"到底可不可靠，对蓝猫和短毛猫来说，他们只要知道野口勇人的下落就行了。如果野口勇人真的想要发动炸弹恐怖袭击，只要埋伏在现场，一定能将他逮住。

"噢，这个嘛……"檀露出了苦苦思索的表情，接着皱着眉头说道，"不知道。"

"不知道？"

"我没看到诊所招牌，或是任何能够确认地点的线索。"檀沮丧地说道。

"这样根本无从找起。"美国短毛猫叹了口气。

"啊,对了……家持!"檀蓦然回想起一件事,"在预演中,家持对你们说了一句'中午的时候,我还曾经送餐到那间诊所附近'。家持的工作是……"

"外卖配送员。"美国短毛猫说道。

"这么说来,我们只要知道家持去了哪些地方送餐,或许就能找出是哪间诊所。"檀的双眸闪烁着兴奋的神采。

"有道理。"俄罗斯蓝猫说道,"不过这前提是老师的'预演'没有出错。"

"蓝猫,我们就试试看嘛。反正这是我们目前唯一的线索。照这线索追下去,应该就能找到野口。"

"可是……"

"放心,船到桥头自然直。"

俄罗斯蓝猫感到相当不可思议,为什么短毛猫可以如此草率地说出"船到桥头自然直"这种话?或许他跟自己根本不是相同的生物……

檀 老 师

离开食堂后,我跟着两人前往他们的住处。不,或许应该说是他们上班的地点。在进屋之前,他们蒙住了我的眼睛,因此我连那是公寓式住宅还是独栋建筑也不敢肯定。屋里相当宽敞，但摆设十分简单，简直像是研修生的住处。

他们将浴室借给我冲澡，又到便利商店帮我买了新内裤。光是冲了澡、换上新内裤，已经让我感觉如获新生，身体与心灵都焕然一新。不仅如此，美国短毛猫还把床让出来给我睡，自己睡在沙发上。半夜我一度醒来，想要找厕所，却突然听见美国短毛猫的说话声，这让我吓得差点跳起来。他从沙发上坐起来，对着我说道："可别想逃走。"我心想，这个人的习性也跟猫一样，睡觉时非常容易惊醒。

到了第二天早上，我们三人吃过简单的早餐，俄罗斯蓝猫与美国短毛猫讨论起接下来的行动。

"老师，你说家持……呃，准确来说是未来的家持，她说中午的送餐地点在发生恐怖袭击事件的诊所附近，对吧？"

"预演里是这样没错。"我回答。

"既然如此，我们现在就联络家持，和她一起行动到中午，就能知道她去哪些地方送餐了。"

两人似乎知道那个姓家持的妇人的联络方式和住处。

"但这么做可能会过度干涉家持小姐，我认为不妥。"

"过度干涉？"

"根据我的想象及推测……"我向两人说明我奇特体质的特性。这个特性只是我的推测，依据的不是专业知识或信息，而是我个人的经验法则。"我所看见的未来，是那个人在维持原本生活模式的前提下所看见的未来。换句话说，如果我在得知未来之后，以某种方式影响了那个人，很可能会改变那个人的未来。"我接着举例，曾经看见学生遭遇新干线事故的未来，我把这件事告诉那个学生，帮助学生成功避开了会遭遇事故的那个未来。

"所以我认为最好尽量不要对家持小姐造成任何影响。"

美国短毛猫一边嚼着泡在牛奶里的玉米脆片，一边兴奋地说："简直像在拍科幻电影。稍微有所改变，未来就截然不同。不过即使我们提早与家持见了面，应该也不会让外送的订单发生变化吧？不管我们如何影响家持的未来，都与订餐的人毫无关系。"

"不，或多或少还是有可能造成影响。"俄罗斯蓝猫明白了我心中的担忧，向美国短毛猫解释道，"假设我们现在就联络家持，跟她一起行动，可能会让家持漏接原本可以接到的订单。因为我们的出现，改变了家持今天一整天的行动，原本应该由家持接到的订单，可能会被其他外卖配送员接走。"

"应该不会那么严重吧？"

"很难说。"

"这件事绝对不能失败，我们还是谨慎一点比较好。"我说。如果没有成功阻止，人质就会被炸药炸死，这可不是事后笑着说一句"真可惜"就能当作无事发生的状况。

"不然我们该怎么做？"

"我们不与家持直接接触。"俄罗斯蓝猫说出了心中的决定，

"我们偷偷跟在她后面。现在立刻出门，应该能在家持出门送餐前抵达她的住处。她是骑自行车送餐，所以我们最好也骑自行车。开车的话没有办法自由行动。"

"一直跟在她后面？"

"只有这么做，才能知道她中午的时候把菜品送到哪里去。"

他们原本想到，可以将 GPS 装置偷偷安装在家持的随身物品或自行车上。但一来，他们担心如果这么做被发现，很可能改变未来；二来，只知道位置也无法确认那就是送餐地点，抑或只是在半路上，所以最后没有采用这个方案。

"目前我们无法得知家持会接几个送餐订单，但只要是在她接近中午时的送餐位置附近的诊所，应该就是我们的目标地点，也就是野口勇人的藏身之处。短毛猫，你负责找出这个地点，把位置告诉我。"

到头来，他们的目的依然是找出野口勇人，而不是防止恐怖袭击。

"等等，照你这个说法，骑自行车跟踪家持的人只有我？"美国短毛猫问道。

"我们只有一辆自行车。而且要是三个人都骑着自行车跟在家持后面，实在太醒目了。"俄罗斯蓝猫说道。

"蓝猫，那在这期间，你负责什么工作？"

"我负责在车里守着老师，不让他逃走。"

你可以待在车里，我却必须骑着自行车在外头奔波？我本来以为美国短毛猫会这么抗议，但他却说道："与其闷在车里，不如到外面活动筋骨。而且这好像在玩侦探游戏，一定很有意思。"他的表情就像是个充满精力的少年。

"老师，你不觉得很可怕吗？为什么有那么多需要担心的事情？"坐在驾驶座上的俄罗斯蓝猫说道。此时车子停在一家便利店前的宽阔停车场中，距离美国短毛猫骑着自行车出发已超过三个小时了。我坐在副驾驶座上，双手没有被束缚。但我想他并不是真的完全信任我，而是他认为即使我企图逃走，他也有办法立刻将我抓回来。

我以为俄罗斯蓝猫口中所说的可怕，指的是恐怖袭击事件，于是回答道："恐怖分子的目的，本来就是制造社会恐慌与公众焦虑。"

有些特殊的情况下，一些恐怖分子受到了欺凌或打压，生命处于痛苦煎熬的状态，即使表达心中的不满或痛苦也没有人愿意倾听，而且他们手上没有任何能够与欺压他们的对象谈条件的筹码。制造突发性的恐惧与不安，是他们唯一的武器。当然，不管基于什么理由，恐怖袭击都不应该被认同，但每当我想象处于这种情况的人发动恐怖袭击时心中抱着什么样的觉悟与绝望，就感觉到心头异常沉重，仿佛压了一块重石。

"老师，我说的不是恐怖分子，是这个新闻。"俄罗斯蓝猫将手机递给我。

我转过头将脸凑上去细看，那似乎是新闻网站上的一篇新闻，标题是《视障人士在公交车候车亭遭雨伞戳成重伤》。

我一时不知该作何反应。或许这个受害者是他的亲友吧。

"这个社会真是太残酷了。"俄罗斯蓝猫皱着眉头说道，"视障人士站在公交车的候车亭等车，竟然有人嫌他碍手碍脚，拿雨伞戳他。我看这个世界真是没救了。你不觉得现在这个时代真的很糟糕吗？如果是国家富裕强盛的时代，还没什么关系，但现在这么不景气，每个人都不知道未来的希望在哪里，在这样的社会风气下，很可能会因为一点小摩擦而酿成大祸。我只能说世风日下，这个社会的未来真让我感到忧心。"

要论残酷的话，恐怕很难找到什么工作比猫狱会猎人的工作更加残酷了。因此"世风日下"这句话从他口中说出来，实在没什么说服力。

"新闻总是喜欢报道这种事，你不必为此太过悲观。"

俄罗斯蓝猫一句话也没说，只是瞪大了眼睛。我担心自己说的话已经惹恼了他，但如果就此住嘴不说，反而更容易引起误解，于是我只好继续说道：

"在我看来，新闻媒体就是喜欢拿这种会让大家不舒服的事情当作话题。说得难听一点，或许这就是新闻媒体唯一能做的事。当然有时候媒体也会报道一些好的新闻，但一定是好得不得了的事情才有成为新闻的价值。如果只是普普通通的好事，绝对无法出现在新闻版面上。"

俄罗斯蓝猫依然不发一语，只是以表情催促我继续说下去。

"例如当一个老婆婆在街上需要帮助时，很多心地善良的人都会伸出援手。但是这样的事情没有办法成为新闻，因为不会让人大吃一惊。反过来，如果有一个人对需要帮助的老婆婆吐口水，或用雨伞攻击老婆婆，马上就会变成新闻。当我们看见这样的新闻时，可能就会开始担心'世风日下'。SNS 上也一样，只有特别稀奇的话题才会迅速传播开，平淡无奇的好事根本不会有人在意。因此我相信这世上还是有很多善行义举的，只是没有变成新闻而已。"

俄罗斯蓝猫依然凝视着我，一句话也没说。他的表情看起来并不愤怒，但也不像是钦佩或满意，只是一张嘴开开合合，似乎有什么话想说。

就在这时，他的手机响了起来。

"喂，短毛猫？还顺利吗？噢，那附近有诊所吗？好，我明白了。下一个订单的可能性最大。"俄罗斯蓝猫挂断电话后说道，"家持抵达了送餐地点，但是附近并没有诊所。现在快十二点了，应该差不多了吧。"

我本来以为早上叫外送的人不会很多，结果没想到家持一整个早晨跑了很多单。

美国短毛猫骑着自行车紧追在后，每到一个定点，都打电话给俄罗斯蓝猫，汇报"家持又出发了"或是"家持送完这单了"。事实上美国短毛猫回报的信息并不只有这些，他还回报了"我在等家持的时候，透过窗户看见附近人家有一只很胖的波斯猫",以及"我看见黄黑虎斑猫和黑猫在围墙上打架"什么的。我听他连这种无关紧要的琐事也报告,不禁有些哭笑不得。

与俄罗斯蓝猫一起在车里等待,并没有我原本想象的那么痛苦。有时我在车里什么也不想思考,会干脆放空思绪,闭上眼睛睡一觉。俄罗斯蓝猫大部分时间都坐在驾驶座上读他的小说,有时会拿起手机来看,嘴里唠叨着"好担心"或"好可怕"。

大约过了五分钟,美国短毛猫又打来了。两人说了两三句就结束了通话。"开始跑下一单了。"俄罗斯蓝猫告诉我。

外卖配送员必须先到店家取餐,接着才会送去给订餐客户。家持在预演中提到的"中午",很可能指的就是下一单的配送地点。

过了一会,美国短毛猫又来电了。

"好,我马上过去。你在哪里?把你的位置告诉我,我输入汽车导航系统。"俄罗斯蓝猫一放下手机,立刻启动了引擎,同时说道,"老师,我现在告诉你定位码,麻烦你设定一下汽车导航。"

"老师!太厉害了,你太厉害了!真的有一间诊所!"

俄罗斯蓝猫开着车子到达指定地点,刚停好车下来,就见美国短毛猫匆匆忙忙地奔了过来,像个孩童一样兴奋不已。他伸出手指,两人随即朝他所指的方向望去。只见前方是一处有着红绿灯的十字路口,转角处挂着"安憩胃肠诊所"的招牌。

虽然诊所本身并不老旧，但由于墙壁的颜色偏暗，再加上其所在的建筑相当小，因此给人一种缩着身子躲起来的感觉。

"家持进那栋公寓送餐了。"美国短毛猫指着安憩胃肠诊所旁边的建筑物说道。

"确实很近。"俄罗斯蓝猫呢喃道。

"蓝猫，你不觉得这真是太神奇了吗？檀老师说的都是真的，他真的能看见未来，真是吓死我了。"

"我真羡慕你这种天真的性格。"

"他明明说中了，不是吗？家持的送餐地点附近确实有一间诊所。"

"你知道全国有多少间诊所吗？送餐地点附近刚好有间诊所，并不是什么稀奇的事情。"

"蓝猫，你这种说法太牵强了。我劝你还是别再嘴硬了，乖乖承认老师说的都是真的吧。"美国短毛猫笑着说道。

"谁跟你嘴硬了？"

"好了，好了。"美国短毛猫的态度简直像是安抚小孩子，接着他转过身，朝着诊所的方向走去，"我们就埋伏在诊所前，如何？"

"埋伏？"

"那些歹徒等下会来到这里，不是吗？野口勇人应该就在那些人中，我们可以给他来个出其不意。"

两人踏着相当自然的步伐，走向挂着"安憩胃肠诊所"招牌的建筑物。他们似乎完全没有把我的事情放在心上，就跟停在路边的车子一样。我试着往后退了一步。心中隐隐抱着期待，如果我慢慢往后退，抓准时机拔腿奔跑，或许就能逃出他们的掌控。于是我慢慢将脚往身后移动，悄悄与那两人拉开距离。但不知道是鞋底发出了声音，还是其他缘故，走在前方的美国短毛猫竟然回过头来。他对着我微微一笑，一个闪身已经回到了我的身边。他搭着我的肩膀对我说道："老师，你怎么没有跟上来？"

我只好顾左右而言他："那些人会不会已经在里面了？"事实上我们并不清楚交流会预计在几点袭击诊所。在那预演中，庭野说过一句"十二点开始行动"，但十二点指的可能是集合时间，可能是从集合地点出发的时间，也可能是冲入诊所的时间。

"你们两个还没来的时候，我偷偷过去看了一眼，门口挂了一块牌子，写着上午的门诊已经结束了。"

"现在是午休时间？"

我们穿越马路，来到了安憩胃肠诊所门口。根据招牌上所写的门诊时间，上午的门诊确实已经结束了，从大门外看不见门内的状况。

俄罗斯蓝猫与美国短毛猫讨论起该躲在哪里等待交流会的人到来。我看见俄罗斯蓝猫开来的车子就停在路边，有点放心不下，向两人问道："车子停在路边不会有问题吗？"就在这时，诊所的自动门开了，从里面走出两女一男。我心想大概是诊所里的人要趁午休时间外出，于是退了一步，让那三人通过。我心里犹豫着要不要告诉他们：小心一点，下午会有一群人带着炸药冲进诊所里。

但最后我还是没有说出口。因为我心想即使告诉他们"等会这里会发生很可怕的事情"，他们恐怕也不会相信。

其中一个人走到我的身边时，忽然停下了脚步，对着我说道："檀老师，你怎么会在这种地方？"我大吃一惊，抬头细看，才惊觉那人竟是成海彪子。"不好意思，我劝你乖乖听话，不要抵抗。"她以威胁的口吻对我说道。

我感觉她好像把什么东西抵在我身上。我低头一看，竟是一把枪。我整个呆住了，发不出声音，双唇一开一合，宛如将头探出水面的鲤鱼。接着我转头一看，另外的那一男一女也拿着枪，分别对准了俄罗斯蓝猫和美国短毛猫的腰际。

"我在里面忽然看见段田走到门口。不，不是段田，是檀。"成海彪子故意说了我当初使用的假名，但她脸上的表情不是指责，而是苦笑，"可别跟我说，你出现在这里只是偶然。"她说道。

接着，她命令我进入诊所。美国短毛猫和俄罗斯蓝猫不发一语，但他们似乎以眼神达成了共识，两人都没有抵抗，按照要求走进门内。

不论我想出什么办法，最后情况反而更糟。此时我的心中充满了绝望。

成 海 彪 子

"我读了上次大家谈到的那本书。"那天在交流会上，哲夫聊起了尼采的《查拉图斯特拉如是说》，"真是让人读得一头雾水，全都似懂非懂，但是很多句子又让我有心灵受到撼动的感觉。"

"我也读了。"我举手说道。接着，庭野、野口及其他数人也纷纷说读过了。羽田野笑着说道："尼采要是知道大家读了他的作品，应该会很开心吧。"

接下来我们跟羽田野的聊天内容就像是一场尼采的入门讲座。

"《查拉图斯特拉如是说》刚出版的时候，完全卖不出去。最后的第四部是尼采自费出版的，只卖出了四十本。后来尼采反犹太主义的妹妹开始对他产生影响。尼采本人其实并不喜欢反犹太主义，但因为妹妹的关系，后人将他和纳粹画上了等号。纳粹分子用尼采的一些震慑人心的句子当作口号，但实际上那些人很可能根本没有好好读过尼采的作品。到了战后，许多思想家开始尝试将尼采的思想与纳粹分割开，尼采重新获得了高度评价。在那样的风气下，在我还很年轻的那个时代，几乎每个人都读尼采的作品。"

"没错，我年轻的时候也是。"康雄点头同意。

那天我们一如既往聚集在野口家的庭院。上午原本还是万里无云的好天气,后来天上开始出现一团团乌云,我们有些担心会下雨。

"在我的学生时代,周围很多朋友都读过,但是大多数人都是读到一半就放弃了。每个人都假装读懂了,但是真正读懂的人恐怕一个也没有。"

"我高中的时候也曾经读过。"沙央莉说道,"那时候我不是很喜欢,总觉得书里写的都是些徒具气势却晦涩难懂的高傲句子,文字本身也没什么诗意可言。"

"高中就读过?真是太厉害了。"即使是现在,我也读得一个头两个大。

"以前我没什么朋友,生活圈子相当小,在学校的时候几乎都在看书……不过我很好奇,哲夫是被书里的哪些句子感动了?"

"我一辈子都是个循规蹈矩的人。例如,在日常生活中,我一定会做好垃圾分类;每当有选举的时候一定会去投票;即使在没有人的小十字路口,我也一定会遵守交通规则。我儿子跟我一样,守规矩可以说是我们父子的唯一优点。没想到突然发生那种事,害死了我的家人。一辈子循规蹈矩,换来的却是孤独与不甘。"

听了这番话,所有人陷入一片沉默。最后的"换来的却是孤独与不甘"这一句话,引起了我们所有人的共鸣,那强烈的共鸣仿佛吸收了周围所有的声音。

"那本书里写了这么一句话：'不抵抗、具韧性、凡事选择忍耐的人，令人作呕。'我一看到这句子，就感觉这是在说我。套句书中所说的话，我过于让步，满心以为只要循规蹈矩，不给他人添麻烦就行了。但是书中的句子却告诉我，即使这么做，一旦时候到了，依然会遭到强取豪夺。因此每个人都应该照着心中的想法去做，当一个表里如一的人。我认为这说得很对，我很后悔过去的人生没有以此为圭臬。"

"这意思是说，我们应该做自己想做的事，不去在意礼节和规矩？"我不禁问道。

"基督教的传统教义，都是提倡要爱自己的邻居，当一个守规矩的好人，如此一来死后就能上天堂。但尼采认为那是骗人的论调，这样的做法并不会让人获得幸福。"

羽田野解释道："即使相信神，忍耐着不做自己想做的事，人生终究会走到终点……或许这就是尼采想要表达的意思。"

"所以他才说'上帝已死'？"里见说道。

"我自己并不讨厌尼采否定的'爱自己的邻居'或是为了他人而压抑自我的禁欲观念。尼采对基督教的批评似乎也有一些谬误，我并不完全认同。"羽田野苦笑着说道。

沙央莉说道："比起高中时期，这次重读我似乎理解了更多句子。但到现在我还是觉得会不断重复相同人生的'永恒轮回'理论很可怕。"

"那到底是什么意思？"我问道。我实在无法理解，每个人的一生会不断重复指的是什么样的状态。

"这或许跟刚刚提到的'上帝已死'是类似的概念。从宗教的观点来看，只要这辈子当个善人，死后就能够获得幸福，或是重新投胎，过更好的人生。但尼采认为这样的想法是错的。"羽田野说道，"尼采认为一旦奉行了这样的做法，最后的结果就是人生不会有任何改变。从长远的眼光来看，就只是永远重复同样的人生罢了。"

"这种说法真残忍啊！"沙央莉说道。我察觉她的声音异常尖锐，转头一看，发现她的表情极为凝重。

"是啊。"羽田野也承认。

在自己的努力和同伴的帮助下，好不容易克服了人生的痛苦、悲伤及困境，到头来相同的事情却会不断重复，必然会让人产生"一切都无法改变"的绝望心情。

"意思是说，即使我克服了那起事件所带来的煎熬，同样的事件还是会不断发生，不会有任何改变？那未免太痛苦了吧？"哲夫不屑地说道。

野口跟着抱怨说："无法改变过去，不断重复同样结局的科幻电影，有谁会想看？"将五也连连点头，同意野口的看法。

"不过，当人生永远相同的时候，就不用再考虑'如果'这件事了，'如果能更有钱''如果头脑更聪明'之类的想法都会变得没有意义。"羽田野的口气宛如在为躲在树荫下担忧"我的思想引起了众怒"的尼采辩护,"不仅嫉妒、仇恨会失去意义,就连自暴自弃、愤世嫉俗之类的心态,在不断重复的人生面前也将毫无意义。"

原来如此。我心想,这确实有道理。既然自己的人生绝不可能有任何改变,羡慕或嫉妒他人都会变成没有意义的事情。当然,这并不意味着心情会更轻松。

此时一阵强风突然从侧边吹了过来。桌上的菜品几乎都吃完了,一个空纸盘被风刮到了桌下,康江赶紧起身去捡。

"好像开始变天了。"里见说道。庭野与野口开始商量,如果天气继续糟糕下去,就带大家进屋。

"你们能够忍受不断重复相同的人生吗?"平常很少主动发言的沙央莉难得以激动的口气问道。她似乎刻意压抑着感情,脸上的肌肉微微抽搐。"这代表我还得再回到孤独的人生中,再一次因为恐怖袭击失去好不容易遇上的伴侣。即使我现在努力让自己振作起来,将来还是会再次品尝同样的痛苦。我一定没办法忍受吧。"沙央莉的声音越来越尖锐,"为什么我要过这样的人生?"

一阵风吹得庭院里的树木不断摇曳,宛如在附和着沙央莉的发言。

羽田野此时显得有些慌张。或许他认为都怪自己跟大家聊起了尼采,才让大家的心情变得如此沉重。他赶紧说道:"尼采的书里还有这么一句话,不知道你们记不记得……将所有'后果'都转变为'自己的期许'。"

"你们记得书里的这句话吗？"羽田野问大家。

"我记得。"沙央莉点点头。我也记得曾读过这段。

"那是什么意思？"

"反正人生没办法改变，而且会永远重复下去。既然如此，我们就不应该把过去的事情当成一种遗憾，而应该视为自己期许的结果。我想这就是尼采想要表达的意思吧。"

自己所期许的结果！

我不知该如何形容听见这句话时心中的惊讶。

我并不是认为这是一句好话，或是内心受到了感动。事实恰恰相反，我愤怒于自己已经遭遇了如此巨大的不幸，为什么还要忍受这样的言论。

我们必须在不断重复的人生中受尽煎熬，还要告诉自己"这是我自己期许的结果"，这实在令人难以接受了。那就像是在遭受暴力攻击后，还要对施暴者心怀感谢。

"虽然这很强人所难……"羽田野说道，"但是当我们面对不断循环的人生时，这或许是我们唯一能做的事。无论遭遇任何事，我们只能告诉自己'这就是我要的'。"

"我不太能理解，但我相信这是一个非常严苛的要求。"里见也露出纳闷的神情。

"我才不信这种鬼话。"与其说是愤怒，野口的语气更接近求饶，"从前我是个茧居族，每天窝在家里，那段日子真的很难熬，满脑子都是消极的想法。我可不想告诉自己，我得一直过那样的人生。"

"真是太有说服力了。"羽田野笑了一会后，说道，"对了，在尼采的另一本著作《权力意志》里还有这么一句话……"

我竖起了耳朵聆听。

"他说，人生中只要有一个能够震撼灵魂的幸福，那就够了。"

能够震撼灵魂的幸福。我在心中复诵着这句话。这种过于夸大而抽象的词句，总是令我心生警戒。

"只要能够拥有震撼灵魂的幸福，我们就能感受到永恒人生的必要性。就像查拉图斯特拉所说的，当我们能够这样活着，我们一定会这么想……"

——原来这就是活着的意义……好，再来一次！

"什么再来一次！"野口臭着一张脸说道。

再过一次相同的人生。

我不禁感到好奇，天底下真的有人能这么想吗？

"能这么想的人，真的太厉害了。"沙央莉忍不住呢喃，"原来这就是活着的意义……好，再来一次？"

"是啊，能够这么想的人真的很厉害。"羽田野以温柔的口吻说道。或许是为了缓和大家的心情，他接着又强调："啊，这不是我说的，是尼采说的。"

"谢谢你。"庭野对羽田野低头鞠躬。

"为什么向我道谢？"

"如果没有你的开导，我们可能已经误入歧途了。"

"误入歧途是什么意思？"

庭野犹豫了一下，没有马上回答这个问题，仿佛是在担心一说出口，那件事就会变成现实。最后，他面露微笑，以调侃的语气说道："例如勇人可能会因为无法原谅马克育马，做出什么危险的举动。"

"你在说些什么啊？"野口不满地说道，"我才担心你会想要赶快上天堂和我姐姐相聚呢。"

庭野并没有否认，说道："即使是现在，我依然有什么都不想管了的冲动，我只是没有勇气结束这一切。"

如果可以的话，好想结束这一切。

这样的想法，存在于交流会所有人的心中。或许是因为每次聚会时羽田野都能温柔地化解大家心中的消极想法，我们才没有误入歧途。

"谢谢你。"包括我在内，其他人也纷纷向羽田野道谢。

羽田野腼腆地连连摆手说道："饶了我吧。"

此时忽然下起了大雨，我们赶紧收拾东西。

我们在庭院与室内之间来来回回走了好几趟，才把所有的东西都搬到屋子里，转眼间大家都淋成了落汤鸡。虽然有点惨，但我感觉大雨冲走了心中不必要的负面情绪，心情反而好了起来。

"这也算是人生的乐事之一吧。"羽田野喜滋滋地说道。听到这句话，我感觉整个人轻松了不少。相信其他人也一样。

当时的我，完全没想到连羽田野也会离我们而去。

檀老师

成海彪子拿枪指着我，逼我进入诊所。

"檀，过来这里。"进入等候室后，她命令我坐在长椅旁边的地板上，将我的双手拉到背后，用胶带绑住。

这下子我又成了阶下囚。当初在厕所里的记忆重上心头，令我一时感到天旋地转，仿佛全部内脏都坠入地底一般，全身使不出半点力气。好不容易获得了自由，转眼间又失去了。

长椅上坐着三个人。我猜那三人并非自愿坐在那里的，而是被他们逮住的人质。三人身上都穿着看起来像是猎人穿的那种背心。

当初在预演中看见的场景再次浮现在脑海。

诊所外聚集了一大群人，连消防车也来了。爆炸声响起，场面一片混乱。某个路人说了一句"估计人质都被炸得粉身碎骨了吧"。接着我想起"装满炸药的背心"。没错，那背心会爆炸。恐惧感瞬间传遍我的全身，让我吓得跳了起来。快逃！得赶快逃才行！待在这个地方，所有人都会被炸死。我想要大喊，喉咙却仿佛哽住了，发不出半点声音。

然而下一秒，我摔倒在地。原来我的双脚脚踝也被绑上了胶带。或许是太过慌乱的关系，我竟没有发现。膝盖狠狠撞在地上，我忍不住喊了一声"好痛"。一抬起视线，枪口就在我面前。

握着手枪的人，头上套着防寒用的头套，只露出了眼睛。我完全看不出那人的长相，只能依稀分辨出那是个男人。他们那个交流会一共有几个成员？我想要环顾四周，但又害怕一抬头，眼前的男人就会开枪。

"乖乖坐着别动。"命令声从另一个方向传来。

我的脑中仿佛有一个声音在喊着"大势已去"，与此同时，我又隐隐期待俄罗斯蓝猫和美国短毛猫能够大显身手。因为他们曾使用各式各样的格斗技轻而易举地制伏猫狱会成员，我相信此时正是他们发威的最佳场合。然而过了一会我才察觉自己的愚蠢。那两人以矫健敏捷的身手在转眼之间打倒多名敌人并不是现实中的事，而是小说里的情节。如今他们两人也被戴着头套的男人拿枪指着，正坐在我旁边。面对这样的状况，似乎连他们也没有办法反抗。

"檀，这两个人是谁？"有人一边将类似眼罩的东西套在我的头上，一边这么问我。那声音听起来应该是成海彪子。

我想要回答，才发觉自己的嘴并没有被封住。

"他们是……"我迟疑了起来，不晓得该如何回答。事实上，就连我自己也搞不清楚这两个人到底是何方神圣。

他们跟这件事无关,我只是偶然跟他们在外面说了几句话。

我正想这么解释,美国短毛猫却抢先一步说道:"啊,请问野口先生在这里吗?我们只是想找野口勇人先生办点事,并不打算妨碍你们。所以能不能把我们放了?"他或许也被套上了眼罩,声音听起来像是一边说一边左右张望。

我心里大感焦急。这家伙真是哪壶不开提哪壶。他这么说,恐怕会让交流会的人更加提高警觉。光是原本应该被关在厕所里的我出现在这里,就已经足够引起他们的疑窦了。

俄罗斯蓝猫也跟着说道:"野口勇人在哪里?能不能请你开个口?"

他们在这种时候,说起话来依然气定神闲,让我不禁又开始怀疑这两人根本不存在于现实世界中。

美国短毛猫似乎还想说话,但我听见了撕扯胶带的声音,接着是一阵闷哼声。我猜想,多半是短毛猫的嘴上被贴上了胶布吧。他不断发出"呜呜、呜"的声音。

"檀,抱歉,请你乖乖待在那里不要动。"稍远处传来另一个男人的声音。

那是庭野。虽然只见过一次面,但我清楚地记得他那温和而稳重的说话口气。

"你怎么会到这里来?这应该不是偶然吧?"庭野又问了一次刚刚成海彪子在门口问过的问题,"你到底知道些什么?来到这里的目的又是什么?"

我到底知道些什么？来到这里的目的又是什么？我的脑袋乱成一团，一时没有办法理解这些问题。

"我只是……有点担心。"我说道。

"担心？你知道我们打算做什么？"

"我只知道很危险。"我只能勉强说出这种抽象的回答。虽然我不断要求自己保持冷静，脑袋却持续空转。此时的我简直像个回答不出问题的政治人物。不知那两人是否也像我一样紧张，抑或他们只是想要转移那些人的注意力？

"你为什么认为很危险？"

一时间，我以为庭野是在开玩笑。他们曾将我关到厕所里，我当然会感觉到危险。

"檀，事到如今，只能请你参与我们的计划了。"

接着庭野似乎用眼神下达了某种指示，有人将某样东西放到我的上半身，并在肩膀处固定住。我感到那东西异常沉重。

"如果你不听话，我们就会引爆炸药，所以请你好好配合。"

果然是炸药背心！我吓得全身发麻，用力甩动上半身，下一秒却又担心震动会导致爆炸，整个人僵住不敢乱动。

"我们这边没有启动开关，炸药绝对不会爆炸的，你放心。"

放心？到底要放心什么？怎么可能放得下心？

我虽然头上套着眼罩，但依稀可以判断出光线的强弱。现在该怎么办？会不会爆炸？我的脑袋里灌满了"我不想死"这句话。我试着调匀呼吸，才想起自己的嘴上也被贴了胶带。

过了一会，稍远处传来了压低嗓音的争执声。听上去似乎有四个人，分别是庭野、成海彪子和另外的一男一女。

我们三人的出现，毕竟对他们的计划造成了某种程度的影响。现在他们大概正在讨论计划要如何变更吧。此时的情况已经跟预演中的情况有所不同，我只能暗自祈祷不要演变成爆炸的结局。

庭野最后说了一句"我们还是按照预定计划执行"。那语气开朗又坚定，简直就像是高中体育团队的队长在比赛前要大家拿出练习的成果，不要留下遗憾。"让我们结束这一切吧。"他说道。

我跪坐在地上，由于眼睛看不见，只能竖起耳朵仔细聆听。

过了一会，我听见庭野又说了一句："是犯罪案件，等会将会发生一起犯罪案件。"

我心里猜想，他应该正在打电话报警吧。当拨打110时，接线员首先会问一句是犯罪案件，还是事故。庭野所说的"等会将会发生一起犯罪案件"应该就是在回答这个问题。不知道接线员会作何感想？我猜很有可能会被当成恶作剧吧。毕竟打110恶作剧的人应该不少。

庭野不慌不忙地说出安憩胃肠诊所的地址，接着说道："这个地方已经被我们占领了。"

我无法得知警方那边的反应。

"你们可以派人来看看，了解一下状况，但我不会让你们进来。你们派人到这个地址来,从门外就可以确认我们是认真的。接下来,我要你们派拥有决定权的特殊部门长官和我们谈判。"

说完这几句话,庭野连应了几声"对",接着斩钉截铁地说道:"如果你们随便就想冲进来,我们会开枪。人质身上都绑了炸药,要是警察敢乱来,轻举妄动的话,我们会毫不犹豫地引爆炸药。人质除了诊所院长、护士及柜台人员,还有前来看诊的病患。"

我心想,我们三个人应该也算在"前来看诊的病患"中吧。

"我们的炸药不至于炸掉整栋建筑,但是人质必死无疑。所以我劝你们最好乖乖听话。老实说,我们现在已经有些陷入失控状态了。"

就在这时,我的右手边传来了叫声。那声音听起来像是闷响,显然发出声音的人跟我一样,嘴巴被贴了胶带,应该也是人质之一吧。他的手脚应该也被绑住了,我听见他不断踩踏地板,接着又从长椅上跌落到地板上,似乎在拼命挣扎。虽然我看不见,还是忍不住将头转向那个方向。

喝骂声从四处传来。庭野还在和警方通话,声音却是逐渐抬高。接着另一名人质也开始发出"呜呜、呜呜"的声音,或许是想要大喊"住手"。诊所内的气氛顿时变得相当紧张。"安静点""不准动"之类的呵斥声此起彼落,与拼命挣扎的人质的闷哼声交杂在一起。"你们都给我冷静点!"庭野扯开嗓子大喊。此时就连他的声音也尖锐得像一根刺针,刮动着紧绷的空气。

至于我，则因为眼睛和嘴巴都被封住了，手脚也失去自由，所以只能拼命注意着周围的动静。警方的接线员此刻多半也吓得面色如土吧。

场面逐渐失控，倒在地上的人质简直像豁出一切，完全压制不住。

就在这瞬间，我听见了短促、沉重、足以让人全身剧震的声响。

我倒吸了一口凉气。那肯定是枪声。

我瞬间心跳加剧，感觉心脏似乎随时会撞破胸口。

当我回过神来时，发现自己正用被胶带封住的嘴发出嘶吼。强烈的恐惧朝我席卷而来，我害怕身上的炸药背心随时可能因震动而爆炸。

耳朵的深处麻痹了好一阵子，没有任何知觉。

"刚刚的声音是真的枪声。这次我们只是开枪射了墙壁而已。我先声明，我们这里枪械可不少，我劝你们最好赶快派人来。不然下次我们会朝人质开枪，或是引爆人质身上的炸药。"我听见庭野如此告诉警察。

那枪声的余音依然在我耳畔回荡。难以忍受的恐惧占据了我的脑海。如果我继续待在这里，下一次那惊人的声音就可能出现在我身上。光是想到这一点，我就感觉呼吸困难。口水不断从我的口中溢出，却被胶带挡住了，又逆流回去，使我剧烈地咳嗽。我不停地喘气，不知不觉已瘫倒在地上。

我的喉咙不断发出哽咽。

再这样下去，我可能会窒息而死。我只能弓起了身体，在地上不停打滚。

"檀老师，你没事吧？"成海彪子撕下了我嘴上的胶带。或许她已发现再这样下去，我很可能会没命。

我终于感觉能够喘过气来了。我一边调匀呼吸，一边坐起了上半身。

蓦然间，我回过神来，大喘着气喊道："怎么可能没事？"为什么要做这种事？为什么我非要遭遇这样的危险不可？在这一瞬间，我感觉到愤怒与焦躁在我的肚子里翻腾激荡，甚至超越了恐惧。

因为刚刚被口水呛到了，此时口水不断从我的嘴里流出来，但我根本无暇理会那些。

"你们的遭遇确实令人同情。"因为恐怖袭击失去至亲，那种痛苦绝对是我无法体会的。"但你们这么做有什么意义？"这是我第一次想到什么就说什么，完全没有条理可言，"这绝对是错误的决定。里见在哪里？他像我一样被关了起来，被关在厕所里，对吧？你们把他带到哪里去了？是哪里的厕所？拜托你们别再做这种事了！"

四周一片鸦雀无声。

难道所有人都走了？因为戴着眼罩，我什么也看不见，再加上听不见任何声音，让我不禁有这样的想象。

也许只剩下我一个人在这里像疯子一样说得唾沫横飞，所有人都躲了起来，暗中嘲笑我的愚蠢。我突然觉得好丢脸，脸部开始发烫，几乎快要喷出火来。幸好庭野的一句话终结了我的想象。

"檀老师，你刚刚说的话是什么意思？"

听到他这么问，我心中不禁有些慌乱。

"呃，我只是想表达，别再做这种事……"

"我问的不是这个，你说里见怎么了？"

我深吸一口气后说："他不是被你们囚禁了吗？像我一样，被你们关在厕所里。"

眼前突然变得明亮，视野变得宽广。由于事情发生得太突然，我一时没有意识到是有人拿掉了我的眼罩。我还以为自己已经死了，吓得大声尖叫。

"檀，你冷静点。"庭野就在我面前，凝视着我的脸。他或许是想要让我安心，所以摘掉了头套，露出本来面目。

"里见不是平安无事吗？你上次不是说，他儿子收到了短信？你现在说的囚禁又是怎么回事？"

霎时间，我不明白庭野为何问我这些问题。

你还想装傻吗？我不禁想要这么说。问题是，庭野有什么理由对我装傻？

时间仿佛停止了一般。

脸上戴着头套、手上拿着枪械的交流会成员全都僵立不动，转头望向相同方向。他们的视线落在一个同样戴着头套的人身上。那个人站在候诊室深处靠近就诊间的位置。站在我面前的庭野也转头朝那个人望去，问道："勇人，你是不是做了什么？"

我心想，难道里见和我被囚禁，他们原本并不知情？

"野口，这是怎么回事？"另一人问道。

即使是在交流会内部，囚禁里见也是个不为人知的秘密？

脸上戴着头套，只露出了一对眼睛的男人忽然大声说道："庭野，我还是认为不应该就这么结束。"那声音听起来正是野口勇人。他举着右手里的手枪，像指挥棒一样摇晃。

野口勇人旁边另一个同样戴着头套的男人缓缓蹲下，将手伸进脚边的一个袋子里。

"这我们不是已经讨论过很多次了吗？我们是要结束这一切。重点在于，囚禁是怎么回事？能请你说明一下吗？"庭野的语气像在说服一个年轻的弟弟，"你是不是对里见做了什么？"

"里见反对我们要做的事情，他很可能会设法阻挠我们，也可能会把我们的秘密泄露出去。所以我一定要问清楚，他到底在打什么鬼主意。"

"就算如此，也不该囚禁他。"

"不然我能怎么做？"野口勇人激动地说道，"我如果放了他，他一定会把我们的计划全说出去，或是阻止我们，不是吗？说到底，虽然里见加入了我们的交流会，但他跟我们完全不同，他的家人并没有过世。这个姓檀的男人也很可疑，他故意使用假名，职业也没有老实说。不管是里见，还是这个檀老师，我囚禁他们并不是要给他们好看，只是希望他们别来搅局。"

我只不过谎报了姓氏和职业，就必须遭到囚禁？

"还有，庭野，我还是做不到。"野口勇人的脸上露出了微笑，那是一种夹杂着自暴自弃与懊悔的微笑，就像一个放弃戒毒的瘾君子。

"还是做不到？做不到什么？"

"我跟你们一样，厌倦了这一切，想要早点结束。我也有着今天是最后一天的觉悟。但我还是无法接受，那个男人完全没有受到惩罚。"

我只能默默看着他们争执，心里甚至有种错觉，仿佛正看着某人的预演。

"为什么……"庭野露出了错愕茫然的神情，"这件事，我们不是已经讨论过很多次了吗？"我感觉得出来，庭野正在努力抑制自己的激动情绪。我能理解他此时的心情，因为当我在和学生交谈时往往也是这样。想要说服学生就必须好好和学生沟通，绝对不能愤怒地大喊"为什么你要做这种事"。庭野此时的情况大同小异。

"别再想马克育马的事情了。羽田野不也说过吗？把精力花在那种人身上，实在太浪费了。"庭野说道。

"如果只有我们引爆炸药自杀，那家伙却能活得逍遥自在，我没有办法忍受这样的结果。"

就在这时，原本坐在我旁边的人忽然站了起来，竟然是俄罗斯蓝猫。他撕下嘴上的胶带，泰然自若地说道："你就是野口吗？你们每个人都戴着头套，害我认不出来。"

他的手腕和脚踝上还粘着断成了一截一截的胶带。他似乎是用锋利的刀刃将缠在手腕及脚踝上的胶带割断了。

他旁边的美国短毛猫则弓着身子朝我走来，手上握着类似小刀的东西，将手伸到我的背后，切割绑在我手腕上的胶带：

"老师，我现在就帮你松绑。"

"你们是什么人？"野口勇人将枪口对准了俄罗斯蓝猫。

"我刚刚说了，我们找你有事，快跟我们走吧。"

"不准过来！"野口勇人举着枪大声说道，"我要开枪了！"

"你可以试试看。"俄罗斯蓝猫一边说，一边甩动右手中那条宛如碰碰球一般的球索状武器。我不禁感到好奇，用那种武器要怎么对抗手枪？此时美国短毛猫已悄悄帮我割断了手腕上的胶带。

俄罗斯蓝猫绕过候诊室里的一把把椅子，肆无忌惮地走向野口勇人。

"不准动！"这次大喊的人是庭野。他们一定没有预料到执行计划的现场会出现这种莫名其妙的人。光是野口勇人的事就已经让他们陷入一片混乱了，他们应该是想尽办法要避免让问题变得更加复杂吧。

俄罗斯蓝猫完全没放在心上，继续走向野口勇人。

就在这时，远处一人忽然纵身跳跃，在半空中踩过了好几把椅子，轻巧地落在俄罗斯蓝猫面前。或许是嫌头套碍事，那人取下了头套，竟是成海彪子。

她伸出右手，抓住了俄罗斯蓝猫拿着球索状武器的右手手腕，另一只手向前推出，攻击俄罗斯蓝猫的胸口。事前没有任何征兆，一瞬间两人就已大打出手。这边出手攻击，那边就会伸手架开。那边踢出一脚，这边就抬起膝盖挡下。两人的双手双脚不断撞击，每一次都咚咚有声，形成了流畅的节奏感。

"这女人挺有本事。"美国短毛猫赞叹道，"蓝猫的空手搏击虽然是无师自通，但很有两把刷子。这女人竟然能跟蓝猫打得难分难解。"

我也看得咋舌不已。以体格来看，俄罗斯蓝猫比成海彪子壮了不少，力气应该也比较大，但成海彪子不仅能够巧妙化解其攻势，还可以借助反作用力发动攻击。

一个打，一个避；一个擒拿，一个闪躲；一个踢腿，一个闪身。

两人的动作完全合拍，简直像跳舞一样。

美国短毛猫为我割断了缠在手腕上的胶带，起身站在我的旁边，说道："看来蓝猫遇上对手了。"我的双手恢复了自由，于是弯腰撕开了绑在脚上的胶带。

忽然间，现场响起了震耳欲聋的可怕巨响，那声响宛如要在我的体内震出空洞一般。一把椅子瞬间碎裂，里头的棉花在空中飞舞。

似乎有人用霰弹枪开了一枪。我听见尖叫声，但发出尖叫声的人有可能是我自己。

开枪的人是站在野口勇人身旁的男人。那男人脸上同样戴着头套，体格相当壮硕，应该就是我当初遭到囚禁时拿面包给我吃的那个年轻人。他的手里紧抓着一把霰弹枪，似乎是刚刚才从袋子里拿出来的武器。这突如其来的枪声让俄罗斯蓝猫、美国短毛猫、成海彪子和其他人都停下了动作。

"我们还是决定要先给那家伙好看，否则我们不甘心就这么结束人生。"野口勇人说了这句话，与拿着霰弹枪的年轻人一同缓缓走向门口。他们以倒退的方式走路，似乎是不敢以背部面向敌人。

站在柜台附近的女人突然朝他们走去，怀抱着一个看起来相当沉重的大提包。

"勇人，等等！"庭野伸出了手。

野口勇人将枪口对准庭野，旁边的男人也举起霰弹枪，似乎随时会开枪。

"喂，野口！我们找你有事，你别走！"俄罗斯蓝猫大剌剌地走了过去，仿佛忘记对方的手上握有枪械。

又是一声轰天巨响。一时之间，我有一种自己的腹部开了一个大洞的错觉，但开了大洞的是墙壁。年轻人又开了霰弹枪。若不是俄罗斯蓝猫迅速蹲下闪避，这一枪恐怕会打在他的身上。

紧接着年轻人又开了一枪。又有一把椅子遭到破坏,大量棉花撒了出来。那些棉花在空中翻舞,有如起了浓雾一般,让每个人都看不清楚眼前景象。我趁着这个时候,赶紧脱下了身上的炸药背心。但我怕如果动作太粗鲁,引爆了炸药,自己的手脚可能会被炸得稀巴烂,因此将背心放在地上的时候格外小心。

"勇人!"就在三人即将走出门外的时候,庭野追了上去,此时野口勇人也开枪了。

不知是谁发出的尖叫声,回荡在整间诊所内。

庭野当场倒下,紧紧抱住了自己的大腿。就在众人一阵慌乱的时候,门外传来了刺耳的轮胎声。似乎有另外一个人偷偷从别的出口离开诊所,把车子开了过来。我听见了粗鲁的关门声,紧接着便是车子迅速驶离的声音。

"短毛猫,我们走!"俄罗斯蓝猫说道。美国短毛猫拉着我的手臂,硬是将我拉了起来。现在这个局面应该没有必要带着我到处跑了吧?我心里这么想着,却不敢说出口,只能任凭美国短毛猫拉着我走出去。

成 海 彪 子

羽田野走在深夜的斑马线上,竟被酒驾驾驶员开的车子迎面撞上了。

我刚听到消息的时候,几乎不敢相信自己的耳朵。等到稍微平静下来，我又感觉到一股怒火涌上心头，仿佛全身的血液都要因愤怒而沸腾。我实在不明白，为什么羽田野要遭遇这种事情。不，或许我的血液并不是沸腾，而是冻结了。我的内心不是变得滚烫，而是变得冰冷，有如结了冰一般。

只有地方新闻台报道了这起车祸。羽田野已几乎没有亲人，因为他的亲人都在钻石咖啡厅事件中过世了，因此他的丧礼也显得冷冷清清。羽田野应该有很多敬仰他的学生，那些学生可能会另外举办追悼会，但我们当然不会受到邀请。

我们只能茫然地面对这个事实。

在荒唐又残酷的事件中失去了家人的羽田野，不仅成功走出了阴霾，而且长久以来一直激励着我们每一个人。但如今，另一起荒唐又残酷的事件夺走了他的生命，毁了他的人生。或者应该说，我们都感到相当错愕。为什么会发生这样的事情？怎么能够发生这种不应该发生的事情？

"怎么会惨到这个地步？"哲夫呢喃道。我在心里也说了一模一样的话：怎么会惨到这个地步？

"而且这样的人生还会一直重复下去。"

丧礼结束后，我们聚集在野口家的庭院里，沙央莉低声说道。

如果人生会永恒轮回，羽田野接下来会不断经历相同的人生。

"真是最糟糕的人生。"野口说得咬牙切齿，仿佛要把这句话咬碎一般。

没错，这是最糟糕的人生，更是不应该发生的人生。

"去他的尼采。"哲夫说话还是一样不留口德，但这次的粗口只是为了设法抵消心中的悲伤，"现在没有了羽田野，我们该如何是好？"

我回想起了羽田野所教导的《查拉图斯特拉如是说》的内容："只要能够拥有震撼灵魂的幸福，我们就能感受到永恒人生的必要性。""原来这就是活着的意义……好，再来一次！"这几句话不断在我的脑海里盘旋。

羽田野在世时，一直努力想要激励我们。我们就像是一群不断以"可是""但是""我没办法接受"来反驳的学生，他必须想办法安抚我们的情绪，持续鼓舞我们，劝我们不要自暴自弃。他明明也跟我们一样因钻石咖啡厅事件陷入了人生的低谷，却反过来对我们给予关怀。

沙央莉突然大声尖叫。她双手抱头，紧紧闭上双眼，大喊："我受够了！"

这句话喊出了我的心声。我相信其他人也是一样的吧。

"我也是，什么都已经无所谓了。"

有人说出了这句不知该说是看开了还是绝望了的话。过了好几秒，我才察觉这句话出自我自己的嘴。

在场的所有人都已无法控制崩溃的情绪。

没办法再见到羽田野的寂寞，以及无法理解为什么我们非得再尝一次这种寂寞的悲伤不可,让每个人的脸上都挂着泪水。

披头士 *A Day in the Life* 的旋律在我的脑海中响起。我回忆起了小时候最害怕那段间奏及尾声。诡谲怪诞的管弦乐旋律有如怒吼一般,将我重重包围;可怕的氛围,似乎要将歇斯底里的我拖入万丈深渊,或是遥远的天际。

那演奏声灌满我的脑海,令我一时感觉天旋地转。我逐一打量在场每个人的神情。

野口与哲夫不断说着怨毒的话语。沙央莉与康江不停地哽咽啜泣。将五似乎找不到方法宣泄满腔的怒火,只能在庭院里绕着圈子,有时还会为了发泄情绪而抬脚朝地上猛踢。其他人则不发一语,仿佛已经不知道说什么才好。

"我受够了"之类的哀叹声,以及"太过分了"的怒斥声此起彼落。过了好一会,我才发现自己也呢喃着同样的话。

我不想活了。如果可以的话,我希望能以最粗暴的方式死去。

我开始寻找庭野的身影。如今我们已失去了羽田野,庭野是唯一能够让我们恢复冷静的人。

庭野闭着眼睛坐在桌角处,似乎正在冥思。我不禁担心连他也已无法承受这个现实。

脑袋里的管弦乐声已经大到震耳欲聋的地步。我无法忍受那如同坠落一般完全失控的恐惧,一心只想找到可以紧紧抓牢的东西。那曲子的末尾,原本是巧妙重叠与呼应的钢琴声,然而这次却不同。

"让我们结束这一切吧。"

是庭野的这句话让我脑中的音乐声戛然而止。

庭野站了起来，我们全都转头朝他望去。

"我早就想要结束自己的人生了。"庭野脸上的笑容是如此自然而爽朗，给人一种在坚定宣誓的错觉。

"自从在那起事件中失去了未婚妻，我就一直盘算着这件事。我好想从这个世界上消失，但一来缺乏勇气，二来找不到让我这么做的契机。所以我才创立了这样一个交流会，期盼能够借着交流让自己打消这个念头。是交流会一直鼓励着我活下去的。"

现场没有人为庭野这番话感到惊讶，因为每个人都抱着相同的想法。

"没错，庭野。我也没办法再过这样的日子。"野口的情绪也逐渐激动起来。

"为什么我们非要遭遇这种事？"

庭野轻轻点头说道："我不想再默默承受了。"

如果真如尼采所说，同样的人生会不断轮回下去，谁能够忍受自己的人生以这样的方式结束？

"再这样下去，我们一定会发疯，脑袋和心灵一定会四分五裂。在场所有人都会变成行尸走肉。过去我们一直忍耐，至少在这最后一刻，让我们任性一下吧。"

原来庭野跟我们一样脆弱。这虽然是理所当然的事情，但我直到这一刻才真正体会到。过去我一直以为他过着脚踏实地的日子，如今才知道他的心灵也像风中残烛一样不安定。

"既然要死，不如发动一场炸弹恐怖袭击吧。"

庭野脱口而出的这句话，出乎所有人的意料。

在炸弹恐怖袭击事件中死亡。以炸药结束这一切。

这成了我们的目标。

檀老师

冲出了诊所后，我奋力追赶着蓝猫与短毛猫。一切是如此不真实，宛如置身于梦境之中。他们两人奔向当初开来的车子。我跟在他们后面奔跑，忽然膝盖一软，摔倒在地上。

"檀老师！快！"

已奔到车子附近的美国短毛猫转头朝我挥手："快过来！快过来！"

我心中焦急不已，担心会被他们抛下。但是下一秒，我迟疑了。被他们抛下，不是正合我意吗？我以膝盖撑地，接着缓缓起身。

是不是应该趁现在逃走呢？

追赶野口勇人是他们的事，与我无关。现在我已成功远离了恐怖袭击事件的现场安憩胃肠诊所，只要再从这两人身边逃走，我就可以确保自己的人身安全。

我明明很想逃走，但身体里似乎有另一股力量拉着我的手，让我没有办法下定决心就此一走了之。

没用的老师。那道声音又一次在我的脑中响起。记忆的盒盖再次松脱。

如今的这场骚动和当年那名学生没有任何关系。但不知为何，宛如发了狂一般冲出诊所的野口勇人在我心中竟与那名学生重叠在一起。

做不到的事情就是做不到，只能选择遗忘。我回想起了当年父亲的这句话。同时我又不禁担心，如果此时选择放弃的话，罪恶感和无力感恐怕会跟着我一辈子。

这不是能不能做到的问题，而是非做不可的问题。我真的可以就这么逃走吗？

我想起了尼采书中的那句话。每个人的人生都会永远重复下去。如果现在我选择逃走，将来我真的能够告诉自己"再来一次"吗？

马路的另一侧可以看到一栋摩天大楼。摩天大楼的外表覆盖着一层隔热玻璃，整栋建筑物映照出蓝天白云。如果从正面看，那摩天大楼仿佛一面巨大的长方形镜子，镜子里映照出了蓝天；在我的眼里，它则像是被切割出来的另一片天空。

原本不应该存在于那里的蓝天及白云，就像是一片幻象，持续迷惑着我的心灵。茫然而立的我似乎随时会被那幻象吸进去。

我在心中告诉自己，不能再裹足不前。然而正当我要跨出步伐的时候，忽然有人抓住了我的手腕。

"檀老师，我们快走！"转头一看，竟是成海彪子。她以强硬的气势拉着我，同时说道："我们快追上去！"

我想要回应，才发现自己的声音异常沙哑。

"好……我们追！"我提高了音量。

这不是一种遗憾，而是我自己期许的结果。

我们跑向停在路边的车子。俄罗斯蓝猫往前跨出一步，瞪着成海彪子。场面一时剑拔弩张，两人似乎又要打起来了。

"我们没时间在这里瞎打。"成海彪子朗声说道，"你们不是要追野口吗？得赶快行动才行！"

"大姐，你怎么跑出来了？"站在副驾驶座旁的美国短毛猫说道，"你们的老大哥不是中枪了吗？你不用关心一下？"

"正是庭野要我这么做的。"成海彪子转头朝背后瞥了一眼，似乎颇为担心庭野的伤势。

"要你这么做？他要你做什么？"

"阻止野口乱来。"她一边说，一边以动作示意两人打开后车门，"先别说了，快一点！"

俄罗斯蓝猫虽然有些不情愿，还是解除了车门锁。成海彪子以一副理所当然的姿态上了车，接着把我也拉了进去。俄罗斯蓝猫坐到驾驶座上，美国短毛猫坐到副驾驶座上，三人同时关上车门。

"谢谢。"

"争执确实很浪费时间。"俄罗斯蓝猫臭着脸说道。或许他从刚刚在诊所里的对打中吸取了经验，明白要凭蛮力将成海彪子赶走并不是一件容易的事。

"你刚刚称庭野为老大哥……你怎么知道他是我们的领袖？"成海彪子从后座询问美国短毛猫。

"比赛开始前要是有人向大家喊话，那个人一定是大家的老大哥。你们乐意的话，称呼为'队长'也可以。那个人看起来脑筋不错，应该有领导才能。"

车体突然剧烈晃动，我不小心撞上了前排座位的椅背。

"你们知道野口他们去了哪里？"成海彪子问道。

"看他们那横冲直撞的样子，应该是沿着这条大马路一直往前开吧？你听，那边有喇叭声。"俄罗斯蓝猫伸出手指，在挡风玻璃上轻敲，"可见得那个方向有一辆不遵守红绿灯的危险车辆。"

车子突然加速，令我整个人紧贴在椅背上。

俄罗斯蓝猫的开车方式非常粗鲁。这是一条相当长的笔直的道路，每个方向各有两条车道，俄罗斯蓝猫不断变换车道，在车阵中钻来钻去。

"危险！"我忍不住大喊，俄罗斯蓝猫却充耳不闻，不断重复着猛踩油门、猛踩刹车和快速变换车道的操作。坐在后排的我只好紧紧抓住车内的安全把手，闭上了双眼，感觉像在坐过山车。

我忽然感觉到一阵强风迎面扑来，不禁吓了一跳。睁开眼睛一看，美国短毛猫竟然将副驾驶座的车窗完全打开，把身体探出车外。他先伸出头，接着将整个上半身都伸了出去，像潜望镜一样眺望着前方的道路。

半晌后，他将身体缩了回来，对坐在驾驶座的俄罗斯蓝猫说道："我看到一辆车，应该就是野口他们的车子，但是距离我们很远。"

"你知道他们开的是什么样的车？"

"像那样不管三七二十一地往前冲的车，不会有第二辆了。而且那辆车不断变换车道，可见开车的人心里一定很不耐烦。"美国短毛猫一边说，一边关上窗户。

"丰田埃尔法的小型面包车？"坐在我旁边的成海彪子将身体凑向前。

"好像是。"

"那是哲夫的车。"

"哲夫是谁？"美国短毛猫转头问道。刚刚我们在安憩胃肠诊所里才经历了挟持和枪战，目睹了炸药及霰弹枪，他却依然是一副气定神闲的表情，甚至隐隐有些兴奋，简直像要出门旅行一般。俄罗斯蓝猫也同样如此。

"交流会的成员。那辆小型面包车上应该有四个人，分别是野口、将五、哲夫和沙央莉。他们大概早就盘算好了，一逮到机会就要这么做。"

"就要这么做？他们到底要做什么？"俄罗斯蓝猫透过后视镜望向成海彪子。

"野口他们一直想狠狠教训马克育马一顿。后来他们被庭野说服，答应要和我们一起执行这次的计划。但我猜想，或许他们打从一开始，就打算在拿到枪械后与我们分道扬镳。"说到这里，成海彪子迟疑了一下，似乎思索着下一句话该怎么说。过了一会，她才说道："我想他们应该是打算在结束一切之前先找马克育马报仇。"

"结束一切？"俄罗斯蓝猫问道，"难不成他们想寻死？"

"'死定了'是蓝猫的口头禅之一，你们应该能成为好朋友。"

我听见了警车的警笛声。数辆警车自对向车道快速驶过。

"那是……？"

"庭野他们报了警，那些警察应该是要赶往诊所吧。"

我转头望向警车离去的方向，昨晚看见的预演的画面又浮现在脑海里。那辆消防车和警察将安憩胃肠诊所团团包围，电视台记者和围观群众冒出的热气让景色微微摇曳。

我们所乘坐的车子又往前开了一小段路，竟然停了下来。"前面堵住了。"俄罗斯蓝猫望着前方说道，"似乎不是在等红灯。"

"是塞车吗？"美国短毛猫又打开车窗，将身体探出车外。

我也跟着将脸探出车外，只见前方有超过十辆的车子，但没看见什么异常状况。

"难不成是出车祸了？"

"他们的目的地是哪里？既然想找马克育马报仇，会不会是去他家？"

"他们知道马克育马的住处？"

"野口曾经查过。刚开始他只是半开玩笑地说他查出了那家伙住在哪里，想要找我们一起去骂他几句。"

"你知道地址吗？或许我们可以先绕过去埋伏。"俄罗斯蓝猫朝着成海彪子伸出左手，示意她"交出情报"。

"听说马克育马平时很少回家。他自己在电视上也常常提及，他一天到晚喝酒，晚上多半会在朋友家里过夜，而且听说他有好几名情妇。所以即使去了他家，他老婆大概也会说'不晓得他现在在哪里'。"成海彪子一边说，一边操作起手机。

"你干什么？该不会是想要报警吧？"俄罗斯蓝猫厉声问道。即使到了这个节骨眼，他依然坚持要亲手抓住野口勇人，很害怕惊动了警察。不，也许他怕的不是警察，而是麻烦。

"我不会报警的。"

她说得理所当然。我想起她是现在正在进行中的炸弹恐怖袭击事件的歹徒之一，头脑一时有些转不过来。我们不用把她抓起来吗？不用处理安憩胃肠诊所那边的事情吗？原本我只是想把遭到囚禁的里见八贤救出来，没想到后来陆续发生了种种意外插曲，如今我已不知道该以什么事情为优先了。

"蓝猫，不如我到前面去看看吧。"美国短毛猫说道，"前面的车子动也不动，或许野口他们的车也被卡在车阵里了。如果是这样的话，我就追上去，把他们拖下车。"

"前面塞成这样，也没有其他办法了。"

"好，我去了。"美国短毛猫以一派轻松的姿态推开车门跳下了车，那神情简直像是家里的猫想要去屋外绕一绕，"我会打电话汇报。"

"我也去。"成海彪子也打开了车门。俄罗斯蓝猫没有阻止她，只说了一句："老师不准去。"其实我本来就没有打算跟去，因为我知道，即使我去了也只会碍手碍脚。

但是被他明明白白地说出来，还是有些不太舒服。"老师一下车，搞不好就会逃走。"他说道。

噢，原来你是这个意思。我心想，这么说确实有道理。此时我只要赶紧跳下车，或许就能逃离他们的掌控。我偷偷朝门把瞥了一眼，俄罗斯蓝猫似乎察觉到我的举动，率先提出警告："老师，你如果下车，我也会丢下车子追上去，所以你别做无谓的挣扎。"

"呃……诊所的恐怖袭击，我们不去阻止吗？"

俄罗斯蓝猫透过后视镜朝我望来，说道："恐怖袭击？恐怖袭击怎么了？"

"我知道野口的事情也很重要……"但也得把那些人质救出来吧。我一句话还没有说完，俄罗斯蓝猫已打断了我的话："不是'也'，是'只有'。只有野口的事情很重要。"

成海彪子已冲到了车外。我望向挡风玻璃，看着美国短毛猫与成海彪子的背影，在车子的长龙缝隙间穿梭而过。

檀 老 师

"这年头不管做什么事都会被拍下来，真是困扰。"美国短毛猫的口气并不显得特别困扰。

我又回到了昨晚住的那间屋子。蓝猫与短毛猫这次并没有蒙住我的眼睛，不知道是嫌麻烦，还是认为已经没有这个必要了，因此我看到了建筑物外观。那是一栋屋龄超过二十年的细长形狭小公寓。由于屋内装潢看起来像是某家企业的研修所，因此我有点惊讶于外观竟是相当平凡的公寓式住宅。

到头来我们还是没有抓到野口勇人等人。成海彪子说了几个野口勇人有可能前往的地点，但都扑了空，于是我们几人只好一同回到了这里。

我、俄罗斯蓝猫、美国短毛猫与成海彪子四人一同坐在客厅，看着电视屏幕。

屏幕上出现的是数小时前的世田谷区，美国短毛猫和成海彪子在车道上一边避开车辆，一边奔跑的画面。似乎是在现场的某个人用手机拍下了这段视频。那个人或许原本想拍的是造成塞车的车祸现场,没想到意外拍下了两人的身影。

那个人将视频投稿到了视频分享网站。

一辆辆车子停在车道上,美国短毛猫与成海彪子在车阵中自远处朝着镜头的方向奔近。两人以灵巧的动作钻过车体与车体之间缝隙的样子,令人看得不禁入迷。

"这就是野口他们开的丰田埃尔法吗?"俄罗斯蓝猫指着屏幕问道。画面里共有三辆车的车头挤在一起。"他们乱变换车道,果然撞上了。"

从画面中可看出埃尔法是绕了半圈后因为碰撞而停了下来。

"幸好炸药没有因为冲击而爆炸。"美国短毛猫说道。

"他们带走的袋子里应该没有炸药。"成海彪子冷静地回答。

画面里的埃尔法忽然动了起来,宛如因为冲击而短暂昏迷,如今终于恢复了意识。埃尔法先是往斜后方缓缓退后,接着稍微前进了一点,然后又改变角度开始退后,似乎是为了逃离现场,正在慢慢改变车头的方向。

视频中的成海彪子似乎察觉埃尔法准备离开,提高了奔跑的速度。蓦然间,她纵身一跳,竟然跳到了旁边的车子上。

"哇!"我不禁发出了惊叹声。

"我那时满脑子只想着一定要阻止他们。"成海彪子指着屏幕上的自己说道,她的口气简直像在为自己的行为辩解,"唉,这举动太引人注目了。"

屏幕上的成海彪子在车体上奔跑数步，又跳到了另一辆车子的上方。从白色丰田普锐斯跳到了绿色马自达 Demio 上。或许是车体受到震动的关系，雨刷忽然动了起来。

成海彪子接着又从绿色 Demio 跳到了另一辆丰田兰德酷路泽上。她就这么重复着奔跑、跳跃、着地的动作，简直像是坛之浦战役中连跳八艘船的源义经①。就连拍摄的人也不禁赞叹"好厉害"，声音被录进了视频里。

"我也吓了一跳，她简直像猫一样。"美国短毛猫面露微笑说道。

"像猫一样？这形容未免过誉了吧？"俄罗斯蓝猫不屑地说道。

成海彪子跳过了好几辆车，回到路面上。几乎就在同一时间，埃尔法以惊人的气势驶离现场，视频就在这时结束了。

"后来好几辆车的驾驶员都气冲冲地跳下车，我见苗头不对，只好赶紧溜了。"美国短毛猫说道。明明差一点就惹上麻烦，他的表情却轻松愉快。

"事后想想，踩他们车子的人又不是我，为什么我要逃走？"

"如果真的追上了野口的车子，你会紧抓着那辆车不放？"我看着成海彪子问道。

"《警察故事》里，成龙还用一把雨伞攀在公交车上头呢。"

---

① 日本英雄人物，平安时代末期的名将。——编者注

成海彪子回答。

我愣了一下，不知道她在说什么。

"幸好这段视频目前只是在网络 SNS 上引发话题，要升级为全国新闻，应该还需要一段时间。"这段视频是用手机播放，再通过无线传输，将画面转到电视荧幕上的，此时俄罗斯蓝猫拿起遥控器，切换了画面，"现在的电视新闻，全在报道这件事。"

屏幕上出现硕大的标题，上头写着："歹徒挟持人质占据诊所！炸弹恐怖袭击？"

画面里可清楚地看到安憩胃肠诊所的门口，周围停了数辆警车，还拉起了禁止进入的封锁线。

镜头前站着一个女记者，面色凝重地说道："歹徒目前没有任何动静。"

"他们是否向警方提出了什么要求？"摄影棚内的节目主持人问道。

"警方似乎还在与他们交涉，详情并不清楚。根据刚刚警方公布的消息，人质身上似乎都穿着炸药。"

"穿着炸药？"

"听说穿着装有炸药的背心。歹徒声称警方如果强行攻坚，他们就引爆炸药。"

俄罗斯蓝猫拿起遥控器，对准了屏幕。

"另外，我这边接到消息，那附近发生了一起车祸？"俄俄罗斯蓝猫正要关掉电视，忽然听见这句话，骤然停下了手上的动作。

"啊，是的。下午一点多的时候，诊所前方道路往东北方向前进一小段路的地点，发生了一起车祸，造成道路拥堵。"

"听说有人目击可疑人物奔跑逃走？"

坐在电视前的美国短毛猫喜滋滋地指了指成海彪子，接着又指了指自己。

"目前警方还在搜查进一步的消息，不知道与挟持人质事件是否有关。"

画面被关掉了。

"网络上流传的视频要登上全国新闻版面，还得过一阵子？不知道他们会不会在脸部打上马赛克。"美国短毛猫咕哝道。

俄罗斯蓝猫看着成海彪子说道："看来你们打算继续进行炸弹恐怖袭击？你们不认为承认失败以及适可而止才是真正的勇气吗？"

"如果中途放弃，不就得继续活在忍耐之中？"

"野口现在还在寻找那个马克育马？"美国短毛猫伸了个懒腰，操作起手机，"这人应该不会傻傻地在 SNS 上公开自己的位置吧？"

"那可不见得。马克育马是个很爱炫耀的人，没有什么危机意识。"我听得出成海彪子话中带刺。

"啊！三十分钟前，他上传了一盘肉的照片，看起来相当高级。我猜他应该正在享用美食吧。只不过无法确认到底是哪一家餐厅。"美国短毛猫看着手机画面说道。

"根据那肉的形状，或许能够锁定餐厅。"俄罗斯蓝猫说了一句玩笑话，但因为语气太过严肃，完全没有人发笑。

"野口他们知道马克育马的动向、行程安排或出行习惯吗？"

成海彪子不知从何时开始，竟然面对墙壁做起了拉筋运动。她把右脚的脚踝抵在高于头顶的墙面位置，然后头部贴在脚踝上。"野口调查了很多关于马克育马的情报。譬如他经常就诊的医院，以及他常去的酒吧，等等。但野口应该也没有办法掌握他什么时候会去这些地方吧。只有一个地方，一定能够找到马克育马，那就是电视节目的摄影棚。因为马克育马是现场直播节目的主持人。"

"当天只要埋伏在电视台，一定能逮到马克育马。最近一次的节目是何时？"

"节目时间是依照星期几来决定，最近一次是……"成海彪子换了脚，似乎一边灵活地转动身体，一边确认着脑海中的日历，"后天下午。"她说完之后，接着又说出了电视台及节目名称。

"野口很可能会趁那个时候下手。"

"这么说来，我们只要在后天前往电视台就行了吧？蓝猫，看来我们在后天之前只能休息了。"

"不见得要休息，我们可以找其他猫狱会成员，或寻找野口他们的藏身地点。"

俄罗斯蓝猫说到这里，突然目不转睛地看着我。

我心里正感纳闷，他忽然露出一脸难以置信的表情，说道："檀老师，你不打算离开吗？我以为你会问我们什么时候放你走。"

"啊……"我咕哝道，"如果我说希望你们放我走，你们会放我走吗？"

"在找到野口勇人之前，不会。"

我想也是。我心里这么想着，但没有说出这句话，只是说："我们得把里见救出来才行。"同时转头望向成海彪子。

"里见真的被囚禁了？"

"没错，是真的。"我虽然给出了肯定的答案，但没有说出预演的事，"他被关在某处的厕所里。当初我也一样，所以这是千真万确的事情。"

"嗯，我们确实看见檀老师被关在厕所里面。"天真无邪的美国短毛猫成了最佳证人。

成海彪子或许是看出我并没有说谎，认真思索了片刻，最后得出结论，她也不知道里见被关在哪里，因为她对其他交流会成员的住所一无所知。

"不如干脆报警吧。"我说道。告诉警察"一个名叫里见八贤的男人可能遭到了囚禁"，说出那几个交流会成员的名字，让警察搜查那些人的住处。但我在百般考虑之后，否定了这个做法。毕竟缺乏强有力的证据，单凭我的片面之词不太可能说服警察全力展开调查。何况蓝猫和短毛猫依然坚持不准报警的一贯立场，丝毫不肯通融。

"檀老师，现在最简单的方法，就是揪住野口勇人。"

我几乎忍不住想要点头同意，但是另一方面，脑袋里又有另一道声音向自己追问：哪件事才是当务之急？里见八贤的事，野口勇人的事，还是安憩胃肠诊所的事？虽然每件事都很重要，但每件事都超出我的能力范围，我只能一直处在心有余而力不足的状态。

"请问……什么是猫狱会？"成海彪子问道。我一时不知该如何回答。

美国短毛猫似乎根本不想回答这个问题，反而问道："我也想问你，你们的交流会到底是什么交流会？为什么你会加入那种组织？"

成海彪子不再做出那宛如芭蕾舞者的动作，回到沙发旁坐下。

"这是我的个人隐私，不需要告诉你们吧？"说完这句话后，她忽然扬起了嘴角，"不过如果你们对我的自我介绍感兴趣，我很乐意与你们分享。"

大概成海彪子刚好也想梳理一下到目前为止的种种遭遇吧。或许是因为我们与她素昧平生，反而不会让她感到有心理压力。

于是她滔滔不绝地诉说起自己的一生。

"关于世间罕见的我们这些人，以及我们的交流会想要做的事情，接下来我会尽可能老实且毫无保留、不做任何润饰地进行说明。"

当我听到这句话时，心里总有种似曾相识的感觉，正感到狐疑之际，成海彪子眯起了双眼说道："以上这句话，模仿了谷崎润一郎的《痴人之爱》的开场白。"

檀老师

成海彪子谈到她的父母，谈到在棒球场的打工，谈到交流会，谈到尼采。

接着她描述一个姓羽田野的人遭遇车祸不幸丧生，这场悲剧成了导火线，致使交流会成员们决定发动恐怖袭击行动。

"在炸弹恐怖袭击事件中死去。以炸药结束这一切。这就是我们的目的。"

"你这自我介绍未免长了一点。"俄罗斯蓝猫又好气又好笑地说道。美国短毛猫跟着耸耸肩，说道："为了集体自杀计划了恐怖袭击？真不知道该说你们太聪明还是太傻。"

"当然是傻，哪里聪明了？"俄罗斯蓝猫想也不想地说道，"总而言之，他们打算一直占据那间诊所，等待警察强行攻坚？这真是最蠢的计划。"

成海彪子心里或许认为俄罗斯蓝猫没有资格对他们的计划

置喙,但并没有反驳。

"你们怎么跟警察交涉?总不可能告诉警察,'我们不想活了,请你们冲进来'吧?"

"我们会故意提出很难实现的要求,免得警察马上就答应了。"

"例如要求延长棒球转播?"我说道。以前曾经看过这种剧情的电影。

"随便什么都可以,总之就是要让警察觉得我们是疯子。只要警察认定我们这些人很危险,而且没有办法交涉,应该就会发动攻坚。"

客厅的电视屏幕上依然播放着安憩胃肠诊所的影像。那宛如骰子一般的立方体外观颇为可爱,实在让人难以相信里面有着人质、炸药和手持枪械的歹徒。而且数小时前,我也在那里头。

"食物的问题要怎么解决?"美国短毛猫问道,"你们为什么不干脆占领一家便利店,那样就不用烦恼没东西吃了吧?"

"这个我们早有准备,而且我们并不打算和警察对峙太长的时间。"

"对了,那个庭野不是腿上挨了一枪吗?虽然不是致命伤,但最好还是早点送去医院吧?"美国短毛猫说到这里,忽然"啊"了一声,自己笑了出来,"我竟然忘了,那里就是医院。"

的确如此。安憩胃肠诊所虽然是胃肠诊所,但必定有些消毒用品和急救药品，更何况人质中还有医生和护士。

"这就是你们选择诊所的原因？"

"我们选择在那里执行计划，当然有我们的用意，但是不是诊所并不是重点。我们既然决定结束一切，就不会在意一点小伤。"

我回想起成海彪子刚刚所提到的人生经历。

这些人想要结束自己的人生，但是缺乏勇气，因此把这个任务交给了警察。说穿了，就是想要警察帮助他们自杀。

既然最终的目的是自杀，那食物及腿伤的治疗确实不是什么大问题。

"你们想死就死，我也不想管。"俄罗斯蓝猫以讥讽的口吻说道，"但你们拖人质下水，不觉得太自私了吗？"

"我们一辈子活得循规蹈矩，结果却是落得这个下场，现在我们什么也不想管了。而且我们这么做，也能提醒世人，不要遗忘当年的钻石咖啡厅事件。"

"成海小姐，我看你人模人样，脑筋却不太正常。"美国短毛猫说得毫无顾忌，不知该说他口不择言，还是他个性太大大咧咧。其实我心里也有着跟他一样的想法。

我将视线移回电视屏幕上。

安憩胃肠诊所周边异常昏暗，仿佛太阳已经下山。

此时节目主持人突然大喊："我现在收到了最新消息！"

我赶紧将脸凑向电视屏幕，心里有种不能继续在这种地方耗时间的焦躁感。

我回想起刚刚自己所在的安憩胃肠诊所的内部。那里正在发生一起炸弹恐怖袭击事件，有人质被困在里头。

我们虽然成功逃了出来，但难道就这么撒手不管了吗？"得赶紧想想办法"的念头让我如坐针毡。

"警方刚刚公布了这张照片……这是一个相当惊人的画面。"节目的主持人面色凝重地说道。

三名人质并肩坐在长椅上，眼睛都被蒙住了，身上穿着炸药背心。

那背景确实是安憩胃肠诊所的等候室。

"这可真是糟糕。"主持人皱起了眉头。

没错，这可真是糟糕。我心里也这么想着。

成海彪子说道："为了让社会大众知道我们是认真的，我们拍下了人质的照片和视频，传给了警察，要求提供给所有大众媒体，并且在电视新闻上公开。"

"你的意思是说，电视上公开这些照片，是交流会要求的？"

"引起社会大众关心，警察就会开始紧张。我们最害怕的状况就是时间拖得太长。逼迫警察强行攻坚，再使用炸药自爆，是我们这个计划的唯一目的。如果警察迟迟不采取行动，我们就得挨饿，这是无论如何必须避免的情况。"

"死就是死，炸死跟饿死还不都一样？"

"我们不想饿死。"

"你们引爆炸药,有可能把警察也炸死,你们不在乎吗?大家不是常说一句话:要死自己去死,别害了别人。"

"大家是不是常说这句话,我并不清楚。"成海彪子淡淡地说道,"但就像我刚刚说的,我们一辈子循规蹈矩,换来的却是一次又一次的悲剧,好歹在这最后一次,我们想任性一下。"

即使这么做,一旦时候到了,依然会遭到强取豪夺。

她突然说了一句尼采的话,接着说:"总之我们已经豁出去了。何况你们认为我们不恨警察吗?在钻石咖啡厅事件中,虽然歹徒才是罪魁祸首,但警察也有必须谴责之处。"

"没有人知道怎么做才对。或许打从一开始就没有正确的做法,不是吗?"

"当然是这样没错,但我们希望警察在失败中吸取教训。如果这次我们发动恐怖袭击,警察又没办法阻止,他们就会研拟其他对策。"

"这听起来很荒谬。为了帮助警察累积经验,所以要把警察炸死?"俄罗斯蓝猫虽然说得严厉,口气却有些乐在其中。

电视画面上的诊所外观从刚刚到现在都没有丝毫改变。但里面的气氛想必正极度紧绷吧。我不禁想象歹徒与人质对峙的紧张感所释放出的强大热量,恐怕已经让诊所内的空气处于沸腾状态。

成海彪子凝视着屏幕上的安憩胃肠诊所,表情极为严肃。

"成海小姐,你真的打算跟其他人一起在那里结束人生?"

美国短毛猫又问了一个失礼的问题,"如今你不在诊所里,内心有什么感觉?是庆幸捡回一条命,还是遗憾没能进去凑热闹?"

成海彪子的视线并没有从电视屏幕上移开。她没有回答这个问题,但美国短毛猫这不分轻重的问题似乎并没有惹怒她。过了好一会,她才说道:"很复杂,我不知道该怎么说明。其实现在的状况也在我们的预期之中。"

"在你们的预期之中?"

"庭野一直很担心,野口他们可能会另有行动。他们对马克育马的恨意非常深,虽然在庭野的劝说下,他们似乎放弃了复仇的念头,但庭野曾告诉我,他们可能只是假意配合而已。"

"假意配合?"

"他们口口声声说'对马克育马进行报复也没什么意思''不应该让自己的人生留下污点'什么的,虽然说得像煞有介事,但心里可能根本不这么想。庭野推测,他们如果要攻击马克育马,应该会需要枪械,所以他们可能是暗中盘算等拿到了枪械再采取行动。为了不让他们乱来,庭野一直严密保管枪械,直到执行计划当天才发给大家。"

"对了,你们的武器和炸药都是从国外偷运进来的?"美国短毛猫露出回想的表情,"使用私人飞机?"

"你怎么会知道?"成海彪子毫不掩饰自己的惊讶,"野口说他认识一个人有私人飞机,可以叫那个人帮忙偷运。"

"原来如此。刚刚说到哪里了?啊,你说你们早就料到野口会背叛？"

"称不上是背叛。"成海彪子提高了音量，似乎很想澄清这一点，"他们只是无法原谅马克育马而已。"

"因为找不到更合适的怨恨对象？"俄罗斯蓝猫这句话说得太过一针见血，听起来相当残酷无情，"凶手都死了，尼采也死了，面对不公平的人生，他们需要一个对象来发泄心中的怒火。马克育马就是那个倒霉鬼。"

"我不否认这一点。"成海彪子说道。言下之意，似乎是认为这么做没有什么不对。"即使是执行计划的日子，也就是今天，庭野依然一直提防着他们。庭野说，他们可能会假意一起行动，却在执行计划的过程中突然脱队。例如，他们可能会等所有人都搭上了电车之后突然跳下去。庭野盼咐我，如果真的发生这种事，我一定要想办法追上去阻止他们。"

"哦？"美国短毛猫随口应了一声，从声音听不出来他到底对这件事感不感兴趣。

"那个庭野能够洞察先机，真了不起。"

"嗯，他一直都很沉着冷静。"

"你没办法参加那个伪装成恐怖袭击的集体自杀，会不会觉得很寂寞？"

"集体自杀"这个词实在让人毛骨悚然，要说出口需要相当大的勇气。但从成海彪子的话中听来，那确实就是他们想要做的事情。

发动一起炸弹恐怖袭击事件，把自己炸死。

成海彪子又没有回答这个问题。或许她认为多做解释只是浪费唇舌吧。半晌后，她才说道："即使我在诊所里，可能也死不了。"

我正纳闷她是什么意思，她旋即又说："庭野似乎打算一个人扛下一切。"

"你的意思是说，他打算一个人死？"

"没错。当初他制订那样的计划，或许只是为了让大家维持精神稳定。到了最后一刻，他可能会以他自己的死来结束这件事。当然，这只是我的推测。"

电视节目持续进行着现场转播。虽然主要的画面已经进入了下一则新闻主题，但就像棒球或足球的实况转播一样，左下角依然有一小格画面播放着来自安憩胃肠诊所的直播影像。

"抱歉……"此时我开口说道。

三人同时转头朝我望来。我心里登时起了退缩之意，但我仍在心中暗自激励自己："现在这个节骨眼，与其在这里说这些，不如赶快去阻止炸弹恐怖袭击吧！"

这是我刚刚才想通的事情。野口等人的行动虽然也令人挂心，但诊所内即将要发生的事更让人无法置之不理。

"老师真是心地善良。"美国短毛猫说话还是一样直来直往，虽然轻率、浅薄却不惹人厌，"可惜我们对诊所那边的事没兴趣。"

"可是……"

"我们的目标是逮住野口勇人,其他什么都不重要。"

"但那可是恐怖袭击。"我忍不住提高了音量,指着电视画面说道,"那里有人质,要是爆炸就完了。"

"我知道。"回答这句话的人是成海彪子。她一脸紧绷地凝视着我。

"你当然知道,因为你也是犯罪组织的成员之一。"

"成海小姐,不管怎么说,把人质牵扯进来就是不对。"我的口气激动到连自己都有些错愕,"我们一定要想个办法才行。"

"老师,你说要想个办法。问题是要想什么办法?警察已经守在现场了。"

听到俄罗斯蓝猫这句话,我脑袋里的温度更是迅速攀升。

没用的老师。这道声音又在我的脑袋及胸口内回荡。

"难道没有办法中止计划吗?至少应该把人质放了!你们的做法太过分了!"我的情绪越来越激动。我看见口水从我的口中喷了出去。

成海彪子皱起眉头。那表情不像是被我说中痛处,反倒像是对我的抗议感到不耐烦,让我想起了听到责骂就臭着一张脸的学生。

"即使你认为我很啰唆,我还是要告诉你,不能做的事情就是不能做。"我说道。美国短毛猫笑了起来,说:"真不愧是老师。"

"我们一定会完成这个计划,请不要妨碍我们。"成海彪子虽然说得客气,却流露出绝对不让任何人阻挠的坚决的表情。凭她的本领,要摆平我可以说轻而易举。

"为什么要拖人质下水?"

成海彪子沉默了片刻后说道:"一定要有人质,警察才会紧张。"接着她又压低声音说道:"但我们不会伤害不相关的人。"

我回想起当初看见的预演,人质并没有获救。

虽然不知道她是不是说谎,但至少以我看见的结果,人质身上的炸药确实爆炸了。

无论如何决不能让这种事发生。我抱着这样的决心站了起来。

"老师,你想干什么?"俄罗斯蓝猫看着我,眼神中仿佛在问"你能做什么",这更让我怒上心头。此时成海彪子说道:"野口他们攻击了马克育马之后,可能会做出更多伤及无辜的行为。"

"哦?"

"野口和哲夫除了痛恨马克育马,还埋怨社会大众已经把钻石咖啡厅事件忘得一干二净。如果任凭他们自由行动,肯定会产生更多受害者。所以说,檀老师,现在还是请你先协助我们阻止野口。何况只有野口才知道里见的下落。"

我一时拿不定主意,深呼吸好几次,让脑袋冷静下来。

"老师,你听着,先做好眼前能做到的事情再说。我们要找出猫狱会成员，这是我们的工作。烦恼没有办法解决的事情，没有任何意义，对吧？你既然是老师，那么只要关心你的学生就行了。现在你唯一要做的事情，就是跟着我们一起找出野口勇人。"俄罗斯蓝猫说道。

"眼前能做到的事情……"我低声重复着这句话。

俄罗斯蓝猫

俄罗斯蓝猫看着客厅里的檀和成海彪子，不禁叹了口气。事情怎么会搞得这么复杂？

跟原本的猫狱会猎人的工作比起来，最近实在惹上了太多麻烦事。俄罗斯蓝猫忍不住问檀："'顺利'的反义词是什么？"

"如果是'一帆风顺'的话，反义词是'举步维艰'。"

"不愧是语文老师。"俄罗斯蓝猫又叹了一口气，"这正是我现在的心境。"

明明只是想要抓住野口勇人，却被当成人质关在诊所里。想要开车追赶野口勇人，又遇上塞车。更何况，这栋公寓虽然只是临时住处，但好歹是自己的空间，如今却挤进来一个初中老师和一个功夫女侠。

原本这项工作由两个人负责就是为了提高效率，没想到现在却扯进越来越多的人。花的时间越长，意料之外的麻烦事就越多。

俄罗斯蓝猫不禁感到忧心忡忡。

好想赶快抽身。俄罗斯蓝猫心里想着。是不是该放弃继续追赶野口勇人呢？

"对了，那只无尾马恩岛猫呢？野口把无尾马恩岛猫带到哪里去了？"美国短毛猫问道。他似乎有些懊恼自己这时才想到这件事。"无尾马恩岛猫应该没事吧？"他朝成海彪子大声问道。

"无尾马恩岛猫？"

"野口养的猫。"俄罗斯蓝猫也不禁关心起这件事，没好气地说道。

"这么说来……那只猫跑到哪里去了？"成海彪子将手放在嘴边。

"一旦闯出什么祸，恐怕会短时间没有办法回家，我猜他应该是把猫暂时交给别人照顾了吧。"檀说道。

"短时间？檀老师，野口想要闯的祸恐怕会让他永远没有办法回家。把猫放在家里只有死路一条，这点野口应该也想得到吧？"

"会不会是送到宠物旅馆去了？"这是俄罗斯蓝猫首先想到的可能性，"虽然我不知道他要怎么向老板说明，但他那么有钱，应该有办法找到愿意长期帮他照顾猫的宠物旅馆吧。"只要钱够多，要找到愿意接收的宠物旅馆应该不是难事。

"从这个角度讲，我真希望野口赶快平安回家，不然那只猫咪好可怜。"美国短毛猫说道。俄罗斯蓝猫摇头叹气："即使他平安回来，也得过我们这一关。这是我们的工作，对吧？所以他最后绝对不会平安无事。为了猫咪着想，应该给它找个新饲主。"

"请问你们的工作是什么？你们找野口有什么事？猫狱会猎人是什么意思？"成海彪子问道。

"我们的工作是替猫咪出气，教训曾经参与虐待猫咪的人。"

成海彪子听得目瞪口呆，问道："教训的意思是……？"

"其实也没什么大不了。猫咪的眼睛被戳，我们就戳那个人的眼睛。猫咪的尾巴被踩，我们就踩那个人的……呃，没有尾巴的话，就踩相当于尾巴的部位。"

"野口他到底做了什么？"

"你没听说过猫狱会？"美国短毛猫问道。他于是开始解释猫狱会：从前有个叫猫咪杀手的网红，经常在网络上公开虐待猫的视频。有一群人以观看这些视频为乐，甚至还会提出一些让虐待变本加厉的指示，这些人组成了"把猫咪送进地狱同好会"，简称猫狱会。"野口也是猫狱会的成员。"美国短毛猫最后说道。

成海彪子一脸难以置信地不断说着："这太莫名其妙了。"

"你不是说过，野口认识一个有私人飞机的人吗？那家伙也是猫狱会成员。"

"真的假的？"

"那家伙一定也做了不少亏心事，所以才不敢拒绝野口的要求吧。"

"但是野口明明很疼爱他的猫。"

"再心狠手辣的人,往往也会善待自己的家人。"

成海彪子默然无语,但过了一会,她似乎还不死心,又辩解道:"野口因为恐怖袭击事件失去了父母和姐姐……"

"那又怎么样?"

"或许他有一段时间过着不太正常的生活。"

"所以呢?"

"当然虐待猫是不可原谅的行为……"

"没错,不可原谅。"

"请问……"檀忽然低声说道。

众人转头朝他望去。他接着问道:"人一旦犯了错,就没有办法挽回了吗?"

"什么意思?"美国短毛猫露出兴致盎然的表情。

"当一个人因为承受巨大的精神压力,跨越了不该跨越的红线,我们该怎么帮助他?"

"你在说些什么啊?"俄罗斯蓝猫不禁有些担心,檀因为承受了巨大的精神压力,已经跨越了脑壳烧坏的红线。

"你曾经遇到过这样的学生吗?"成海彪子的直觉相当敏锐。檀的脸颊微微抽搐。

"当然,对他人造成危害是不好的事情,但是难道这个人的人生就这么毁了吗?"檀问道。

"他死了吗？"俄罗斯蓝猫问道。

"嗯？"

"你说的那个承受巨大精神压力，跨越了红线的家伙，我不管他是不是你的学生，我只问你一句话，他死了吗？"

"呃，没有。"

"既然没有死，总有办法和他见上一面，为他做点事情吧？"俄罗斯蓝猫不禁有些羡慕，檀的烦恼实在太微不足道了。跟某国研发的生物武器，以及突然发生的睾丸扭转症比起来，简直像是无病呻吟。

"有办法吗？"檀愣住了。

"我反而觉得不可思议，为什么你一开始就认定没有办法见到那个人？要找出一个人并不难。就像猫狱会成员，不管怎么躲躲藏藏，都会被我们揪出来。"

"嗯……"

"啊！又有新帖子了。"成海彪子忽然说道。她不知何时看起了自己的手机。

俄罗斯蓝猫的脑海中浮现"投降"这两个字。原以为一定是安憩胃肠诊所里的那些歹徒投降了，但是下一秒俄罗斯蓝猫就知道自己猜错了。

"马克育马更新了 SNS，上面写着：'明天要去看球赛。'"

"球赛？"

"他刚刚不是才上传了肉的照片吗？或许他跟同行的人越

聊越起劲吧。上面还写着想要亲眼看到巨人队的天童破纪录的瞬间。"

俄罗斯蓝猫瞬间感到一股热气冲上头顶："他认定天童在巨人对金鹫的比赛中一定能破纪录？"

"不可原谅。"美国短毛猫也气呼呼地说道。

"今年天童选手的气势真的很旺。他很会选球，遇到坏球的时候也能保持冷静，让投手没有球可以投。"成海彪子曾经做过在棒球场贩卖饮料的工作，因此对棒球比赛的胜负局势及各选手的近况相当了解。

"怎么会没有球可以投？如果没有球，裁判会给你一颗。"俄罗斯蓝猫明知道成海彪子言之有理，还是忍不住瞎扯抬杠。

"你的表情为什么那么可怕？"

"因为那家伙常常侮辱金鹫。"

例如天童曾经在MVP的采访台上说出"和金鹫比赛就像是送分题，随随便便就能取得好成绩"。俄罗斯蓝猫一想到天童那傲慢的口气，便感到胃部隐隐作痛。不行了，完蛋了。这次他一定又会说出这种话。

"我跟蓝猫都讨厌那种高傲又过度自我膨胀的人。在猫咪的世界里绝对不会有那种人。"美国短毛猫说道。

"到底是猫还是人？"成海彪子笑着说道，"总而言之，我想野口应该也看了这条帖子。"

"或许他会在棒球场下手。"檀说道。

"啊？"俄罗斯蓝猫与美国短毛猫同时惊呼。

"这比埋伏在电视台早了一天，而且棒球场会聚集大量非特定群众，野口要混在人群中更容易。"

"原来如此。"

当野口勇人蹑手蹑脚地靠近马克育马时，蓝猫和短毛猫也蹑手蹑脚地靠近野口勇人，就可以手到擒来。像猫一样，无声无息地出现在对手背后。

"但是找得到吗？"成海彪子蹙眉说道，"虽然明天不是双休日，但很多人想看天童打出本垒打，所以进场人数可能会超过五万人。"

"别说得好像我们家的王牌投手一定会被打出本垒打似的。"俄罗斯蓝猫嘴上这么说，心里却有种一定会被打出本垒打的预感。

"你要期待你家投手的表现，是你的事。啊，不过如果我们也要进场的话，需要先弄到门票才行。"

"野口他们应该也是吧？现在还买得到票吗？"俄罗斯蓝猫心里闪过一丝担忧。

野口勇人如果买不到票，可能会放弃前往棒球场。

"应该有办法吧？"美国短毛猫保持着一贯的乐观心态，"只要口袋里有钱，随便喊个三倍甚至是十倍的价格，一定会有人卖的。"一来可以明天直接到球场询问有没有人愿意卖票，二来最近很多门票都改用电子票，省下了寄送实体票的时间，因此只要不在意违法，大可以在网络上暗示出高价收票，应该赶得及在明天之前买到门票。

"我或许可以靠从前打工时的人脉拿到门票。"

"什么意思？"

"我在球场当啤酒销售员时，有个绰号叫'部长'的前辈。她或许有办法帮忙弄到门票。"

"你现在联络得上她？"

"我发个消息看看。"成海彪子操作起了手机。

俄罗斯蓝猫在旁边看了一会，又转头望向电视上的新闻节目。此时画面已切换成安憩胃肠诊所门口的转播画面。

主持人似乎刚刚掌握新消息，语气显得有些激动。

发生什么事了？

成海彪子也抬头望向屏幕。

"我们又收到了诊所内歹徒发来的视频。"

画面上接着播出了那段视频。视频似乎是用手机拍摄的，从视频中可以看见人质的手脚被捆绑着，一副垂头丧气的模样。另外还可看见一些食物，应该是交流会特地准备的。

"这或许是暗示他们准备了大量食物，可以应付长时间对峙。"主持人忧心忡忡地说道。

接着，交流会成员之一，也就是视频拍摄者，拉开了诊所的窗户，将镜头对准了窗外聚集的大量警察及各种车辆。或许是要强调视频的即时性，而非事先拍摄好的影像。

"我给部长发了消息。"成海彪子将视线从手机上抬起,"接下来只能等她回复了。"

"警方的特种部队已经开始准备了。"节目主持人说道。俄罗斯蓝猫一边想着"看来那边也发生了麻烦事",一边对新闻媒体如此大刺刺地宣传警方动向的做法感到可笑。一旁的檀也看得目瞪口呆,大喊"怎么还不吸取教训"。过去明明曾经因报道警方行动而惹出问题,只能说新闻媒体实在太没心没肺了。俄罗斯蓝猫拿起手机,点开了新闻网站。一进入《国际新闻》栏目,便看到了硕大的"核试验"标题,俄罗斯蓝猫又感到胃部隐隐作痛。

"怎么了?"美国短毛猫转头望来,语气里虽然带着关心,脸上却挂着笑意。他心里想着蓝猫一定又是在为新闻内容担心了。

"签署条约果然只是做做表面功夫。"

"又在担心核武器试验?你刚刚不是才对檀老师说了那句话吗?"

"我说了什么话?"

"烦恼没有办法解决的事情,没有任何意义。先做好眼前能做到的事情再说。"

"嗯,好吧。"俄罗斯蓝猫说道。向别人说教是一回事,自己能不能做到又是另一回事。这也没什么大不了,反正人类就是这样的生物。俄罗斯蓝猫继续读起相关报道,看到了"使用可抑制核爆的特殊坑道进行试验""计算上的错误，可能导致辐射物质进入大气中"等词句，更是心里发毛。为什么？为什么要做这种对地球环境有害的试验，把自己逼上绝路？虽说想要在国际社会上取得优势地位是人之常情，但为什么要使用核武器？为什么不使用其他更加环保、更加和平且更加让人安心的武器？嗯……例如什么武器？

美国短毛猫将脸凑了过来，大致看了一遍那篇报道文章，说道："蓝猫，'可能导致'那种屁话你也信？那种话说了等于没说。"

"这文章里还提到可能出现辐射落尘。"

"辐射落尘？那又是什么玩意？"

"就是辐射物质会在天上形成云，然后跟着雨水降到地面上，俗称'黑雨'或'死亡之灰'什么的。我劝你可别太小看核武器的威力，有空到广岛的和平公园去看看，记得要参观那里的数据馆。看过之后，你一定会改观。"

"我当然知道核武器很可怕，但这种事操心也没用。我取笑的不是核武器，而是你的悲观性格。"

两人说到这里，一旁的檀忽然叹了一口气。

"怎么了？"蓝猫问道。

"他们如果在棒球场采取行动，可能会造成很多人受害。"檀满脸忧色地说道。

成海彪子听到这句话，吃惊地转头望向檀。

檀 老 师

"彪子，好久不见，你怎么特地跑来了？"部长说道。她的绰号是"部长"，因此我本来以为她应该是个相当有威严的女性，实际见了面之后才发现她身上穿着运动服套装，性格开朗、有朝气，简直像个十多岁的少女。"我只要把门票的兑换码发给你就行了，你根本不必过来。"

这里是毗邻后乐园球场的小石川后乐园。园内有一座大池塘，沿着池塘往前走，通过小桥之后，便可看见几张长椅，成海彪子与部长就约在那里碰面。

"部长，今天不是没有比赛吗，你还要工作？"

"我现在除了卖饮料，也做其他工作。今天要跟一些球场的管理人员开会。"

部长伸出拇指，指着背后的后乐园球场："跟他们开会真是累死人了，谢谢你让我有机会出来喘口气。"

"你以后该不会真的变成球场里最有实权的那个人吧？"成海彪子说道。部长笑了出来，说："球场里最有实权的人，做的到底是什么工作？"

"对了，他是我哥哥。"成海彪子指着我，以半真半假的口气说道。严格说来，她这句话只有前半句是真的。

"幸会，谢谢你帮我买到了这么难买的门票。我真的很想看明天的比赛，原本门票已经买好了，没想到却弄丢了。我正一筹莫展的时候，我妹妹告诉我，或许你有办法帮忙买到门票，所以我请她向你求助，真的很谢谢你愿意帮忙。"

我说出了事先商量好的台词。说谎当然让我心里颇有罪恶感，但是在历经了被囚禁，亲眼看过枪械和炸药之后，小小的罪恶感似乎已经不值得大惊小怪。

"哥哥是天童的球迷？"部长眯着眼睛说道，"明天大概会破纪录哟。"

东北金鹫的死忠球迷俄罗斯蓝猫和美国短毛猫要是听见这句话，搞不好会冲上去揍她。为了避免被人怀疑，甚至引起戒心，那两人在公园某处等着，并没有与我们一起行动。

"他会打出本垒打吗？"

"那得看金鹫队的投野选手会不会坚持用直球决胜负了。"

"应该会以变化球为主吧。"

"但是棒球选手都有自己的尊严，我相信投野从小到大应该战胜过不少击球员。"

"部长明天会在球场吗？"

"明天我当然也会努力卖啤酒。"她做出了背啤酒机的动作。接着，她取出门票交给我们："明天的比赛是在白天进行，你们运气不错。"

"怎么说？"

"天气好的时候，在后乐园球场看球赛是种享受。可以看到非常辽阔的天空。"部长一边说，一边将双手高高举向空中。

"是啊。"

"可惜这票的座位不太好。"

"没关系，已经很感谢了。"

反正我们只要能够进球场就行了。一进到球场里，我们就得忙着寻找野口勇人，根本没有时间坐下来看球赛。

"彪子，你走了之后，我觉得好无聊。哪天如果你想回来，随时欢迎你。"

"能够听你这么说，我好开心。对了，沙央莉最近跟你联络过吗？"

"沙央莉？她跟你一起辞职之后，我们就没联络了。怎么，你跟她最近没联络？"

"呃，是啊。"成海彪子搪塞过去。

"沙央莉很努力呢。"

"嗯？"

"当初你刚把她介绍过来的时候，她看起来好阴沉。毕竟要做好卖啤酒的工作，脸上的笑容是不可少的，我一直很担心她能不能做好。老实说，我还以为她马上就会辞职呢。没想到她虽然业绩不佳，但是做得很认真呢。"

"是啊，她很努力。"

"而且在收拾善后的时候，她也不会摸鱼。你还记得那台一按喷嘴啤酒就会喷出来的机器吗？就是那台有故障的机器，会像莲蓬头一样洒出啤酒。"

"那也是沙央莉在检查的时候发现的。"

"是啊,真的是多亏了她。她要辞职的时候,我一再挽留她,但她一脸严肃地告诉我,她想要做一件非常重要的事情。"

"为什么你只挽留她,却没有挽留我?"成海彪子故意做出气呼呼的表情,逗得部长哈哈大笑。

我们三人一同走向公园的出口,我心里正烦恼着该在什么样的时机拿出那个东西的时候,部长忽然举起手对我们说道:"就这样吧,我先回球场了。"我一听,赶紧将手伸进带来的纸袋里,取出一大张未裁切的全版邮票,说道:"一点心意,就当作你帮我们买门票的谢礼。"

"这是什么?"部长接下邮票,表情显然有些错愕,"金鹫队的邮票?"

"没错,这是金鹫队获得优胜那年的纪念邮票。"

"我在巨人队的球场工作,你却送我金鹫队的邮票?"我听到她刻意这么强调,当场感到有些尴尬。

"送礼当然要投其所好,但我又怕不合你的心意,所以稍微送了一点不一样的。"我搔着头说道,"如果我送你巨人队的纪念邮票,怕你舍不得用,所以送其他球队的邮票,对你来说或许反而比较实用。"

"即使是其他球队的纪念邮票,我也舍不得用。"部长莞尔一笑,露出了牙齿。

我不禁松了口气，但接下来才是今天的重头戏。

我将原本已经交到她手上的邮票轻轻夺回，撕下了其中一张，说道："为了让你能够用得毫无顾忌，我们现在立刻用掉一张吧。"

成海彪子在一旁迅速递出早已准备好的明信片。动作一定要够快，在她心生疑窦之前搞定。

"能请你把邮票贴上去吗？"不知道能不能算是运气好，纪念邮票的尺寸相当大，很适合用来让对方沾上唾液。

"咦？我贴？"部长愣了一下。从她的角度来看，我已经把邮票送给她，却又擅自撕下一张，还要求她自己沾上口水粘贴，她应该会觉得很莫名其妙，搞不好还会动怒吧。或许是我被害妄想症发作，我总觉得她的表情在说"你为什么不自己粘"，我心中焦急，忍不住说了一句"我不擅长舔这个动作"。但是这句话一说出口，我马上就后悔了。

"我哥哥有点洁癖。"成海彪子赶紧在旁边帮忙解释。但这理由似乎也有点糟。

部长虽然有些迟疑，但最后还是笑着说道"好，我来贴"，并且把邮票拿到嘴边，在背后舔了舔。

我一接过邮票，立刻转过身，随便说了两句道别的话便快步离开现场。我知道这样的行为非常失礼，心里当然有些不安，但我必须以最快的速度使用那张邮票才行。

成海彪子又与部长说了好几句话，向她好好道了谢，才追赶上来："你的能力是真的吗？"她刚好看见我将舌头贴在邮票的背面，霎时露出一脸仿佛看见了恶心虫子的表情。这就是所谓的"间接接吻"。她应该很惊讶我连这种事都干得出来。

大约三十分钟前，成海彪子告诉我，以前一起在球场打工的前辈部长说有办法弄到门票，我灵机一动，想到可以看那个人的预演。明天的比赛时间，若是部长也在球场内，那么只要能够看见她的预演，或许就能掌握一些线索。

野口勇人如果在比赛过程中攻击马克育马，整个球场一定会乱成一片，比赛也会被打断。如果在预演里看到了这样的场面，就可以证明野口等人将会进入球场。

"如果只是出于这个目的，看我的预演应该也可以吧？我明天一定会去球场，不是吗？"一开始，美国短毛猫如此说道，"你们根本没有必要特地去见那个部长。"

由于我无法在短时间内重复看同一个人的预演，所以俄罗斯蓝猫基本上可以排除。至于美国短毛猫与成海彪子，当然也可以尝试看他们的预演。但如果可以的话，我认为应该选择与这件事毫不相关的人。

"预演虽然能够看见一个人的未来，但那指的是完全维持原本的生活所能到达的未来。举例来说，我通过短毛猫的预演，看见了明天棒球场内的状况，但我所获得的任何线索，当然都会告诉你们。而如果我把线索告诉短毛猫，就有可能改变他未来的行动。换句话说，短毛猫的未来可能会因为我告知他预演内容而发生改变。"

"哦，就跟家持那次一样。"

"我一天只能看见一个人的预演，所以风险越小越好。"

"原来如此，所以还是跟那个部长要飞沫比较好。等等，要飞沫这个说法会不会怪怪的？"

"呃，请问你们在说什么？"成海彪子听了我们的对话，自然一头雾水。不仅一头雾水，而且越听越焦躁："飞沫？预演？未来？请说人话好吗？"

我虽然有点不想说，但这种情况似乎不解释不行。

于是我尽可能以最精简且最能让她相信的说辞，向她解释了"预演"的意思。在解释的过程中，我不断加入"你或许不相信""我自己也不太相信""不相信是正常的""我如果是你，绝对不会相信这种鬼话"之类的话，并且一再强调"我知道这听起来很荒唐"。

成海彪子听完后，当然没有相信。但或许是因为她看得出来我相当认真，所以没有表现出嗤之以鼻的态度。

"你相信吗？"我问道。

"半信半疑。"她回答。

"你愿意相信一半？"我不禁有些感动。"对了，今天你们要在安憩胃肠诊所发动恐怖袭击，我也是通过预演得知的。"我说明道。

利用邮票来取得对方的唾液——这个点子是美国短毛猫提

出的，他还交给我一张东北金鹫的全版纪念邮票。

经过小石川后乐园的枝垂樱前方时，我看了一眼时间，此刻已是傍晚五点。再过数个小时，应该就能看见预演了。

"你以为我想舔别人舔过的邮票吗？"我一边走，一边为自己辩解。

"我相信你应该不会把这件事告诉我的学生，对吧？"

"如何？看见那个预告片了吗？"在停车场会合后，美国短毛猫一脸好奇地问我。

"还没，没那么快。"我说道。

"舔到了？"他又问。

"呃，嗯。"我只好应了一声。

"明天的门票也拿到了，可以进入球场。"成海彪子说道。

"你们应该没有把秘密告诉那个部长吧？"俄罗斯蓝猫瞪着我们说道。

"秘密？什么秘密？"

"当然是明天可能会有危险人物进入球场这个秘密。明天我可不想看到球场里都是警察，我们还没有抓到野口勇人，他就已经被警察带走了。"

"这种事情就算说了，人家也不会信。即使是警察，也不会为了这种没有根据的谣言调度大批警力。"

我们上车后，坐在副驾驶座的美国短毛猫忽然拿起手机，将画面对着我，说道："老师，你昨天不是看了这个的预告片吗?"

他的口气说得轻松自然,一时间我还以为他说的是某部上映中的电影。仔细一看,手机画面是安憩胃肠诊所事件的现场转播视频。

"现在是什么情况?"我转头一看,旁边的成海彪子也焦急地拿出手机。

诊所的周边停满了警车,看不见建筑物里的状况。由于屋内拉上了窗帘,几乎没有透出一丝光线。

我在预演里看到的是爆炸后的状况:围观的群众乱成了一团。

"檀老师,你那时候站在那里?"美国短毛猫问道。严格来说我并没有站在那里,站在那里的是美国短毛猫和俄罗斯蓝猫,我只是看见了蓝猫眼中的画面。

"哦?真的吗?檀老师,你看见了?"成海彪子急忙追问,"请告诉我,那是什么样的情况?"

成海彪子将脸朝我凑来,我实在不知道她对我所说的"预演"到底是相信还是不相信。

"警察冲了进去,多半是强行攻坚,所以里面的歹徒……呃,庭野他们……"

"引爆了炸药?"成海彪子或许是想要保持低调,故意说得轻描淡写。

她也是恐怖行动的执行者之一。只不过发生了突发状况,导致她必须离开现场。如果按照原本的计划，她也会在那间诊所里。至少在我看见预演时，她应该在安憩胃肠诊所里。

过了一会，美国短毛猫忽然兴奋地说道："特种部队似乎准备行动了。看，应该就是这些人吧？"

美国短毛猫还在看着手机上安憩胃肠诊所的转播画面。接着他还把身体凑向俄罗斯蓝猫，怂恿他一起看："蓝猫，你看，他们都在这里待命。"

转播节目又泄露了警察的行动？我感到既错愕又愤怒，忍不住转头望向成海彪子的手机。俄罗斯蓝猫似乎认为差不多该把车子开出停车场了，美国短毛猫却依然喊着"可能马上就要爆炸了，我好兴奋"，说得一副迫不及待的样子，还强迫俄罗斯蓝猫和他一起看着手机屏幕。

俄罗斯蓝猫

"该走了。"俄罗斯蓝猫放下了手刹。他将拿着手机凑过来的美国短毛猫推回副驾驶座上，踩下油门。

但就在这个瞬间，车内突然爆出了巨大的惊呼声。那声音既像欢呼，又像哀号。俄罗斯蓝猫吓得赶紧踩下刹车。

声音来自美国短毛猫、短毛猫背后的成海彪子，以及两人的手机。

"爆炸了！"俄罗斯蓝猫还没询问详情，美国短毛猫就激动地说道。他的情绪相当亢奋，不知道该形容为雀跃还是惊讶。蓝猫望向后视镜，只见成海彪子瞪大了眼睛，凝视着手机屏幕。檀也瞠目结舌，整个人像冻结了一般，似乎一句话也说不出来了。

"警察攻坚了？"

"应该吧，现场太吵了，搞不清楚发生了什么事。只知道好像是诊所里传出了声音，后来警察就冲了进去，不久后就爆炸了。不过好像没有引发火灾。哇，真是太热闹了，一下子跑出一堆人。搞不好诊所整个被炸烂了。"

"爆炸威力没有那么大。"成海彪子说道，"我们不想给周边的住户添麻烦。"

除俄罗斯蓝猫以外的三人，全都目不转睛地看着转播画面。蓝猫再度发动车子。

跟其他令人担心的事情——例如会危害全世界的环境问题——比起来，恐怖袭击只是微不足道的小事。

"我们先回公寓再说吧。"

车子停在十字路口等红绿灯时，美国短毛猫又兴奋地说："出来了。"俄罗斯蓝猫一时不明就里，继续听下去才知道视频里陆续有人被抬出安憩胃肠诊所。美国短毛猫将手机屏幕转过来，对着蓝猫。蓝猫一看，诊所门口不断有人抬着担架出来。

"糟糕！糟糕！真糟糕！"美国短毛猫虽然嘴上喊着"糟糕"，表情看起来却不那么糟糕。

"庭野……"成海彪子低声呢喃。

现场的采访记者神情紧张地说道:"刚刚至少发生了三次爆炸。"

"人质也被炸死了?遇上你们这些人,真的是算他们倒霉。不敢一个人死,还要拉无辜的人一起上路。做这种事,对你们自己有什么好处?"俄罗斯蓝猫无奈地说道。坐在后座的成海彪子听出了他的责备之意,回应道:"没那回事。"

"你自己看,诊所爆炸了。我不知道当时诊所里有些什么人,但至少有医生及护士吧。"

"你不是说过不会伤害人质吗?为什么会是这样的结果?"檀大声问道。

"我没说过不会伤害人质,我说的是不会伤害不相关的人。"成海彪子语气坚定地说道。

"什么意思?"

她面露迟疑之色,似乎犹豫着该不该说出真相。最后她开口说道:"被炸死的都是交流会成员。"

整个车内霎时鸦雀无声。俄罗斯蓝猫一时之间同样不明白成海彪子这句话是什么意思。

"嗯?""什么?"檀与美国短毛猫同时发出了疑问。

前方的信号灯转绿,俄罗斯蓝猫踩下油门。微弯的道路上空荡荡一片,后头没有跟随的车辆,前方也没有来车。

"爆炸的不是人质身上的炸药吗?"

"是人质身上的炸药没错。"

"那你刚刚那句话是什么意思？"

"人质也是我们交流会的成员。"

"什么？"俄罗斯蓝猫正要询问详情，脑袋里突然想起成海彪子说过的那些关于交流会的事，登时恍然大悟，呢喃道，"原来如此。"

"蓝猫，原来如此什么？"

"他们的成员里有开诊所的医生，我记得是一对夫妻。"

"啊……"美国短毛猫高声说，"两人的名字里都有'健康'的'康'字。"

"难怪他们会选择诊所作为执行计划的地点。"

这表示那对医生夫妻是以人质的身份参与行动。由于他们的诊所是采用完全预约制，可以轻易地将病患定期回诊时间排开，让诊所在计划当天没有其他人来。

成海彪子并没有否定这个推测。

连柜台人员也是你们的成员？俄罗斯蓝猫心想，他们可能会在表面上采取雇用形式，让该成员成为诊所的正式员工。

"我们并没有伤及无辜。"成海彪子说得斩钉截铁，仿佛这是她唯一想要强调的重点，"我们只是想要结束自己的人生。"

一群人占据了自己人的诊所，引诱警察攻坚，然后以自爆的方式结束人生。俄罗斯蓝猫实在无法理解，这样的行为到底有什么意义？或许自暴自弃的人所做出的行为本来就没办法以常理来衡量。

四人回到公寓,吃了从便利店买来的便当,看电视打发时间。电视上的新闻不断重复播报着安憩胃肠诊所事件最后以爆炸收场。

成海彪子抱着膝盖,看着电视屏幕,一颗颗硕大的泪滴从她的眼角滑落。俄罗斯蓝猫仿佛可以听见泪水滴落的声音。

"你后悔了?"俄罗斯蓝猫问道。她反射性地点了点头,接着却又改为摇头,仿佛想要将这个想法甩到脑外。

"只有你没死成,你会觉得可惜吗?"美国短毛猫问出这个问题的时候,表情简直像个天真无邪的好奇宝宝。

"我必须阻止野口,这是我现在唯一的想法。"

"老师……咦?檀老师?"美国短毛猫转过身,似乎是想要询问檀的意见,却发现檀有些不对劲。"檀老师,你还醒着吗?"短毛猫一边询问一边挥手。

俄罗斯蓝猫蓦然意识到,檀一定正在看着预演。

檀 老 师

浮现在我眼前的预演,是啤酒销售员部长所看见的场景。她正以右手拉动握柄,让啤酒流进杯子里。旁边另一名客人一边轻敲她背上的啤酒机,一边对着她调侃道:"大姐,不如你这整桶啤酒都卖给我吧?"

蓦然间，整片观众席欢声雷动，所有观众都站了起来。简直像发生了地震一样，整个画面都在微微颤动，同时隐约可看见一颗球飞向天际。

天童神色自若地站在本垒板上，轻轻举起拳头。投手丘上的投手则是以手撑住膝盖，弓起了背部，看起来相当沮丧。不知哪个观众忽然用力鼓掌，嘴里说着"竟然敢投直球，胆子可真大"，也不知是称赞还是讥讽。

就在这时，身旁传来了尖叫声。正在看着预演的我——不，正确来说是当事人部长——回过头一看，走道上竟然倒着两个男人。站在附近的警卫匆匆忙忙跑了过来。

远处一名背着啤酒机的女子也奔了过来，扶起其中一个男人的上半身。那男人显然已失去了意识，从相貌上看，是马克育马无疑。另外一个男人则倒在他的身上。走道上似乎有什么深色的液体，仔细一看竟然是鲜血。似乎有人中枪了。

接下来，情况更加糟糕。由于突然有人中弹，群众登时失去了理性，一时间全都涌向出口，造成了严重的拥挤。被压在地上的人也不在少数，尖叫声此起彼伏，现场乱成了一团。由于大量群众挤在一起，楼梯和走道全都无法通行。接着眼前出现的是好几个孩子的痛苦表情。那几个孩子似乎被人群从背后推倒了，脸部狠狠地撞在地上。接下来一直到预演结束，耳中只听得见惨叫声与哀号声。

檀 老 师

我上一次来到后乐园球场是读大学的时候，和同样以担任教职为目标的同系同学一起来看巨人队的比赛。那已经是十多年前的事了。这座棒球场在"二战"期间曾躲过东京大空袭，后来又在漫长的岁月里历经数次改建及扩建。特别狭窄的两边侧翼原本是这座球场外观上最著名的特征之一，但数年前的扩建让这座球场从原本"最容易打出本垒打的球场"摇身一变成为"最难打出本垒打的球场"。就连对棒球并不特别关心的我也多少知道一些这座球场的历史。

观众席上的座位，坐上去也比当年舒服得多。

正如同为我们弄到了门票的部长当初的描述，在球场内抬头便可以看见不知该说是蓝色还是白色的天空，让人感到心旷神怡。

我身旁的美国短毛猫似乎也有相同的感受。他伸了个大大的懒腰，说道："为什么只是看着辽阔的天空，心情就会这么舒畅？我想这应该是一种本能吧？晒太阳对人类这种动物有好处，所以我们自然会对蔚蓝的天空产生好感。"

虽然刚开赛没多久，但因为两边的击球员都没有什么表现，转眼间已经到了第二局下半场。整座球场的圆钵状观众席可说是座无虚席，坐满了观赛的球迷。为了阻挡艳阳，许多球迷头上戴着帽子，或是披着毛巾。

虽然左侧观众席的客队球迷加油区可以看见少数的金鹫球迷，但是大部分观众都是巨人队的球迷，放眼望去全是巨人队的代表色深蓝色。

进入球场后，我们分成了两组，各自分头寻找野口勇人。

"野口勇人或马克育马，至少要找到其中一人。"我说道。两个猫狱会猎人突然变得没什么自信，一个说"不认得他们的脸"，另一个说"即使看见了野口勇人，可能也认不出来"。最后他们的共识是：如果是猫咪的话，倒是能分辨清楚。

只要在网络上搜寻，就能找到很多马克育马的照片。至于交流会的那四人，成海彪子让我们看了存在她手机里的照片。

"这是我们第一次聚会时拍的。"她说。

那是一张大合照，上面约有十五个人。她分别向我们说明"这是哲夫""这是将五"。我因为工作需要，很擅长记名字和长相。我仔细看着那张照片，将四人的容貌烙印在脑海里。

至于俄罗斯蓝猫与美国短毛猫，似乎完全不打算记那些人的相貌。我跟美国短毛猫一组，自本垒后侧网区往三垒方向顺时针绕过去，俄罗斯蓝猫则与成海彪子一组，往一垒方向逆时针绕回来。目的都一样，就是从人山人海中找出马克育马或野口勇人。

场内的赛况广播宣布，接下来的击球员是天童。

整个观众席瞬间升温，每一名球迷的期待层层交叠，迅速膨胀，那股氛围仿佛回荡在整座球场内。

天童能否打破年度最多本垒打纪录？一边兴奋地等着见证历史性的一刻，一边激励守方绝不能让他得逞。双方的声音在球场内互相交杂。

我们走在走道上，刚好能够清楚地看见天童。他高举球棒，缓缓走向打击区，神情显得悠闲自在，仿佛根本不在意破纪录的事。不晓得该说他太有自信，还是神经大条。

由于我没有看着前方，身体竟不小心撞上了美国短毛猫。我向他道了歉，却见他愣愣地站着不动，两眼直瞪着天童。

他发现我紧贴在他的身后，对着我微微一笑，说道："这世界上最让人生气的事就是看见狂妄之徒获得好成绩，对吧？"

"可以这么说。"我嘴上这么回答，心里却不禁感到好奇，如果天童是金鹫队的选手，他还会说出相同的话吗？

"檀老师，可惜我们已经知道了他今天一定会破纪录。"

"是啊，很遗憾。"

在昨天的预演中，我刚好看见了破纪录的瞬间。

"而且还打到了计分板上？真是最糟糕的结果。"美国短毛猫皱起了眉头。

"是啊，所以我连什么时候会打出本垒打都知道了。"当本垒打的球撞上计分板时，我看见计分板上显示着"第六局下半场，巨人队进攻"。

"唉，一想到就烦。投手是投野吗？"

"嗯，当时的球数是一坏球。"我在预演里也看见了计分板上记录的球数。

"不过反过来说……"美国短毛猫看着站在打击区里的天童,"这也代表在第六局下半场之前,天童不会打出本垒打,对吧?"

"嗯,应该是吧。"

"怎么了?檀老师,你看起来怎么有些心不在焉?"

"没有啊。"

我不是心不在焉,而是紧张焦虑。马克育马遭到枪击后,整座球场会陷入混乱,观众互相推挤,许多人会像骨牌一样受到挤压和踩踏,痛苦地倒在地上。那群孩子疼痛的表情一直在我的脑海里挥之不去。到底会造成多少伤亡?光是想象就令人毛骨悚然。绝对不能让那种事情变成现实,一定要加以阻止才行。然而我一想到可能阻止不了,身体就会因恐惧而动弹不得。另外让我相当在意的一点是,在预演里,除马克育马以外,还有另一个男人也倒在走道上。刚开始,我以为那是某个坐在附近观众席上的球迷被波及了。但是从那头部的形状和头发造型看来,依稀可以分辨出,倒下的人正是我自己。

我也会中枪?

一想到这点,我就感到极度不安,仿佛脚下开了一个大洞。不,应该不会发生那种事吧?我完全没办法接受这个事实,甚至不敢说出口,所以俄罗斯蓝猫和美国短毛猫他们都不知情。我不断告诉自己,这不是真的,一定是我想太多,要不然就是看错了。

现在我要做的事情，除了拯救里见八贤和防止棒球场发生踩踏事故，还得避免自身遭遇危险，要做的事情实在是有点多。

蓦然间，球场内到处响起失望的叹息声，让我回过神来。

原来是天童被四坏球保送了。

"光明正大对决啦！"一名球迷大喊。周围纷纷响起"是啊""对，没错"之类的呼应声。

"投手只是想投擦边球，却被判成了坏球而已。"美国短毛猫低声为投手辩护，"对吧，老师？"

"呃，对……没错。"我赶紧附和。

"老师，不如我们干脆在这里大喊马克育马的名字如何？马克育马如果听见，或许会回应我们。"美国短毛猫一说完，深吸了一口气，似乎马上就要纵声大喊。我赶紧阻止："这么做有可能被野口他们发现。"

野口等人如果发现我们，很可能会做出粗暴的举动。因此，如果可以的话，还是应该尽量保持低调。

预演的画面再次浮现在我的脑海。天童才刚打出本垒打，随即观众席上就会响起尖叫声，紧接着马克育马倒在地上。除他以外，还有一个男人看起来似乎也中枪了。那画面一直在我脑海中挥之不去。那个人是我吗？如果完全按照预演的事态发展，我会被枪击中？

但我告诉自己，既然我已经看了预演，未来应该已经改变。

没错，一定已经不同了。

"话说回来，昨天才发生那样的事情，不知道成海今天是什么样的心情？"

"那样的事情"，指的当然是安憩胃肠诊所事件。虽然我们昨晚只是用手机观看转播画面，依然可以感受到现场的混乱气氛。诊所外停着好几辆救护车，红色的警示灯光仿佛在搅动着周围的景色。我看着那画面，发现自己的心跳越来越快。接着我转头望向旁边的成海彪子，察觉她也瞪大了眼睛看着画面，双眼连眨都没有眨一下，甚至不曾做出拭泪的动作。当记者描述着警方的特种部队攻坚的状况时，一张张担架被抬出来，每张担架上都盖着白布，白布底下疑似是遗体。成海彪子看着那画面，紧紧咬住了嘴唇。

记者压抑着激动的情绪，拼命说明着现场的情况。如今已知至少有四人死亡，其中包括一名歹徒和三名人质。

我看着屏幕，心里想着这是多么空虚的一件事。由庭野所带领的这些人制订了这样的计划，难道就只是为了做这样的事情？我想到这里，不禁悲从中来。以这样的方式结束人生，难道能够让他们获得满足吗？我想要问成海彪子，但见她目不转睛地看着画面，我实在是问不出口。

"真是死得不值得。"俄罗斯蓝猫说得毫不留情，"做这种事到底有什么用？"

"说到这个,为什么有'犬死'①这个谚语,却没有'猫死'呢?"美国短毛猫依然说着少根筋的话,"'犬死'这种说法对狗太失礼了吧?"

成海彪子说道:"没关系,这就是我们想要的。"

"差别只在于一个人死,还是拖着别人一起死?"

如果真像她所说的,人质也是交流会成员,这意味着不论死的是歹徒还是人质,全都是他们自己人。她曾说过,除了中途离开的野口等四人和成海彪子本人,所有交流会成员都参加了这次的计划。

"庭野终于能够结束人生了。这是他的期许。"成海彪子说道,"他想要将所有'后果'都转变为'自己的期许'。"

俄罗斯蓝猫微微皱起眉头,以讥讽的语气问道:"他成功了吗?"成海彪子没有回答这个问题。

如今事情已经结束,或许她终于可以客观地审视交流会的行径。她的神情似乎带着几分后悔与不安。

"这场比赛打得真快。"美国短毛猫说道。第二局下半场已经结束了。不少观众站了起来,大概是打算趁这个时间上厕所吧。"最好能够在进入第六局之前找到野口。"

"是啊,一定要把他找出来。"

我们经过三垒手所站的位置,往球场左侧的方向前进。

---

① 日文俗谚,意思是死得毫无价值。

下方的棒球场上，选手继续比赛。

"就像是神明从天上看着汲汲营营的人类。"美国短毛猫察觉了我的视线，指着天空说道，"事实上是真的有呢。"

"有什么？"

"有人在上面看着我们，类似神明的人。"

我想起短毛猫曾说过，自己是小说里的登场人物。

"你认为自己活在小说里？"

"我是这么认为没错。有人正在读着这段剧情。就像我们站在这里，看着下面的比赛一样。"

我有些摸不着头脑，不晓得他这么说是什么意思。如果真的如他所说，有个读者正在阅读这个世界发生的事，那么我想要问那个读者："你正在读这部作品吗？"

"但不管有没有读者，或是读者抱着什么样的期待，我们该做的事情都不会有所改变。现在我们的目标就是把野口他们找出来。"

"野口他们应该也正为了找出马克育马而绕来绕去吧？"

"应该吧，而且很可能像我们一样分头行动。"

我想起了尼采主张的"永恒轮回"理论。这个理论相当有名，被引用在各式各样的文章中。当初成海彪子也曾提到过，其含义是每个人都会不断重复相同的人生。或许，所谓小说里的登场人物，也是相同的概念吧。就像美国短毛猫所说，如果这是小说的世界，那么不管阅读多少遍，不管从哪个章节开始阅读，剧情都不会有所改变。这意味着我们将永远活在相同的故事当中。

我把这个想法告诉了美国短毛猫，他的感想是："太难的概念我听不懂，我只知道，既然全部事情都早已注定，我们只能尽量让自己乐在其中。像蓝猫那样一天到晚操心，实在是太可惜了。"

这么说确实有道理。接着我又暗忖，自己的预演能力或许也与永恒轮回有关。如果每个人都会不断重复相同的人生，我所看见的他人的未来，也不过是晚了一轮的早已发生的事。我真正的能力，或许就是看见一点这些早已发生的事情。

原来如此，我的预演能力可以用永恒轮回的理论来说明。我本来以为这是个新发现，但后来转念一想，既然预演的内容可以改变，那似乎就不能算是不断重复相同的人生了。

整个观众席的气氛瞬间沸腾。巨大的欢呼声仿佛自脚下向上喷发，令我难以站立。

是本垒打！球似乎飞向左侧观众席的中段区域，巨人队的球迷全都站了起来，高举双手大声欢呼。

"被打出去了。"美国短毛猫虽然抱着头哀号，但勉强保持着冷静，或许是因为打出本垒打的选手不是天童。相较于被打破纪录的屈辱，被七号击球员打出一记阳春本垒打似乎还在他的承受范围内。

计分板上有一面巨大的屏幕，上面播放着刚刚那记本垒打的回放画面。

在那回放画面里，坐在左侧观众席的东北金鹫球迷只能眼睁睁地看着一颗球在空中划出抛物线，在重力的作用下落入了观众席。

"啊……"我忍不住发出惊呼。美国短毛猫听见声音，回过头来，用眼神问我发生了什么事。我指着屏幕画面说："我看到了。"

"我也看到了，回放画面把那记本垒打拍得一清二楚，真是耻辱的一刻。"

"不，我的意思是看到成海的照片里的人了。那个人应该是哲夫吧？"

"你朋友？"

我忍不住笑了出来，说道："他是野口的同伴之一，也是我们要找的人。"

我心想，他该不会已经把来到球场的目的忘了吧？

"我很不擅长记人名和长相，实在应该制作一个登场人物表，加入简单说明。不，等等……搞不好早就有登场人物表了，上面还有你跟我的名字呢。"

现在实在不是胡言乱语的好时机。

"我们先到刚刚镜头拍到的那个地方去吧。"我推着美国短毛猫往前走。

我心里有些焦急，生怕把刚刚看见的观众席位置忘了。

"最好别跑得太快，免得过于醒目。"我说道。

既然哲夫被摄影机拍到了，我们当然也随时可能会被摄影机捕捉到，所以最好不要做出引人注意的动作。

美国短毛猫一边走，一边将手机举到嘴边，打起了电话。喂？蓝猫？我们刚刚看见，哲夫在，本垒打，落下的地方。哲夫，你不知道他是谁？他是那个野口，的同伴啊。你也真是的，连这个都忘了？真受不了你。由于他一边走一边打电话，说话声变得断断续续。

"咦？你说什么？我听不清楚。"美国短毛猫提高了嗓音。我对他露出纳闷的眼神。他似乎听不清楚俄罗斯蓝猫说的话。

"真的吗？好，我知道了。总之我们先到左边去，你们那边自己加油。"说完这几句话后，美国短毛猫结束了通话。

"怎么了？"

"他们好像也发现了一个人。"

"哪一个？"

"叫什么名字来着……就是那个拿着霰弹枪对着我们开枪，身体很壮的家伙。"

"将五？"如果我没记错的话，成海彪子是这么说的。

"好像在右边的观众席上。他应该不可能把霰弹枪带到这种地方来吧。总之，这边只能靠我跟老师了。"

我很想跟他说一句"爱莫能助"，但我知道即使说了，也会被他拖着走。

我一边走，一边仔细寻找刚刚在屏幕画面里看见的地点，同时还要避开人群，以免发生碰撞。

哲夫所在的位置比我原本预想的近得多。他手上提着一个黑色大行李袋，跟我们在同一条走道上，正朝着我们的方向走来。或许他也正在左顾右盼，想要找出马克育马，所以暂时还没有发现我们。

"哲夫正往我们这个方向走过来。"我对着美国短毛猫的背影低声说道，"他手上拿着一个袋子。"

美国短毛猫虽然没有回应，但应该是听见了。他的走路速度忽然加快，简直像上了发条一样。

他就像一只动作灵活的猫，迅速往前移动，却没有发出半点脚步声。身穿黑色连帽T恤的哲夫忽然露出惊愕表情，或许是看见了美国短毛猫的身影。他迅速转身，走进了通往建筑物内部的楼梯。

美国短毛猫的脚底在地上一蹬，猛然向前冲出，朝着哲夫追赶而去。我只能笨手笨脚地跟在后头。

从能够看到万里晴空的观众席进入球场建筑物内部，空气顿时变得阴冷，那种感觉仿佛突然走进了潮湿的钟乳洞穴一样。

我仔细一看，美国短毛猫已擒住了哲夫，正将他的右手扭至背后。不过一眨眼的工夫，美国短毛猫的动作未免太快了。他拉着哲夫走向厕所的方向。

"野口勇人在哪里？大叔，我不想欺负你，所以请你快说。"

在我追上两人的时候，美国短毛猫正一边这么说，一边用力扭着哲夫的手腕。我有点担心他这个举动被人看见的话会惹来麻烦，美国短毛猫却似乎毫不在意，不断将哲夫拉往厕所深处。

"你们在找马克育马，对吧？这些事情我们全都一清二楚，我们只是有事想要找野口勇人。"

哲夫紧闭双唇，一句话也不说。但他似乎知道自己逃不掉，所以也不挣扎。

"哲夫先生，你们到底打算做什么？"我绕到哲夫的前方，说了这么一句话。但是接下来说什么话才好，我却拿不定主意。

报仇是没有意义的事情。你们做这种事，能够让谁得到好处？

这些老掉牙的台词，我实在说不出口。

因为我能够理解他们想要报仇的心情。

如果立场互换，是我在钻石咖啡厅事件中失去亲人，对于马克育马这样的人，我一定也会想办法给他一些教训，让他知道他的行为对我的伤害有多大。

但是另一方面，我也认为此刻不能任由他们乱来。

为什么？

为什么他们不能报仇？为什么我要阻止他们？

就让他们尽情报仇，不是很好吗？

两种不同的想法，在我脑海中不停激荡着。我回想起昨天的安憩胃肠诊所事件。搬出来的一张张担架，上面都盖着白布。如果成海彪子没有说谎，那些牺牲者都是交流会成员。一股强烈的悲伤涌上心头。为什么他们要做到这个地步？

"你们在这里乱来，会连累无辜的观众。"我以强硬的口气说道，"情况会非常糟糕，可能会死很多人。"我忍不住想要告诉他，这是我亲眼看到的结果。

"没错，即使你们要报仇，也不该给别人添麻烦。"美国短毛猫点头说道，"不要把这里搞得天翻地覆，应该私底下找个安静的地点，好好报你们的仇。"

"短毛猫，现在该怎么办？"

"先把这个大叔绑起来，丢到厕所隔间里吧。我们还得找到剩下的两个人才行。"

我一想到当初自己被关在厕所里，条件反射般地感到一股寒意蹿上背脊。

"这关你们什么事？"哲夫终于说话了。他试着挣扎，但或许是美国短毛猫的压制技巧太高明，他马上就露出了痛苦的表情。我看了他的表情，自己身上仿佛也开始疼痛了。

"你们在这里闹事，真的会很惨！"我拼命想要让哲夫知道问题的严重性，但因为无法拿出证据，哲夫脸上一直带着不以为然的表情。真的会死很多人，就像是地狱一样。我不知道怎么才能让他相信这一点。

"再怎么惨,也不会有我们惨。"哲夫呢喃说道,"不管做什么事情都不顺利。为什么会这样?我做错了什么?"

我想起了成海彪子对他的描述。他是一个很认真的人,过着循规蹈矩的生活,却失去了妻子和儿子。

他当然会想要问"我到底做错了什么"。

"绝对不能让这样的人生永远重复下去。"他说得太激动,嘴角流下了口水。

他的态度宛如向我们陈情。不,不是向我们,而是向另一个人,另一个在空中俯瞰着世间纷纷攘攘的某人。

我能体会你的心情。我不禁想要这么说。一个奉公守法的人,一个恪守法律,同时遵守法律范畴外的道德、礼节及常识的人,一个活得正当又正直的人……这样的人,为什么会有这样的下场?当我看着我的学生,甚至看着我自己时,也常常会有这样的感慨。

明明活得这么认真,为什么会遇上这种事?遇上这种事的人,不应该都是那些作恶多端的坏人吗?

当年那个学生也一样,虽然生活在复杂的家庭环境里,还是咬紧了牙关,好好地过着正常的生活。但连我们这些老师都没有去谅解他,最后导致他做出了自暴自弃的伤害事件。为什么没有人愿意拯救他?为什么我没有帮助他?除愤怒以外,我更受尽了罪恶感的煎熬。"但我还是觉得不应该做这种事情。"我说道。

哲夫与我四目相交。我看得出来，他的眼神诉说着"你们根本不懂我的心情"。

"即使你们向马克育马报仇，也不能改变任何事情。"就算没有他，钻石咖啡厅事件或许还是会以那样的悲剧收场。

哲夫用"这不用你说我也知道"的表情说着："我们只是想让他知道，一旦给他人添了麻烦，必定会遭到报应。我们不希望那家伙永远重复着不知道反省的人生。在我们的人生落幕之前，必须给他一点教训。"

蓦然间，我感觉胸口仿佛被人紧紧揪住了一般。

"抱歉，可是我们也有我们的苦衷，请你先在厕所里乖乖待着。"美国短毛猫突然一脸歉意地说。我实在看不出来他到底是对哲夫怀有同情，还是完全不当一回事。

美国短毛猫忽然从口袋里掏出手机，朝我递来。

我不知道他想做什么，所以没有伸手接下。他说道："好像有新通知，应该是马克育马在 SNS 上发了新的帖子。老师，麻烦你帮忙看一下。"他似乎因为一只手压制着哲夫，所以没有办法操作手机。

于是我接下手机，轻触屏幕上的通知消息，进入了 SNS。手机屏幕上出现一张照片，照片里的人物是马克育马，他扭转身体，让镜头可以拍到他背后的球场。照片下方还写着一句话："今天我将在这里见证新纪录。"那满脸的笑容与胜券在握的表情确实让人看得怒上心头。

从后方网墙及球场角度来看，马克育马所在位置应该是在三垒方向的上方区域，接近网墙的地点。

"咦？我们刚刚不是经过了那附近吗？难道是看漏了？"美国短毛猫不满地说道。

"毕竟观众太多了。"我说道。而且马克育马也有可能刚好去了厕所或商店。

"老师，你先过去吧。"

"咦？"

"我得把这个人绑起来才行。这件事你又做不来，只能让你先过去了。"

我不禁有些畏缩。我先过去，去了之后我能做什么？

"带着我的手机，把 SNS 帖子的事情告诉蓝猫。总之绝对不能让野口勇人逃了，我这边结束以后，会立刻过去跟你们会合。"

不能让他逃了？我要怎么做，才能不让他逃了？美国短毛猫见我面露难色，喊了一句"快去"，我只好小跑着奔上阶梯，回到球场的观众席上。

在上面等待着我的是一望无际的蔚蓝天空。人家说事情败露就像是坏事摊在阳光下，此时摊在阳光下的，是我们所有人的罪恶与欲望。

我想起了手上还握着美国短毛猫的手机，于是点开手机的通讯录，发现里面只存了两个手机号码，一个是家持，我猜想另外一个号码应该就是俄罗斯蓝猫的吧。

于是我拨打了那个电话号码。呼叫铃声响了许久，一直没有人接听。我正打算挂掉的时候，手机里传来了俄罗斯蓝猫的声音："怎么了？"

"我是檀，我刚刚看见马克育马在 SNS 上公布了座位的照片。"

电话另一头相当吵，陆续响起各种声音，还有类似手机受到撞击的声响。

"抱歉，我现在没空理那些。"俄罗斯蓝猫气喘吁吁地说道，"等我这边搞定了，我会去找你们。"

"哦？呃，好……"我只能如此回答。我还想再说些什么，却发现电话已经挂断了，我只好把手机放进口袋里，沿着走道走向三垒方向。

现在该怎么办，我也拿不定主意。我继续往前迈步，因为我告诉自己不能逃，无论遇到什么状况都要勇敢面对。总之，先做好眼前能做到的事情再说。

俄罗斯蓝猫

如今俄罗斯蓝猫所在的地点，是棒球场内部的员工专用通道。由于通道环绕着圆形球场的边缘，微微向右弯曲，因此看不见远方的尽头。

俄罗斯蓝猫与成海彪子发现了将五的身影。刚开始，将五一边查看观众席一边沿着走道前进，后来他走下台阶，进入了建筑物内部。两人看见将五跨着大步走向一扇写着"员工专用"的门，开门走了进去。两人赶紧追赶上去，打开了那扇门。没想到就在进入员工专用通道的瞬间，俄罗斯蓝猫突然被一股强大的力量撞得飞了出去。原来将五埋伏在门边，对俄罗斯蓝猫发动了偷袭。

将五似乎是察觉自己被跟踪，于是将两人引诱到没人的地方，打算出手制伏两人。

将五的臂力非常惊人，两手一推，俄罗斯蓝猫就向后跌倒，背部狠狠撞上墙壁。员工专用通道非常狭窄，只能让两个人勉强擦肩而过。

将五继续朝俄罗斯蓝猫挥拳，成海彪子一个闪身，向墙壁踢出一脚，借力弹跳至将五的后方。将五迅速转身，面向成海彪子。

"将五，你冷静点！"成海彪子连忙伸出手，试图安抚将五的情绪。

两人在通道上把将五夹在中间，俄罗斯蓝猫从口袋里掏出流星索，抓在手里甩动，发出咻咻声响。

然而就在俄罗斯蓝猫想要朝将五的小腿抛出流星索时，将五忽然猛地踢出一脚。这一脚不偏不倚踢在俄罗斯蓝猫的右手上，流星索脱手飞出。俄罗斯蓝猫喷了一声，那声音仿佛在地板上轻轻弹跳，接着消失无踪。为了拉开距离，俄罗斯蓝猫朝将五的脸部挥出左拳，没想到将五完全不闪躲，以额头接下了这一拳。俄罗斯蓝猫竟感到拳头剧痛不已，心里暗叫不妙。将五向俄罗斯蓝猫猛扑过来，下一秒他的脖子却微微晃了一下，原来是成海彪子朝他的背后狠狠踢了一脚。

将五往前扑倒，俄罗斯蓝猫扭转身体，整个人紧贴着墙壁，避开了将五的身体。

将五的膝盖着地，几乎趴倒在地上。

"你冷静点，将五。现在罢手还来得及。"成海彪子拼命说服他，"你看到庭野的新闻了吗？"

将五的呼吸越来越粗重，全身上下起伏。难以判断他是恢复了冷静，还是正在思考下一步该怎么做。

就在这时，俄罗斯蓝猫察觉手机有来电，于是按下了通话键，将手机放在耳边。

"怎么了？"俄罗斯蓝猫问道。"我是檀，我刚刚看见马克育马在 SNS 上公布了座位的照片。"电话中传来声音。俄罗斯蓝猫正要回答，忽然眼前一黑，同时耳中听见啪的一声。原来是将五朝俄罗斯蓝猫的脸踢了一脚，令蓝猫仰天翻倒，蓝猫却以为是有人关了电灯。

手机脱手飞出，掉落在地上。同时俄罗斯蓝猫的后脑勺撞击地面，强大的痛楚和冲击令蓝猫一时晕头转向。将五不给蓝猫喘息的机会，举起右脚朝蓝猫踏落。蓝猫来不及躲避，只能皱起眉头，准备迎接更强烈的痛楚与冲击。然而就在这千钧一发之际，成海彪子将身体一缩，从将五的胯下穿过，挡在两人中间。

成海彪子迅速起身，举起双手朝将五奋力推去，将五的身体却是纹丝不动。成海彪子紧接着朝将五右、左、右、左连续挥拳，同时嘴里喊着"将五""冷静下来""我们不是""你的敌人"。将五举起手腕，左、右、左、右地挡下攻势。

俄罗斯蓝猫拾起手机，放在耳边说道："抱歉，我现在没空理那些。等我这边搞定了，我会去找你们。"至于檀是否还在电话另一头，俄罗斯蓝猫根本没有余力确认。

真的有办法搞定吗？俄罗斯蓝猫心中产生了这样的疑虑，但他将这个念头抛诸脑后。

俄罗斯蓝猫将手机放进裤子后侧口袋里，喊了一声"蹲下"。成海彪子相当机警，立刻屈膝伏倒，俄罗斯蓝猫奋力朝地板一蹬，整个身体自成海彪子上方飞越，一脚踢在将五的胸口。

如此猛烈的飞踢让将五踉踉跄跄地往后退了数步。俄罗斯蓝猫迅速移动，又和成海彪子一起把将五包夹在中间。

俄罗斯蓝猫试着在脑海中模拟双方的动作，但总觉得不管自己采取何种攻势，似乎都没有办法打倒将五。真是太麻烦了。俄罗斯蓝猫越想越无奈。自己的目的只是惩罚野口勇人，根本跟这个猛男无关。

俄罗斯蓝猫满脑子都是不好的预感。

成海彪子猛力朝着将五挥出一拳，将五闪身避开。成海彪子姿势一变，改为以手肘攻击，将五伸手挡下。成海彪子以其被格挡的手肘为轴心，手腕垂直挥出，以拳背打在将五的脸上。

　　将五朝成海彪子抓来，成海彪子对着墙壁连踩数脚，整个人向上拔升，接着向后翻了一圈。将五跟不上成海彪子的动作，有些慌了手脚。成海彪子双脚一着地，立刻朝将五的心窝猛击一拳。

　　这一拳发挥了效果，将五的动作戛然而止。俄罗斯蓝猫使出浑身解数，朝着将五的头部踢出一脚，将五在危急之际勉强伸左腕挡下。

　　俄罗斯蓝猫迅速转身，想要捡起刚刚掉在地上的流星索。

　　蓦然间，一声轰然巨响钻入鼓膜，那声音宛如铁拳的沉重一击。

　　俄罗斯蓝猫下意识地伸手护住头部。

　　原来是将五掏出手枪，朝俄罗斯蓝猫开了一枪。子弹嵌入俄罗斯蓝猫旁边的墙壁。

　　俄罗斯蓝猫想起成海彪子对将五这个人的描述。他常常会基于正义感而做出暴力行为，而且一旦失控就再也没人能制止得了了。

　　俄罗斯蓝猫立刻举起双手示意投降。以两人此时的距离，下一颗子弹一定会打在自己身上。

将五维持着粗重的呼吸，将枪口对准了俄罗斯蓝猫。

"等一下，等一下，等一下！大事不妙！给我一点时间！真的，一点时间就行了！"成海彪子忽然大声叫喊。将五吃了一惊，转过头来想听听成海彪子要说什么。成海彪子似乎早就等着这一刻，突然使出一记回旋踢，脚尖精准踢中将五的手腕，手枪掉落在地上。

俄罗斯蓝猫迅速伸手抓住流星索，朝着将五的脚踝奋力甩出。

一感觉到绳索前端的球体缠上了将五的左脚脚踝，俄罗斯蓝猫立刻用力拉扯，将五的身体失去平衡，一屁股跌坐在地上，俄罗斯蓝猫赶紧扑上去全力将他压制住。

俄罗斯蓝猫用流星索把将五的双手手腕绑住了。将五似乎知道逃不了，也不再挣扎。俄罗斯蓝猫与成海彪子好不容易制伏了将五，两人都上气不接下气，呼吸比将五还粗重。成海彪子拼命使用各种不同言辞，试图安抚将五的情绪。

或许是成海彪子的话术奏效，原本有如蒸汽火车头一般乱鸣汽笛，喷出大量烟雾，到处横冲直撞的将五，似乎稍微恢复了一点冷静。

"我想要阻止野口他们，你能帮我们联络吗？"

将五沉默不语，脸上看不出任何表情变化。

"我想找的是野口勇人。只要你答应让我将野口带走，不管你想要对马克育马做什么，我都不会干预。"

373

"你怎么这样说？"成海彪子说道。

"我说的都是真话。"

"将五，你听我说，即使你找马克育马报仇，也不能改变任何事情。"

"我知道你要说什么，'即使你这么做，你哥哥在天上也不会开心'，对吧？"俄罗斯蓝猫想起了在电影和连续剧里常听到的经典台词，抢先说了出来，"老实说，这根本不重要，打从一开始就不是什么'想要让谁开心'或是'不想让谁难过'的问题。我们就是想要报仇，就这么简单。何况如果不报仇，猫咪不是太可怜了吗？"

将五不禁皱起了眉头："这跟猫有什么关系？"

"我不是那个意思。我想说的是，不管你们怎么教训马克育马，都不可能让那家伙自我反省。如果杀了马克育马，他反而会被世人当成可怜的受害者。到头来吃香的人依然是他。我相信你们也不希望看到这样的结果吧？而且，如果檀老师说的是真的，你们的做法会连累许多无辜的观众。"

成海彪子滔滔不绝地说着，俄罗斯蓝猫却是左耳进右耳出，简直把那些话当成了球场内的广播，完全没有放在心上。他取出手机，试图打电话给美国短毛猫，但没有打通。

"不会让他就这么死了。"将五呢喃说道。

"嗯？"

"我们不会让他就这么死了。就像你说的，与其杀了他，不如让他苟延残喘。我们之前在交流会里不是聊过这件事吗？永远重复相同的人生……"

"啊，嗯……"将五愿意诉说自己的想法，这让成海彪子有些开心。

"所以我们的目标是让他感觉活得很痛苦。就跟我们一样，遭遇了再怎么荒唐的悲剧，日子还是得过下去。我们想要让他尝一尝这种辛酸。"

"你们到底打算做什么？"

此时俄罗斯蓝猫站了起来，拍了拍身上的灰尘。他并不打算一直在这里听成海彪子与将五的对话："你看着这家伙，我得去抓野口了。"

"刚刚你像三岁小孩一样喊叫，那是什么意思？"将五询问成海彪子。他看起来相当疲惫，只剩下说话的力气了。

"等一下，等一下，等一下！大事不妙了！给我一点时间！"将五将枪口对准俄罗斯蓝猫时，成海彪子确实喊出了这样的话。

"呃……"成海彪子不知是有些不好意思，还是不愿意说真话，只是含糊其词地说道："每个人对'一点时间'的定义并不一样。"

俄罗斯蓝猫没有听到最后，已拔腿奔跑。

檀 老 师

我再次拿起手机确认 SNS 上的照片。马克育马脸上带着笑容，根据其背后的画面，我已大致猜出其座位的位置。

应该是在最上层吧。我仰望那座位的方向，一步步登上座位与座位之间的陡峻阶梯，在观众席中寻找马克育马的身影。

"应该就是这一局了吧。""只要一个人上垒，就能轮到天童了。"旁边几个年轻人用力敲打着手里的扩音加油棒，那声音简直像是催促着我加快脚步。

东北金鹫的投野选手从第一局到第三局都进行了三上三下[①]的完美防御，到了第四局和第五局虽然曾被击出安打，但除了一记阳春本垒打，并没有失分。如今上场的是一号击球员，因此只要有一人上垒，就能轮到四号的天童。

终于到第六局下半场了。我感到一股凉意在体内蹿升。

之前在预演中看见的场景不断盘旋在我的脑海里。倒地的两个男人中，一个是马克育马，另一个可能是我。那场面正是发生在第六局下半场巨人队进攻的时候。

照现在这个事态继续发展下去，那个场面恐怕会成真。我身上会中枪，倒在走道上。观众会全部涌向门口，造成互相踩

---

① 攻方在一局比赛中连续三名击球员都在安全上垒之前出局。

踏的惨剧。

当然也有可能未来已经改变，不会发生那样的状况。我一边奋力踏上台阶，一边如此激励自己。一来，我在进入球场前已经事先看过预演了；二来，我们已成功抓到了哲夫。如今我们应该已进入了完全不同的未来，不是当初那个我会中枪的未来了。可怕的踩踏事故当然也不会发生。

真的吗？

但如果时间之流并没有改变，该如何是好？

种种疑问不断在我的心中盘绕，抹去了每一句自我安慰的话。再怎么强迫自己别多想，还是无法阻止恐惧感传遍全身。

但我奋力迈上台阶，一步步往上走，对心中那些疑问充耳不闻。

如果此时我抛下一切，逃离球场，漠视即将发生的悲剧，我将一辈子活在悔恨之中。与其迎接那样的结果，我宁愿做我能做到的事情，尽人事听天命。

耀眼的阳光让我不由得眯起了双眼。

我一边登上台阶，一边抬头望向右侧。我看见一个背着啤酒机的年轻女人。是部长。她将一个杯子递给坐在观众席上的妇人，接着操作起了电子结账机。

部长正是我所看见的那段预演的当事人。

她的出现代表时刻已近。

我听见了欢呼声。周围的观众席上，有人敲打着手里的道具，有人兴奋地鼓掌叫好，有人则高高举起了手。

巨人队一号击球员谨慎选球，终于等到了四坏球，成功保送上垒。这意味着天童很有可能会上场击球。对破纪录的期待让球场的气氛逐渐升温。

我放眼望去，在人群中发现了马克育马。他坐在该区域第一排靠走道的座位，手上拿着一杯啤酒，正眉飞色舞地与身旁的女人说着话。

这浑蛋完全不知道我们为他吃了多少苦。我在心中如此咒骂。虽然这不能算是马克育马的错，但我的心里或多或少还是感到愤愤不平。

我加快脚步，奋力登上台阶，朝着左手边前进。马克育马就在我前方不到十米的地方。

"抱歉，是马克育马先生吧？"为了不给自己犹豫的时间，我想也不想地朝他喊。

他先是愣了一下，接着说道："真糟糕，被发现了。"他虽然嘴上说"真糟糕"，表情却似乎有些开心。

"不好意思，能不能请你跟我走？"我必须以最有效率的方式在最短的时间里将他带离现场。

他听到我这么说，顿时愣住了。接着他与身旁的女人互看了一眼，皱起眉头，流露出明显的不悦神情。

"我为什么要跟你走？"他大刺刺地坐在座位上说道。

我抓住了他的手腕，他却把我的手甩开了。他的无礼态度，以及我手腕的隐隐作痛，让我更加怒火中烧。

"这里非常危险，我劝你还是听我的建议。有些事情，我相信你应该不想被外人知道吧。"

我心里猜想马克育马多半有些不可告人的秘密，因此这么威胁他。

马克育马登时起了戒心，朝我问道："你在说什么啊？"

"还敢说国王没穿衣服，你自己才没穿衣服。"我把前阵子母亲说的那句话搬了出来，同时再度抓住他的手腕，将他用力拉起。

起身之后的马克育马朝我怒目而视。虽然最常面对的是摄影机，但他毕竟是习惯站在大众面前的公众人物，自然有一股威严与气势，令我受到震慑。

但在这个节骨眼上，我自然不能退缩。

我的脑海里浮现出自己与马克育马双双倒地的画面。就是在这条走道上，我们将会遭到枪击。

"你干什么！"

马克育马大声怒斥。他一甩手，杯子不小心掉落到地上，里面的啤酒全洒了出来。周围的观众都转头看着我们，脸上带着不满的表情，但此时我已管不了那么多了。

我心中的真正动机，并不是拯救马克育马。我只是想要尽量让自己派上用场，借此来冲淡隐藏在记忆盒盖下的对那个学生的罪恶感，以及看了预演却帮不上忙的无力感。

就在这时，球场内响起了广播声。

"四号，一垒手，天童。"那广播声中隐隐夹带着"让大家久等了"的兴奋。后方广告牌的屏幕上播放起华丽的登场视频，还演奏起了音乐。观众席再度变得喧闹，欢呼声、鼓掌声及其他林林总总的声响震动着整座球场，我甚至感到地面微微晃动。

"我要看天童打球，你别抓着我，好痛！"马克育马用力挣扎。

"你有生命危险！"

"你到底是谁？"马克育马气喘吁吁，用力摇晃身体。他的体格比在电视上看起来矮小一些，没什么力气。我抓着他的手腕就可以将他硬拖走。然而我没有注意到一名警卫正从另外一个方向奔跑过来，或许是马克育马以眼神和表情向警卫求救了。

当我惊觉时，身穿制服、头戴制服帽的警卫已经站在我的身边。

"这家伙想要伤害我，快把他带走！"马克育马告诉警卫。

"不是的，你误会了！"

"误会什么！"

我与马克育马大声争吵，那警卫以低沉却犀利的声音说了一句"别想逃走"。我一听，瞬间全身有如冻结一般。

我战战兢兢地转头一看那警卫的长相，赫然便是野口勇人。

"老师，你别再碍事了。"野口虽然将嗓音压得极低，却明显流露出怒意。

他迅速用左手抓住了马克育马的手腕，将枪口抵在他的腹部，对我说道："老师，你如果敢逃走，我就朝他开枪，而且我可能还会攻击其他人。"

野口只有一把手枪，却以这句话限制了我的行动。言下之意，是警告我不能抵抗或逃走。

马克育马似乎还摸不着头脑。一开始，他似乎以为我们是演戏，要不然就是整人节目的恶作剧企划，所以他的脸上带着微微笑意，一副"被我看穿了"的态度。直到他看见抵着自己腹部的手枪，以及听到野口补上一句"如果大声嚷嚷，我也会开枪"他才惊觉事态严重，瞪大了眼睛，脸上肌肉微微抽搐。

"你要做什么？""别做这种事。"马克育马和我同时说话。

我的脑海里浮现了里见大地的脸孔。他的父亲里见八贤如今在哪里？是否平安无事？我想要开口询问，却不知道从何问起。

球场上，东北金鹫的投野投出了第一球，是个偏外侧的坏球。

各个球迷激动地敲击手中的加油道具，那声音牵动着我的心跳，令我的心脏跳动得越来越快，我的整个身体也跟着隐隐震动。刺耳的脉搏声让我没有办法冷静思考。怎么办？怎么办？现在怎么办才好？耳畔仿佛有一道声音不断喊着。不要动！好危险！乖乖站着就好！

Heading! Heading! 快动动脑袋，想个解决办法！

我还有一线希望。没错，还有逆转的机会。我在心里如此告诉自己。因为我还有武器！一种名为"预演"的武器！

通过预演，我知道过一会天童会打出本垒打。一发魄力十足的本垒打马上就要击出，球会撞在球场后方的屏幕墙上。

一旦天童打出本垒打，场内必定欢声雷动，所有观众都会兴奋于天童打破了职棒纪录，整个场面会比现在更加沸腾。如此一来，即使是野口勇人也一定会分心。欢呼和喧闹声必定会分散他的注意力。

那正是我的绝佳机会。

我跟他最大的差别，就在于我已经做好了心理准备。趁着他的注意力被喧闹声吸引的时候，我可以突然将他撞倒，然后立刻拉着马克育马逃离现场。

一定没有问题的。我在心里告诉自己不必担心。就在天童打出本垒打的瞬间，用肩膀撞向野口勇人就行了。

我绷紧了神经，将注意力放在全身的每个角落。

接着我转头朝球场瞥了一眼。

投手丘上，投野先朝一垒的跑者投了一记牵制球，接着对天童摆出了投球的动作。

一坏球，没有好球。根据预演，天童将会在下一球击出本垒打。

球离开了投手的手指。天童挥出了球棒。绝对不能有任何迟疑。我将肩膀对准了野口勇人，做好了冲撞的准备。

但接下来的事态出乎我的意料。

天童挥棒落空。

我的脑袋顿时一片空白。本垒打呢？这是怎么回事？一时间，我什么也看不见，什么也听不到了。思考的齿轮不断在我的脑海里空转，发出了"咔啦、咔啦"的声响。

观众席上自然也没有爆出巨大的欢呼声，有的只是对挥棒落空的叹息声。野口勇人依然将枪口对着马克育马，注意力完全没有被分散。原本已经要往前撞的我，只好赶紧刹车，差点摔在地上。

"不准动。"野口勇人再度发出警告。

整座球场有五万名观众，大概只有我因为天童没有打出本垒打而手忙脚乱。蔚蓝的天空仿佛嘲笑着我的愚蠢。

计分板上的球数统计变成了一好球、一坏球。在预演里，天童在一坏球之后就打出了本垒打。如今现实显然已发生了变化。

我的脑海里浮现出父亲的脸孔。父亲生前从来没有告诉我，预演会在这样的状况下发生变化。

"让开！"野口勇人忽然将我用力推开。我整个人撞上了观众席。

野口勇人双手握枪，将枪口对准了马克育马的腹部，而非头部。周围的观众目击了野口手中的手枪，这才察觉事态严重，发出了尖叫。

"请大家冷静！不会有事的！"我赶紧大喊，同时挥舞双手。如果引发观众恐慌，预演中的悲剧还是会成真。虽然我不知道这么做能够发挥多少效果，但这是我唯一能做的事情。

马克育马一直乖乖坐在地上不动，任凭野口用枪指着自己。或许他已经吓得腿软，没办法起身了。我站在他旁边，也忍不住想要蹲下。

"没用的老师。"从前那个学生说过的话再度回荡在我的脑海。当年我完全没有料想到，那学生的心中竟然藏着那么大的烦恼。我只以为他是个在学校到处惹事的任性学生。不只是他，其他学生也是一样。我对他们根本一无所知。

我终于还是朝着野口勇人撞了过去。

不过，那并不是为了证明我并非没用，是因为我不希望野口勇人做出开枪伤人的行为。虽然他不是我的学生，但不知为什么，我看到他，就仿佛看到了从前那个我完全没有帮上任何忙的学生，甚至可以看到我现在的所有学生。

我的脸撞在野口勇人身上，顿时眼冒金星，鼻子犹如炸开一般灼热。我强忍着痛楚，硬是将他推倒在地。

下一秒，周围观众一拥而上，七手八脚地压住了野口勇人的身体。

檀老师

原来其他观众也在找机会想要制伏手持枪械的野口勇人。

最前排的几个人紧紧抱住了野口勇人的四肢。

有观众关心我的状况，向我问了一句："你还好吗？"我感觉心脏依然扑通乱跳，烙印在脑海里的恐惧迟迟无法消退，手脚依然微微颤抖。不过幸好没有发生观众互相踩踏的惨剧，这让我着实松了口气。

"抱歉，请你暂时别离开，警察应该马上就来了。"我爬到马克育马的身边，对他如此说道。

他依然坐在走道上，全身直打哆嗦，不停对着我微微点头，差点口吐白沫。

许多人聚集在走道上，有些人站在远处拿着手机拍照，或是打起了电话，也有一些带着孩童的观众匆匆忙忙走向出口。

比赛继续进行着，还是已经中断了？

我心里感到好奇，想要起身确认，刚刚抬起膝盖，忽然看见一名女性啤酒销售员从走道另一头走了过来。

那名销售员的步伐异常坚定，手中握着喷嘴，喷嘴的下方连接着软管，软管另一头接在啤酒机上。刚开始我还以为她是关心我跟马克育马，想要请我们喝一杯啤酒。这当然是很荒谬的误解，但我那时候脑袋乱成一团，完全没有判断能力。

女销售员在距离我们大约两米处停下了脚步，嘴里喊了一声"马克育马"。

马克育马抬起了头。几乎在同一时间，我察觉那名女销售员的相貌相当眼熟。

她正是成海彪子给我们看的那张照片里的女性成员——沙央莉，当初跟着野口勇人一起离开安憩胃肠诊所的三人之一。

她举起了喷嘴，将喷嘴前端对准我们。难道她要朝我们喷洒啤酒？为什么？

"勇敢地活下去吧。"沙央莉说道。

难道那不是啤酒？一瞬间，我的脑海里浮现了这样的想法。或许那啤酒机里装的并非啤酒，而是其他液体。否则她的表情没有理由如此悲壮。

就在这时，一道人影正以粗暴的气势朝着我们的方向靠近。我转头一看，那是俄罗斯蓝猫。他踩在座位的椅背上，避开人群，将椅背当成了踏板，不断跳跃移动。

俄罗斯蓝猫并没有使用走道上的台阶，而是选择了最短距离，在座位区内直线移动。他跳跃的动作如猫一般轻盈，没有撞到任何一名观众。

"喂！""你干什么！""别这样！"跳跃路线上的观众纷纷发出怒吼与抗议声，但俄罗斯蓝猫丝毫不以为意。

最后他在走道上着地，用身体挡在我面前。几乎就在同一时刻，沙央莉按下了喷嘴上的开关。

不明液体喷射而出，伴随着强烈的刺鼻的臭味，我的脑海里霎时浮现了"盐酸"这两个字。

我听见了沥沥水声，心里害怕俄罗斯蓝猫的背部已经被那不明酸性液体灼伤，强烈的恐惧沿着背脊向上蹿升。我紧紧闭上眼睛，刺鼻的气味让我的鼻子隐隐作痛。

过了好一会，我才战战兢兢地张开了双眼。俄罗斯蓝猫已经制伏了沙央莉。我想要说话，却忍不住剧烈咳嗽。空气中弥漫着酸性液体的强烈臭味，周围群众纷纷走避。

俄罗斯蓝猫

"蓝猫，你不要紧吧？"俄罗斯蓝猫听见了说话声，抬头一看，美国短毛猫就站在眼前。

未免来得太慢了吧？俄罗斯蓝猫抑制住想要如此抱怨的心情，只是说道："那玩意喷出来的好像不是啤酒，而是盐酸之类的液体。虽然喷在了我的背上，但应该没事。"

俄罗斯蓝猫一边说，一边指着放在旁边的雨衣。附着在上头的酸性液体流到了地面上，形成一大片污渍。

"幸好我刚刚披了雨衣，才逃过一劫。"

俄罗斯蓝猫用穿着雨衣的背部挡下了从啤酒机中喷出来的强酸性液体。沙央莉似乎完全没有预料到会发生这样的状况，整个人愣住了。俄罗斯蓝猫迅速脱掉披在身上的雨衣，抓起她的手腕一扭，令她动弹不得。

两人取下了沙央莉背上的啤酒机，用流星索将她的双手及双脚绑住。沙央莉躺在地上，愣愣地看着天空。

"天气那么好，你怎么会随身携带雨衣？"美国短毛猫皱起了眉头，"啊，难道是……"

"难道是什么？"

"'担心啤酒机里装的是强酸液体的安全驾驶'吗？"

俄罗斯蓝猫叹了一口气。的确多亏了那件雨衣，才挡下了那些强酸液体。光是想象那些液体溅在头上或衣服上会发生什么状况，俄罗斯蓝猫便不寒而栗。那液体有着强烈的臭味，多半不是盐酸就是硝酸。

"这不是很奇怪吗？你没有理由身上带着雨衣，而且你也从来没有提过自己身上有雨衣。"

"刚刚来球场的时候，在店里买的。"俄罗斯蓝猫撒了个谎。

新闻上说，某国 28 日实施核武器试验，令俄罗斯蓝猫感到相当忧心。虽然天气预报说今天的降雨率为零，但毕竟人类到目前为止还没有办法精准预测天气。一旦下起雨来，雨水中可能含有大量辐射物质。为安全起见，今天俄罗斯蓝猫特地带了一件雨衣出门。但俄罗斯蓝猫没有说出实话，因为实话绝对不会引来佩服与尊敬。

周围的喧闹声越来越刺耳。警铃声此起彼伏，显然比赛也中止了。场内广播不断提醒观众在采取行动的时候要保持冷静。

檀跟跟跄跄地走了过来，用袖子捂着嘴，不停咳嗽。

"刚刚我们在那边的后侧抓到了他们的另一个同伴。"俄罗斯蓝猫说道。

"将五吗?"

赶来这里的路上,俄罗斯蓝猫接到一通电话,来电者竟然是成海彪子。俄罗斯蓝猫接起电话,成海彪子告诉蓝猫,她为了寻找能让将五无法自由行动的用具,进入了员工专区的工具间。成海彪子赫然发现工具间里有被绑住的两个人,分别是警卫和啤酒销售员。成海彪子于是质问将五:"你们到底打什么主意?"将五似乎看开了,老实说:"我们打算用强酸水溶液替换啤酒,喷在马克育马的脸上和身上。"

他们并不打算杀死马克育马。他们要让马克育马体会历经了悲惨遭遇之后还必须活下去的煎熬。

"这件雨衣的材质是聚酯纤维,在某种程度上能够抵抗强酸,所以我才穿上它来保护自己。"

"真的假的?你应该是在说谎吧?"美国短毛猫瞪大了眼睛说道。

"为什么你会认为我在说谎?"

"你怎么会知道什么材质能够抵抗强酸?"

"我反而感到好奇,你连这种事都不知道,为什么还能活着?"这残酷的世界上有可怕的食人菌,有可怕的传染病,还有可怕的盐酸和硫酸。每一种可怕的东西,都必须事先想好应对之道。

救护车和警车的警笛声自远方逐渐靠近球场。大多数观众都已经依照指示撤离球场,但依然有少数人逗留在球场内。

俄罗斯蓝猫心想，要是自己的长相被人用手机拍下来，可会有点麻烦。何况再过不久，恐怕还会有电视台的摄影直升机。

原本压着野口勇人的观众和几名警卫小心翼翼地将野口扶起。他们大概认为与其把野口压在地上，不如将他绑在椅子上吧。

俄罗斯蓝猫环顾四周。比赛已经中止了，选手全都站在球场上神情紧张地朝这里望来。场内广播持续安抚着观众的情绪。

接着俄罗斯蓝猫转头望向被按在座位上的野口勇人。

"蓝猫，你是不是正思考着要怎么把野口带走？"美国短毛猫看穿了俄罗斯蓝猫的心思。

"这是我们的工作。"

"在这种情况下要带着野口逃走，难度恐怕很高。就连大多数事情都认为船到桥头自然直的我也觉得希望不大。"

是不是该等待下一次机会呢？俄罗斯蓝猫不禁有些烦恼。野口勇人应该会被警察逮捕吧。这么一来，猫狱会猎人要抓到机会向他报仇，恐怕会是很久以后的事了。蓝猫再度望向坐在观众席上的野口勇人，心里思索着该如何是好。就在这时，一个男人忽然从座位上站了起来，手中握着一把手枪，嘴里大声嘶喊。

是马克育马。他捡起了野口勇人掉在地上的手枪。

马克育马将枪口对准了野口勇人。恐惧、愤怒与不安似乎让他失去了理智。他异常地瞪大了眼睛，半张的嘴里不断流出白沫。

这可有点不妙。

俄罗斯蓝猫才在脑海中这么想，脚就已采取了行动。他敏捷地往前连纵数步，跳到了野口勇人面前。接着枪声响起，俄罗斯蓝猫感觉自己的腹部剧烈一震，仿佛有一颗灼热的球贯入体内。

大概是中枪了吧。

俄罗斯蓝猫仰天翻倒，先是撞上了座位，接着才瘫倒在走道上。

鲜血正在不断流出体外。俄罗斯蓝猫感觉得出来。我的宝贝鲜血。蓝猫赶紧用力按住腹部，但鲜血仍持续从手指缝隙之间溢出。

怎么会遇上这种鸟事？俄罗斯蓝猫叹了一口气。不过一眨眼工夫，感觉全身力气已流失殆尽。

死定了，完蛋了。

"蓝猫，你为什么要做这种事？"美国短毛猫来到身旁说道。

"要是野口中枪，我们的工作就没有办法进行了。"

"你说什么傻话？"美国短毛猫的口气一如既往地带着三分调侃与一丝轻视，却不像平常那样伶牙俐齿，"你不是每天早上起床之后都要把全世界所有不好的事情都担心一遍吗？你怎么没有担心到自己会中枪？这不是最应该担心的事情吗？"

周围的喧闹声越来越刺耳。

"警察来了!""终于来了!"不知是谁在喊着。

思绪越来越模糊了。强烈的痛楚仿佛要贯穿脑门,令俄罗斯蓝猫心惊胆战。美国短毛猫拉起俄罗斯蓝猫的手臂,绕过自己的肩膀。俄罗斯蓝猫知道他要把自己搀扶起来,却感到疼痛不已,想要斥骂"痛死我了,你搞什么鬼",却又发不出声音。

"我们走吧,得赶快离开这里。"美国短毛猫说道。俄罗斯蓝猫心里也这么认为。两人做过那么多违法的事情,要是被警察逮住,一切就完了。不仅会给雇主添麻烦,而且还会令猫咪名誉受损。美国短毛猫心里大概也有相同的想法吧。

俄罗斯蓝猫扶着美国短毛猫,拼命移动自己的双腿。平常总是乐观又玩世不恭的美国短毛猫此刻竟然面色凝重,不禁令俄罗斯蓝猫有些得意。

"振作点,蓝猫。千万不能睡。"

你该不会在流泪吧?俄罗斯蓝猫有点想这么说,但不晓得自己还能说几句话,因此决定挑选较重要的话来说。

"何必担心这种事?"最后俄罗斯蓝猫选择说了这句话,但不确定自己的喉咙是否真的发出了声音。你应该担心的是我们的工作吧,短毛猫?

檀老师

"今天的课就上到这里，下课。"我一说这句话，学生们纷纷开始收拾书包。"路上小心。"我随口说道，几个学生也随口应了一声。

半年前，那件事发生后，我一来到学校，同事和学生们就将我团团包围，有人关心我的身体，有人赞誉我的行动。但人类是一种擅长习惯的生物，如今对他们来说，那件事也不过是一段过往云烟。

有好长一段时间，媒体记者经常出现在我面前。整个新闻业好像形成了一种吹捧我的风气，一再强调当马克育马遇袭时，多亏我这个中学语文老师挺身相助，他才保住了性命。但是当他们问我"为什么要不顾自身安危，保护马克育马"时，我不知该怎么回答，最后勉强挤出一句："爬山不需要理由，因为山就在那里；保护马克育马不需要理由，因为马克育马就在那里。"或许是这句话太冷的关系，记者突然对我兴趣尽失，那天之后我再也没有见过任何一名记者。

里见大地经过我面前时，忽然停下脚步，转头对我说道："对了，老师，我爸爸这几天可能会跟你联络。"

里见八贤一直被囚禁在东京都内某公寓房间的厕所里，直到事件结束后，警察才将他救了出来。据说那套公寓的屋主正是野口勇人，自案件发生的前半年起，一直借给将五居住。野口等人落网后交代了实情，警察才赶紧前往营救。

里见八贤获救时虽然身体相当衰弱，但健康上没有任何问题。虽然曾经一度传出他罹患了创伤后应激障碍，但不久后就顺利回归职场。前阵子我跟他见了一面，他还以半开玩笑的口吻对我说："檀老师，我们都曾经遭到囚禁，看见你让我有一种莫名的亲近感，或许可以称之为友情吧。"

他没有告诉我那起事件的细节，只是吐露了一些自己的心声："其实我心里一直很矛盾，一方面希望他们实现心愿，另一方面又认为不能纵容他们做那种事。"

事件发生后，里见大地曾告诉我："老师，我那时候真应该听你的劝告，直接报警。"他不仅后悔，还对我捏造的"算命师"的话更加深信不疑。

"我爸爸说，老师请他帮忙做一件事，是真的吗？"

"是真的，老师很厚脸皮地请你爸爸帮了一个忙。"

"帮忙介绍女朋友？"

"不是。"我苦笑着说道，"老师想知道从前一个学生的下落。"

"你好像误会了什么，我的职业可不是侦探。"里见八贤虽然嘴上这么说，但还是答应了我的请求，"在不会害我挨骂的前提下，我尽量帮你查一查。"

我来到走廊上，忽然听到背后传来一阵脚步声，转头一看，原来是布藤鞠子。

"老师,你读完了吗?"

"读完了,很有意思。"我坦率地说出感想。当我回到学校的时候,她已经写起了别的故事,理由是她不太喜欢原本那个故事的情节。

"虽然是替猫报仇,但说穿了也是一种霸凌。日本毕竟是法治国家,不能做这么过分的事。"布藤鞠子这样说道。

"原来如此。"我心里倒认为反正是小说情节,不必如此当真。

"我爸爸最近乖得像猫一样,说起来也是好事一桩。"

其实我一直很担心她跟她父亲之间的关系,如今听她说得轻松自在,我不禁松了口气,便也不好意思马上追问她家里的状况。

"你会写续集吗?"我将话题拉回她写的小说上。

她的小说风格从原本充满了暴力描写的犯罪小说,变成了惊悚小说。这次的主角是个大学生,某一天他收到了许多网络购物的商品,但完全不记得自己订购了这些东西。后来他被卷入了可怕的事件当中,而当初莫名其妙寄来的商品全部派上了用场。

"如果获得好评的话。"布藤鞠子面露微笑。

檀 老 师

店里原本只有我一个客人。正当我享受着独占整个空间的愉悦时，突然有个女人从门口走了进来。我一看见那女人的脸，登时吓傻了。

由于我的手里还拿着逗猫棒，一只黄黑条纹的胖胖的虎斑猫依然不断伸爪子拨弄着逗猫棒的前端。

成海彪子吃惊地眨了眨眼睛。她似乎也没有想到会在这里遇上我。

"你也喜欢猫吗？"我们异口同声，问了相同的问题。

成海彪子在木地板上坐了下来，轻轻摇晃她从柜台里拿来的逗猫道具，吸引了附近一只白猫的注意。她的逗猫道具是一根棒子，前端系着绳索，绳索的尾端绑着小玩具。

"我是第一次来这家店。"我说道。大约十天前我发现了这家店，它就在从车站到学校的路上。刚开始，我并没有将这家店放在心上，然而每次回家时都能看见这家店的招牌，久而久之便产生了一点兴趣。于是我决定找一天进来这家店看看，调节一下身心。我"找到"的日子，就是今天。与布藤鞠子交谈之后，我离开了学校，便不由自主地踏进了店里。

"在学校遇到什么不愉快的事情了？"

"不愉快的事情倒是没有，但累死人的事情每天都会发生。"当然，我知道天下没有轻松的工作。

"这家店我已经来过好几次了。"她说道。

也是为了调节身心？我原本想要这么问，但最终没有把这句话说出口。半年前发生的安憩胃肠诊所炸弹恐怖袭击事件及野口勇人袭击后乐园球场事件必定让她感到身心俱疲。想要亲近一下人类以外的动物来转换心情也是人之常情。例如什么动物？当然就是猫咪。

"好像有一句成语可以形容这件事……损人不利己？"成海彪子一边抚摸着躺在旁边的猫，一边说道。

"什么意思？"我刚问出这句话，心里已明白了她想表达的意思。"这件事"指的就是半年前的事件吧。不过用"损人不利己"来形容，似乎不太贴切。"损失的是哪些人？"我问道。

"引发恐怖袭击事件的我们交流会、警察，还有马克育马。"她一边扳着手指一边说道，"大家都受到了谴责，甚至被当成了坏人。唉，不过我们被当成坏人也是理所当然的事，毕竟我们是事件的主谋。"

成海彪子没有被逮捕，甚至没有成为警方的调查对象。而且新闻报道并没有把安憩胃肠诊所恐怖袭击事件与钻石咖啡厅事件联系在一起，也没有发现马克育马遇袭事件与庭野等人的关系。新闻媒体只知道有个姓庭野的男人持有枪械、炸弹，率领手下占据了安憩胃肠诊所，提出了一些莫名其妙的要求，最后在警方强行攻坚之际引爆炸药与人质同归于尽。庭野虽然在钻石咖啡厅事件中失去了女朋友，但不论从户籍资料上，还是从网络上，都很难发现庭野与钻石咖啡厅事件有关。

"强行攻坚造成伤亡，也让警察受到了批判。"

"舆论对警察的评价似乎相当两极分化。"有些人认为警察在这起事件中的做法相当糟糕。警察的使命应该是以救出人质为首要目标，但那次攻坚行动不仅让歹徒自爆身亡，连人质也死了，可说是最糟糕的结果。但有另外一些人则认为，警察的做法并没有错。如果警察屈服于威胁，迟迟不敢采取行动，可能会酿成更大的悲剧，因此警方应该坚持毅然决然的态度，绝对不能屈服于恐怖分子。持有两派说法的人大概各占一半，形成了五五开的局面。

"马克育马更是惨兮兮。"成海彪子苦笑着说道。

"惨兮兮"这个形容，可说是相当贴切。或许是野口勇人等四人在接受警方侦讯时说出了犯案动机的关系，马克育马在棒球场遇袭的理由被新闻媒体公之于世。

世人得知，原来这起案子的动因是马克育马在当年的钻石咖啡厅事件中的不当言行。如此一来，马克育马的失当言行及傲慢态度再度受到世人关注，再加上马克育马因为情绪激动开枪伤人，使得他无法保住电视台的工作。刚开始他的态度还很强硬，坚持主张开枪属于正当防卫。他心里打的算盘大概是想要靠一贯的毒辣言辞拉拢一些好事分子成为支持者。但这么做的结果只让他更加难堪，并没有获得任何支持。最后他积郁成疾，只能过上疗养生活。

"野口的猫，是由里见认养了？"成海彪子问道。

"好像是吧。"前阵子我与里见见面的时候，他曾提到这件事。那只无尾马恩岛猫果然被送到了东京都内的某家宠物旅馆里。"在野口回来之前我会好好照顾它。就怕它太可爱了,将来会舍不得分开。"当时里见耸肩说道。

"老师,你现在还在之前的学校教书吗?"成海彪子又问道。

"我们现在的对话,简直像在故意说给谁听一样。"我笑着说道。

"故意说给谁听?什么意思?"她转头看看周围的猫。但我指的当然不是那些猫。

就像是当棒球选手在球场上比赛时,有些观众会坐在电视机前观看比赛转播一样。阅读小说的读者当然也会希望,小说在事件结束后对每个角色的结局做个交代。我总觉得刚刚的对话就像是对那些所谓的观众或读者做着最后的说明。

"没想到会在这种地方遇上你。我刚好有个问题想要问你。"

如果没有在这里遇上她,我可能只能一直在心里自问自答了。

"什么问题?"

我怕自己想太多会紧张,因此在整理好思绪前直接问出了浮现在脑袋里的那个问题:交流会的目的到底是什么?你们为什么要做出那种事情?

事到如今,怎么还问这种问题?——成海彪子的表情仿佛这样说道。

"因为想要和大家一起结束一切……那天我不是说了吗?"

"为了集体自杀,你们发动了炸弹恐怖袭击,还连累了警察?"我问出这个问题时还是不禁感到,"集体自杀"这个词实在太可怕了。

成海彪子点了点头。

一只茶褐色虎斑猫经过我们面前,忽然止步,露出疑惑的表情。成海彪子在它的背上轻抚。

"你听我说过,在场的所有人都是交流会成员,安憩胃肠诊所也是交流会的成员康雄和他妻子开的诊所,担任人质角色的正是康雄夫妻,对吧?"

事发当天,成海彪子曾经这么对我们说过,但新闻媒体并没有报道出详情。事实上,从数年前起,新闻媒体中渐渐形成了尽量不公开案件受害者姓名的规则,因此普罗大众难以掌握所有受害者的详细资料。

单纯是警方没有发现这些人的共同点,抑或是成海彪子说了谎?我不知道这个问题的答案。另外还有一个疑点就是,警方似乎没有把野口等人与交流会联系在一起,认定那是毫无关联的两起案件,只是刚好发生的时间相近。

"没错。"她如此说完之后,突然露出戏谑的表情,又补上一句,"当然,前提是我没有说谎。"

她说这句话或许只是开个玩笑,但我相当认真,将身体凑上前说道:"这正是我想要向你确认的问题。"

"你认为我说了谎?"

"至少你并没有完全说真话。"我说得斩钉截铁,"举例来说，那天你曾说'野口他们攻击了马克育马之后，可能会做出更多伤及无辜的行为'，那一句应该就是谎话吧？我当时满脑子只想着一定要阻止炸弹恐怖袭击行动。你为了说服我继续追赶野口他们，所以说了这个谎。"

"噢，那确实是一句谎话。因为对我们来说，野口的问题更加重要。檀老师，你想确认的谎言，就是指这一句？"

"不，是更加关键的部分。"

"更加关键的部分，指的是什么部分？"她依然轻轻抚摸着身旁的猫，表情完全看不出一丝一毫的紧张。

我不禁想要拜托那只虎斑猫先到旁边待一会，不要打扰我们说话。

"我刚刚也说了，就是做这件事的目的。你说你们想要自杀，但是缺乏勇气，但你们最后的决定却是发动一场连累警察的炸弹恐怖袭击事件。我总觉得这样的决定实在有些突兀。"

"檀老师，我想你根本不理解我们的心情。或许你会认为我这样的说法很狡猾，但事实确实如此。羽田野车祸过世之后，我们就不太正常了。"

不太正常。

当初我也是这么认为的。交流会的成员似乎有些失去了理智。为什么我会这么认为？因为成海彪子这样告诉我们。没错，是因为听了她说的那些话。

"最近我重读了那本书。"

"哪本书?"

"尼采的。你们交流会曾经聊过尼采的话题,不是吗?当初我跟里见谈到尼采之后,我就把《查拉图斯特拉如是说》重读了一遍。事件发生后,我又重读了一遍。其中有一段话引起了我的兴趣。"

我取出手机,点开了备忘录。那段引起我兴趣的话,我将它记录在备忘录里。

世界的哀叹是深沉的。
喜悦比心中的忧伤更为深沉。
当哀叹说着:消失吧!
然而一切的喜悦都在要求永恒。

"这一段不知该说是很有尼采的风格,还是很有查拉图斯特拉的风格。'喜悦比心中的忧伤更为深沉',这句话是如此强而有力,让我有些感动。"

喜悦虽然不能抵消深沉的忧伤,却能成为心中的救赎。这正印证了我自身的经验。我无法灵活运用看见预演的体质,顶多只是偶尔能够帮助同事避免食物中毒。

大部分时候,我根本帮不上任何忙,只能对预演的内容视而不见。

没有办法做到的事情,就是没有办法做到。我必须学会遗忘。靠着父亲的这个教诲，我才勉强熬了过来。

但在这一次的事件里，我拯救了马克育马。虽然对我来说，我真正想拯救的不是马克育马，而是野口勇人他们，但总而言之，这件事让我的心情变得轻松许多。听说，在棒球场闹事的野口、哲夫、将五和沙央莉四人，由于他们的行为没有造成什么重大的实质性危害，因此即使被判刑，刑度应该也不重。而且我还成功阻止了观众互相踩踏导致伤亡事故的发生，这也让我的心情变得轻松许多。最近我已不再需要接受心理治疗。

"成海，你当时不是引用过尼采的话吗？'只要能够拥有震撼灵魂的幸福，我们就能感受到永恒人生的必要性。'"我也把这一句记在了笔记本里。

"嗯，这是羽田野告诉我们的。"

我抱起了身旁的一只猫，放在膝盖上，抚摸它的头部及背部，那只猫的喉咙发出了呼噜声。此时另一只猫朝我走近，抬头仰望我的脸，对着我喵喵叫了几声，仿佛在催促我赶快说结论。不晓得它是在代替谁发声。

"我不认为集体自杀这种目的能够让你们团结一致。"

"什么意思？"

"你们需要的是'喜悦'，也就是尼采所说的'就能让人感受到永恒人生的必要性的幸福'，不是吗？"

"我们不仅失去了家人，还失去了羽田野，哪来的喜悦和幸福？"

"我这次重读尼采的作品,体会到了一点,那就是尼采所说的喜悦和幸福并非得来毫不费力之物,而是必须主动追求才行。也就是必须自己做出判断、采取行动,才能在成功之后高声欢呼。不仅如此,那还不能是一种负面行为,不能给其他人添麻烦。因为尼采最讨厌羡慕或复仇这类情感。尼采认为每个人都应该追求成为更高层次的人。"

所以呢?你想表达什么?猫歪着头,仿佛这么询问我。

"我相信你们有着能让你们高声欢呼的另一个目的。根据我的推想,你们应该是想要对世人有所贡献吧?换句话说,你们这么做的目的,在于你们认为这样的行为可以拯救某些人。"

"檀老师,你认为做那样的事情,能够对世人有什么贡献?"

我听她这么反问,心里有些退缩,但我激励自己一定要说出心中的想法。

事实上我对这件事情的灵感来自母亲说过的话。母亲曾经提到过一个"初中女生坠落校门导致复杂性骨折"的传说。某个女学生为了进入学校而爬上校门,结果摔了下来,造成复杂性骨折。这个传说一届届流传下来,所以母亲和其他学生都不敢随便爬上校门。

说不定这个传说根本不是真的,但是正因为有这个"初中女生坠落校门导致复杂性骨折"的传说,对后来的学生造成了威慑作用,所以学生才会产生"如果不想骨折,就不要爬上校门"的警惕之心。母亲当初是这么说的。

"你们的恐怖袭击行动,是为了未来的民众着想。"

"未来的民众?"

"为了减少炸弹恐怖袭击事件。至少在人质的身上绑炸弹的残酷事件应该会减少一些。"

"难道你以为我们跟警察交涉时,拜托过警察'未来要好好处理这种案子'?"

"不,你们是想要制造出前例,一种具有威慑作用的前例。即使手上有人质,警察也会毫不留情地攻坚,所以抓人质的做法并不可取。你们想要让未来企图发动恐怖袭击的人明白这一点,不是吗?"

檀 老师

"在五年前的钻石咖啡厅事件里,歹徒因为愤怒而失去理智,最后导致人质全部遇害。"马克育马在电视上的言行是否对事件造成影响,如今已难以求证。但可以肯定的一点是,在警察冲入钻石咖啡厅之前,歹徒已经引爆了炸药。"有了这样的前例后,不难想象,当再度发生人质挟持事件时,警方必定不敢轻举妄动。事实上,去年发生美术馆占据事件时,歹徒正是以'如果警察敢轻举妄动,必定会演变成第二起钻石咖啡厅事件'来威胁警察的。这次警察谨慎行事,结果反而酿成了惨祸。因此我猜想,你们想要转变这样的风气。"

准确来说，应该不是"你们"，而是庭野。是他说服所有人参与这个计划。

"檀老师，你知道吗，警察的行动必定是以保住人质的性命为优先的，绝对不会做出危害人质性命安全的攻坚行动，尤其是日本的警察。"

"正因如此，更需要创造一个前例。"我说道，"否则，说得难听一点，以后的歹徒将再也不会把警察放在眼里。你们想要塑造出'警察一定会强行攻坚，不会屈服于威胁'的形象。为了达到这个目的，你们希望把事情闹大，闹得越大越好。"

"等等，檀老师。你的意思是说，庭野他们为了创造这个前例，不惜用炸药把自己炸死？"

"包括庭野在内，交流会的所有人都抱着自暴自弃的念头，想要结束自己的生命，不是吗？既然如此，在这最后一刻，做一件能够让自己欢呼的事情似乎没有什么不好的。根据我的推测，庭野正是靠设定这样的目标，维系着所有人的理性，避免大家做出疯狂的举动。"

"这只是你的臆测吧？

"而且他们没有必要真的牺牲自己的性命。"

就跟"初中女生坠落校门导致复杂性骨折事件"一样，是不是真的有一个初中女生发生骨折根本不重要。我本来想要举这个例子，但又担心被她抱怨"这个例子很烂"，因此不敢说出口。

"一般来说，当发生恐怖袭击事件时，歹徒会向警察提出要求。例如，歹徒会说'如果想要我们释放人质，就必须做某某事，或交出某某东西'。在这次的行动中，庭野当然也提出了他们的要求。"

"什么要求？"

"要求警察配合演一出戏。警察派出特种部队，对诊所发起攻坚。庭野等人算准了时机引爆炸药。虽然没人被炸死，但警方必须对外宣称死了很多人。简单来说，他们要求警方捏造出一套假的事件始末来给社会大众看，通过散布这样的假消息，对以后的恐怖分子起到威慑作用。"

"警察有可能接受这样的要求？"成海彪子露出苦笑。

当初我推论到这里的时候，也认为这太荒唐了，不可能做到。也许警察从一开始就不会与恐怖分子进行交涉。即使庭野告诉警察"请协助我们建立起威慑恐怖袭击再度发生的力量"，也只会让警察更加产生戒心，认为"可疑人物提出了可疑的要求"。

但是所谓恐怖袭击，其目的不正是要社会接纳原本不可能实现的要求吗？

或许庭野以最理性的态度，向警察说明了他的想法。不慌不忙，不疾不徐，不挑衅，不怂恿。

——我们不想伤害任何人，这间安憩胃肠诊所也是我们自己人开的。目前所有人都平安无事，所以能不能请你们配合我们演一出戏，遏止类似的恐怖袭击事件再度发生？

——如果你们没有办法接受，我们只好以自爆的方式结束自己的生命。

——请你们从这两个选项中选一个吧。

或许庭野正是提出了这样的要求。

"檀老师，即使提出了这样的要求，你认为秘密不会泄露吗？现场的特种部队和警方人员不知有多少。即使下了封口令，也迟早会泄露出去。"

"警方不会公布与歹徒的交涉内容，甚至不会承认曾经与歹徒交涉，因此要保密并没有那么难，只要少数高层共同保守秘密，剩下的人就不会知道真相。"我一边说，一边用手指画出三角形，指着顶点的位置说道，"只要这里的高层人士拥有坚定的信念就行了。只要能够遏止恐怖袭击酿成的悲剧再度上演，再怎么遭受批评也无所谓。如果有抱持这种信念的高层人士愿意提供协助，计划就能成功。"

我回想起里见八贤获救后，与他见面时的交谈内容。我直截了当地问他："之前你不是提过，有一位警界的高层人士在恐怖袭击事件中失去了家人吗？你觉得，如果是为了防止恐怖袭击的悲剧再度发生，那位高层人士是否愿意撒一个弥天大谎？"里见八贤露出颇为疑惑的表情，似乎不明白我为什么会问这样的问题。最终他并没有回答我的问题，但从他的反应看，他似乎曾经跟庭野提过那位高层人士的事。

"檀老师，按照你的推测，你是说那些人质和庭野其实还活着，根本没有死？"

这一点你应该比我清楚，怎么反而问我？我抑制住这么说的冲动，说道："虽然可能必须将过往的人生全部舍弃，但要活下去应该不成问题。这应该就是庭野和扮演人质的交流会成员所选择的道路。"

我想起佩珀尔的幻象——让原本存在于其他地点的人或物，仿佛出现在观众面前的舞台技巧。庭野他们可能也化成了幻象，存在于另外一个地点。不，应该说他们所发动的恐怖袭击事件本身就是一种幻象。虽然他们在世人眼里是幻象，但实际上他们可能在完全不同的地方过着平静的日子。

成海彪子笑了出来。她笑了好一会，却什么也没说，只是伸出手指擦拭眼角。我不禁苦笑。那眼泪绝不是因为笑得太开心。

警察组织不可能接受发动炸弹恐怖袭击的歹徒提出的荒唐要求。何况警方如果要对外宣称庭野和人质已经死了，还需要遗体来证明。再者，当时实际进行攻坚的特种部队士兵应该也会察觉事情不对劲。可以说，这个假设的疑点多得数不清。

我的脑海里浮现了一些幻象。某个特种部队士兵在对安憩胃肠诊所进行攻坚时察觉到一些不对劲的疑点。他把自己心中的疑惑告诉了某个专跑社会新闻的记者朋友。那个记者于是开始调查这起事件中的人质的背景，因而发现安憩胃肠诊所事件与钻石咖啡厅事件有着密不可分的联系。一旦真相曝光,"具有威慑作用的前例"也会被人发现只是一场骗局,于是警界高层下令,无论如何都要守住秘密。然而该名记者出于使命感及好奇心,说什么也不肯放弃追查这件事。最后记者找上了我,希望从我口中问出真相。

那或许又是另外一个故事了。主角是那个不知名的社会新闻记者,而且从故事内容来看,很可能是一篇冷硬派小说。

"檀老师,你没有其他想说的了吗?"成海彪子问道。

"我想说的话已经说完了。我只是猜想,钻石咖啡厅事件的受害者家属也许会为了不再让悲剧重演而采取行动。"

"看来你对你的推论很满意。"她笑了一会后,点头说道,"嗯,是啊。如果是这样的结局,确实让人想要欢呼。虽然这无法让我的父母死而复生,也无法让我们获得救赎,但如果相同的人生必须不断重复下去,这至少能让我们告诉自己,我们的人生派上了一点用场。"

能否足以抵消深沉的忧伤,就见仁见智了。

"但是这种童话故事一般的情节,怎么可能是真的?"成海彪子一边说,一边对着猫轻摇悬吊在绳子底端的玩具。

童话故事?仔细想想,确实像童话故事一样。"我总觉得,就算真的有这样的童话故事,似乎也没什么不好。"

钻石咖啡厅事件的受害者家属因为精神失常而陷入自暴自弃的状态,发动了炸弹恐怖袭击,在社会上闹得沸沸扬扬,最后在警察攻坚时自爆，死得一个都不剩。就某方面来说，这样的剧情更加没有真实感，更像童话故事。

我跟她都不再说话，只是默默逗弄着朝我们靠近的猫。就在我们差不多准备回家的时候，成海彪子忽然说道："我有一个疑问。"

"真巧，我有好多疑问。"

"那天为什么天童没有打出本垒打？根据你看到的场景，他不是打出了本垒打吗？"

我知道此时自己脸上的表情一定相当难看。在后乐园球场里的那一瞬间，我打从心底感到焦虑，几乎陷入了恐慌状态。但事后我发现，只要稍微思考一下，答案便呼之欲出。能够改变"打出本垒打"这个未来的人，其实寥寥可数。"可能有人事先用 SNS 或手机短信向投手投野提出了某种忠告，例如'最好别对天童投直球'，或是'根据占卜结果，你最好舍弃你的尊严'之类的。"

投野是否会采纳忠告，外人无从得知，但只要他心里有一丁点在意，就足以改变未来。我相信这就是真相吧。事实证明，投野当时投的球不是直球，而是变速球。可以说，他采取了比较保守的投球策略。

成海彪子似乎察觉了我心中的想法。"原来如此。"她微笑着说道，"这让我不禁好奇，那两个人最近过得好不好？或者应该说，现实中真的有那两个人吗？"

在后乐园球场的混乱中，其中一人被马克育马开枪击中，其后两人就不知去了哪里。在场观众中有数人用手机拍下视频上传到网络上，电视新闻也曾经播出那些视频，但直至今日依然没人知道那两人的身份和下落。"现场的两名神秘人物到底是谁"成了网络上的热门话题，仿佛肯尼迪遇刺案现场照片里的神秘女性——"头巾女士"。

那两人也仿佛童话故事中的人物。

"虽然那两个人既古怪又有点可怕，但我希望他们平安无事。啊，不过如果他们平安无事的话，野口回归社会时可能会有危险。"

"这我也不晓得。"我只能这么说。如此荒唐的两个人，真的实际存在于现实世界吗？"其实他们是……"我本来想要这么说，但最终还是没有说出口。

我抬起了头。天花板附近的墙上有一条猫咪专用的走道，上面站着一只白猫，那白猫刚好与我四目相交。我不禁幻想，或许在那更高的位置，有一群人正期盼着听见我的说明。

他们——不，或许应该称为"你们"——想必相当在意那两个人的事情吧。

但我必须老实说，我并不清楚那两个人的下落，他们完全没有与我联络，我不知道他们现在在哪里，也不知道他们在做什么。不过有一件事，或许应该告诉你们。

大约两个月前的某天中午，我在一家专卖牛肉饭的店里吃午餐，坐在隔壁的女人似乎得了花粉症，不停地打着喷嚏。我猜想，应该就是那个时候的飞沫让我感染了吧。

到了晚上，我看见了一段预演画面。场景似乎是在某家咖啡厅里，画面的正前方坐着一个男人。那应该就是在牛肉饭店里遇到的女人第二天将会看见的画面吧。那男人正说着花言巧语，一看就知道是个花花公子，令人生厌。但除花花公子的说话声以外，我还听见后方座位的两名客人的说话声。

由于那个女人，也就是当事人一直面向前方，我无法看见后方两人的长相，但我可以清楚地听见他们所说的话。与女人背对着背的客人是个年轻男人，他说了一句："担心这种事有什么用？"

"八亿年后，太阳会膨胀，地球就没有办法再居住了。完蛋了，死定了。"另一个男人说道。

年轻男人叹口气后说："我觉得如果那时候我还活着，反而才更需要担心。"

接着我听见两人站起来的声音。就在他们经过女人身边的瞬间，预演到此结束。

后 记

因为某个机缘，我读了《查拉图斯特拉如是说》。其实我在大学时期就曾读过这部著作，这次是相隔了将近三十年的重读。当年几乎完全无法理解的词句如今有许多已能明白其中意义……我很希望自己能这么说，但这次重读的感想其实与当年并没有什么不同：虽然读得似懂非懂，但是感觉相当有趣。时隔三十年却有着完全相同的感想，这让我不禁感慨，自己实在是完全没有成长。后来我以参考文献里列出的那些书籍作为导引，又读了一次，才在惊愕中领悟"永恒轮回"的意义（虽然我并非完全认同），并且决定把这个思想套用在自己小说的登场人物上。关于尼采的内容，完全是基于我个人的理解（参考文献里列出的书籍深入浅出地介绍了尼采的思想，读起来可说是相当有意思，但这些书籍里的解释或许并不完全正确）。我相信我的解读一定或多或少有些谬误，建议有兴趣的读者可以将

《查拉图斯特拉如是说》和参考文献中的著作找来一读。

至于内阁府情报调查室之类的政府单位，以及职棒球队等等，作品中提到的大部分组织都是为了配合故事情节而杜撰的（虽然名称可能与现实中的组织雷同）。

当然，现实中也不会有通过飞沫传染预知未来的超能力。虽然作品里加入了一些现实生活中的事迹典故，但小说毕竟是小说，请站在阅读小说的立场来阅读这部作品。

参考及引用文献

《内阁府情报调查室与公安警察、公安调查厅的三方角力》，今井良著，幻冬舍新书

《查拉图斯特拉如是说（上）、（下）》，尼采著，丘泽静也译，光文社古典新译文库

《尼采全集（13）权力意志（下）》，尼采著，原佑译，筑摩学艺文库

《尼采入门》，竹田青嗣著，筑摩新书

《NHK"100分de名著"BOOKS 尼采 查拉图斯特拉如是说》，〔读稿〕西研，NHK出版

《生存的哲学 尼采"超人"入门》，白取晴彦著，Discover 21

《伊丽莎白·尼采：将尼采卖给了纳粹的女人》，本·麦金泰尔著，藤川芳朗译，白水社

图书在版编目（CIP）数据

佩珀尔幻象 /（日）伊坂幸太郎著；李彦桦译 . -- 北京：中国友谊出版公司，2024.9
ISBN 978-7-5057-5819-3

Ⅰ.①佩… Ⅱ.①伊…②李… Ⅲ.①长篇小说 – 日本 – 现代 Ⅳ.① I313.45

中国国家版本馆 CIP 数据核字 (2024) 第 010506 号

著作权合同登记号　图字：01-2024-3089

PEPPER'S GHOST by Kotaro Isaka
Copyright © 2021 Kotaro Isaka/CTB
All rights reserved.
Originally published in Japan by Asahi Shimbun Publications Inc.
Chinese (in simplified character only) translation rights reserved by
Beijing Xiron Culture Group Co., Ltd. under the license granted by
Kotaro Isaka arranged through CTB Inc.

书名	佩珀尔幻象
作者	［日］伊坂幸太郎
译者	李彦桦
出版	中国友谊出版公司
发行	中国友谊出版公司
经销	新华书店
印刷	三河市中晟雅豪印务有限公司
规格	880 毫米 ×1230 毫米　32 开
	13.25 印张　252 千字
版次	2024 年 9 月第 1 版
印次	2024 年 9 月第 1 次印刷
书号	ISBN 978-7-5057-5819-3
定价	65.00 元
地址	北京市朝阳区西坝河南里 17 号楼
邮编	100028
电话	（010）64678009

更好的阅读

出 品 人　沈浩波
特约监制　潘　良　于　北
产品经理　邱　树
特约编辑　朱韵鸽
营销支持　于　双　温宏蕾
版权支持　冷　婷　金丽娜　李孝秋
装帧设计　所以设计馆

关注我们

官方微博：@文治图书
官方豆瓣：文治图书
联系我们：wenzhibooks@xiron.net.cn